형에게

그리고,
우성에게

형에게

그리고,
우성에게

백경천 지음

SAHARA
BOOKS

추천의 글

추천의 글 1.

날이 많이 따스해졌습니다. 바람에 차가움이 더 많이 섞여 있던 계절에 백경천 환자분은 산소를 떼고 퇴원을 하였습니다. 이후 1주마다 만나는 외래 진료실로 처음에는 휠체어를 타고 오셨고, 이후에는 등받이가 있는 의자에 힘들게 앉았습니다. 그리고 지난주에는 등받이 없는 의자에 앉고는 두터운 노트를 건네주었습니다. 그 노트가 바로 이 책이었습니다.

환자분은 폐이식 수술 전, 여느 폐이식 대기 환자 분들처럼 상태 악화로 여러 차례 입원을 하였습니다. 그때마다 힘들었지만, 그 누구보다도 맑은 얼굴로 본인 몸 상태에 대해 최대한 이해하려 애쓰고, 협조적으로 치료에 임하려 했던 것이 떠오릅니다. 그리고 병상 테이블에 자주 놓여 있던 아이패드와 무선 키보드가 생각납니다. 순간순간 감사하며 행복하려고 애쓰는 마음과 병을 이기고자 하는 의지, 그리고 폐이식을 기다리는 간절함을 '형님께 보내는 편지'에 모았던 것 같습니다. 그리고 그 편지가 모여 이 책이 되었습니다.

 그간 폐이식을 기다리는 많은 환자분들을 진료하고 만나보면서, 환자분들의 마음이나 어려움을 어느 정도 이해했다고 생각했지만, 이 책을 찬찬히 읽어보니, 제가 다 이해하지 못한 부분들이 많았습니다. 의료진이 이해하지 못했던, 알지 못했던 자잘한 어려움들이 생각보다도 더 많았던 것 같고, 의료진으로서 환자분들께 도와드려야 할 더 많은 부분들이 눈에 들어왔습니다. 그리고 비슷한 병과 상황을 겪고 있는 환자분들이 이 책을 통해, 자신들이 겪고 있는 많은 어려움들을 바라보며 '이것이 나만의 문제가 아니구나'라는 위로를 얻고, 외로움을 벗을 수 있는 계기를 얻어 어려움을 헤쳐나가는 방식을 배우게 될 수 있으리라 믿습니다.

 이 책의 저자인 백경천 환자분의 앞날, 그리고 폐이식을 기다리는 환자분들과 이미 폐이식을 받은 환자분들의 앞날이 한층 편안하기를 기원합니다.

김송이 (연세대학교 의대 호흡기내과 교수, 백경천의 주치의)

저는 몇 년 전 전국여교역자연합회 사무실에서 이 책의 저자를 처음 만났습니다. 당시 저자는 평양노회와 연대교류 프로그램을 하는 독일교회의 방문객에게 저희 단체를 소개하려 했고, 사전 준비차 사무실을 방문했던 것으로 기억합니다. 저자에게서 처음 받은 인상은 온화함과 평안함이었습니다. 그 후 남북통일과 평화를 논하고 기도하는 자리에 가면 꼭 저자가 계셨습니다. 그리고 철원제일교회에서 매주 목요일마다 열리는 '철원국경선평화학교 기도회'에 참석하는 우리 여교역자들의 안내자가 되어 함께 방문여행을 해주었습니다. 그때부터쯤, 목사님이 걸을 때마다 호흡하는 걸 버거워하며 아주 천천히 걸을 수밖에 없다는 것을 알게 되었습니다. 호흡이 원활하지 않은 상태였는데도 우리 여교역자들을 위해 기꺼이 동행해주신 마음에 다시 한 번 감사드립니다.

저는 〈형에게〉를 단숨에 읽었습니다. 워낙 내용이 흥미로웠을 뿐 아니라 다음 내용이 궁금하고 깊이 공감이 되어 글 읽기를 멈추기가 어려웠습니다. 그래서 글쓰기를 좋아하는 1인으로서, 이렇게 남들이 경험하지 못한 '인간의 삶'과 '삶의 바로 이웃 동네에 있는 죽음'의 진실을 쉽고 간결하게 진솔한 기록으로 출간하심에 부러움과 축하의 마음을 전합니다. 이 책을 읽으며 깊이 공감했던 몇 가지를 나누려고 합니다.

무엇보다도 '오늘을 기뻐하는 영성'입니다. 그것은 특발성폐섬유증 환자로서, 산소통의 도움이 없으면 살아가지 못하는 고통스러운 순간에도 그 순간을 회피하지 않고 그 순간도 하나님께서 내게 주신 삶으로 기쁘게 받아들이는 영성입니다. 그것은 '하나님이 지금 내게 주신 삶을 거부할 수 없다'는 마음에서 오는 영성입니다. 또한 그 고통의 경험을 통과하며 '그 속에 숨겨진 하나님의 선물을 발견하리라'는 믿음을 부여잡고 그런 연약한 삶을 이미 경험하고 있는 환우들과의 연대의식을 품은 영성입니다. 그리고 삶이 있음에 죽음도 있다는, 삶과 죽음을 아무런 경계 없이 바로 옆 동네 이웃사촌만나는 일처럼 받아들이는 영성입니다. 그런 영성으로 폐이식 수술을 기다리지만 그 일을 위해 차마 기도하지 못하는 그 마음, 내가 수술을 받기 위해서는 누군가가 죽음으로 가야한다는 생각에 함부로 그런 날이 속히 오기를 기도하지도 못하는 마음, 오늘 내게 주어진 십자가의 길을 묵묵히 걸으셨던 예수님처럼 그저 받아들이며 그 속에서 기뻐하는 영성입니다. 그래서 저자는 이렇게 말하고 있습니다. "가만히 누워서 숨을 쉴 수 있으면 그러면 된 것이다."

두 번째로 말하고 싶은 것은 성령 안에서의 '자유함'과 공동체 안에서의 '지체의식'을 저자의 가정 안에서 실현하고 있는 모습입니다. 94세, 88세의 장인과 장모와 모시고 살아가며 연약한 지체들이 되어버린 우리 어르신들의 삶이, 젊은 자녀세대와의 어울림 속에서 어떻게 수용될 수 있는지, 어떻게 어르신과 젊은이들이 서로 사랑하며 살아갈 수 있는지에 대해 소개해줌으로 읽는 이들에게 큰 위로와 유익을 줍니다. 이것은 고령사회를 맞아 집집마다 치매노인 문제를 안고 살아가야 하는 현대인들에게 실질적인 도움이 될 것입니다. 장인어른이 했다는 "신발이 울고 있네"라는 말 한마디는 집안에서만 생활할 수밖에 없는 우리 부모님들을 떠오르게 합니다.

세 번째는 '살림꾼으로서의 여성들의 삶'을 다시 돌아보게 하는 부분입니다. 저자는 가족들을 위해 집안 살림을 책임지는 어머니의 삶을 보며, 어느 날 저자도 건강이 좋아지면 어머니의 그 마음을 이어받아 살림살이를 하고 싶다고 이야기합니다. 또한 요즘 종종 하나님을 '어머니 하나님'이라고 불러보기도 한다고 말합니다. 연약한 자리로의 이동을 통하여, 연약해보이지만 그 연약함으로 모든 생명을 살리는 여성들의 삶의 가치를 인정하는 눈을 가지게 된 것에 공감합니다. 그동안 여성들에게만 주어졌던 살림살이는 결국 모두의 생명을 살리는 귀한 일이었음에 성별을 따지지 말고 우리 모두가 함께 할 수 있기를 바랍니다.

저자의 생각여행이 꼬리에 꼬리를 물고 이어져, 고통 속에서도 오늘을 담담히 받아들이고 기뻐하는 예수님의 영성을 담은 아름다운 책이 탄생한 것은 우리들에게 선물입니다. 이 책을 추천하는 이유가 꼬리에 꼬리를 물고 나올 만큼 많지만 지면 관계상 다 할 수 없음을 아쉽게 여깁니다. 그러나 분명한 것은 독자들이 이 책을 읽으며 '나도 그런 생각을 했었는데' 혹은 '나도 그런 느낌이었는데' 하는 공감을 통해 "아, 행복하다"라는 삶의 충만함을 경험할 거란 사실입니다. 인생에서 만난 신비로운 경험을 나누어주신 목사님께 감사합니다.

김혜숙 ('예장통합 전국여교역자연합회' 사무총장, 백경천의 평화여정 길벗)

나는 3년 전인 2015년 4월 중순에 일산 백석동 한 아파트로 이 사 왔다. 이사 온 지 일주일쯤 지난 후에 아파트 출입문 입구에서, 예 전에 인사를 나눈 적 있는 백경천 목사님을 만나게 되었다. 뜻밖이 었다. 백 목사님은 내가 이사 온 아파트 단지에 위치한 아파트 중에 서도 같은 동 같은 라인에 살고 있었던 거다. 그날 이후, 우리는 자 연스럽게 가까운 친구가 되었다. 거의 매일 만나 차를 마시며 한국 교회와 한국 사회의 다양한 문제들을 주제로 대화를 나누고, 성경 공부와 중국어 공부도 같이 하게 되었다.

그러면서 나는 백 목사님이 호흡을 할 때 어려움을 겪고 있음 을 알게 되었다. 그래도 우리가 만난 지 일 년 정도의 시간이 지날 때까지는 그 문제가 그리 심각하게 될 줄 몰랐다. 어느 날 백 목사 님은 투병에 집중하기 위하여 그동안 섬겨 온 일산호수교회 위임목 사직을 조기 사임할 뜻을 밝혔다. 그 과정에서 백 목사님의 아버님 목사님과 형님 목사님도 같은 어려움을 겪다가 하나님께로 먼저 돌 아가셨음을 알게 되었다. 나는 백 목사님의 결단을 적극 응원했다.

교회 담임목사직의 짐을 내려놓은 후 백 목사님의 병세는 한 동안 그만그만한 상태를 유지하고 있었는데, 2017년 하반기로 접 어들며 급속히 악화되기 시작하여 어느 날부터 휴대용 산소발생기 를 사용해야 할 정도로 악화되었다. 그런 상황을 알게 된 나는 백 목 사님에게, 목회과정에서 매주일 목회칼럼으로 〈노루목 편지〉를 썼 듯이 투병과정에서 경험하게 되는 일들과 생각이나 느낌들을 글로 남겨보면, 본인의 투병과정에 도움이 될 뿐만 아니라 가족과 친지들, 그리고 또 다른 투병을 하는 분들을 포함한 다른 많은 이들에게도 큰 의미가 있겠다는 의견을 제안했다. 그 일을 계기로 백 목사님은 힘든 투병 중에도 틈틈이 글을 쓰기 시작했고, 그렇게 쓰인 글들은 곧바로 백 목사님의 블로그에 공개되었다. 그 글들을 보면서 나는 이전에 읽었던 〈노루목 편지〉들을 볼 때와는 또 다른 감동을 느낄 수가 있었다.

그러던 중, 백 목사님의 상태는 더욱 악화되어 하루라도 빨리 폐이식 수술을 받아야 하는 상황이 되었다. 이 수술은 그 자체로 어렵기도 하거니와, 무엇보다 폐 공여자를 만나야만 가능한 일이었기에, 온전히 하나님의 은혜에 달린 일이었다. 다행히, 며칠 전 나는 어려운 폐이식 수술 과정을 잘 이겨내고, 회복과정 중에 있는 백 목사님을 잠시나마 만나 대화를 나눌 수 있었다. 대화 중, 그동안 쓴 글들을 묶어 책으로 발간하게 되었다는 반가운 소식과 아울러 지금 내가 쓰고 있는 이 글에 대한 부탁을 받았다. 돌이켜 보면, 참 감사한 일이다. 작년 가을, 백 목사님의 생명 자체가 풍전등화처럼 위태로운 때에, 통일 문제와 통일신학에 대한 관심에 집중하려 하는 것을 보면서, 그런 관심은 좀 뒤로 미루어 놓고 지금은 오히려 본인의 건강 회복에 집중해도 좋지 않겠느냐고 조언했다. 그런데 이 봄, 백 목사님의 건강이 회복되어 가고 있고, 얼어붙었던 남북한 사이에도 정말 기적처럼 봄이 찾아왔다. 백 목사님의 간절한 '평화와 통일을 향한 염원'이 응답되어 가고 있다. 앞으로 백 목사님의 통일신학과 통일사역이 더욱 기대된다.

많은 분들이 이 책으로부터, 생명이 꺼져버릴 수도 있는 가능성을 직면직시하면서 바라보는, 환자자신과 가족들의 내밀한 일상생활과 투병생활, 삶과 질병과 죽음, 가족과 친구, 신앙과 신학, 교회와 민족과 같은 여러 가지 주제들에 대한 생각을 만날 수 있을 것이다. 그것은 한 신실한 목회자, 아니 신앙인의 날것 그대로의 진솔한 생각과 느낌들이라 더욱 의미가 있다. 그리고 그러한 만남을 통하여, 우리는 우리 자신을 되돌아보는 기회도 갖게 될 것이다. 나는 좋은 동네 친구 백 목사님과의 즐거운 동행을 앞으로도 계속할 수 있어서 기쁘고, 앞으로도 그에게서 맑은 샘에서 솟는 생수와 같은 이야기들과 생각들을 계속 들을 수 있을 것이기에 기대된다. 백 목사님의 온전한 회복을 기원하며, 부족한 글을 마친다.

류태선 ('생명의 길' 상임이사, 백경천의 일산집 동네 형)

추천의 글 4.

　240건 이상 폐이식 수술을 하였고, 그보다 훨씬 더 많은 수의 말기 호흡기질환 환자들을 진료해오면서 그 분들의 일상생활이 매우 힘들다는 것은 잘 알고 있었다. 하지만 이렇게 소상하고 구체적으로 일상을 기록한 글을 읽으니 그 힘든 순간순간에 이런 글을 쓸 생각을 할 수 있었다는 것, 그리고 그 다급한 과정들에서조차 모든 것에 감사하면서 마치 남의 일을 보고 있는 것과 같은 담담한 마음으로 그 상황들을 글로 써 내려갔다는 것이 실로 믿기지 않았다. '특발성 폐섬유증'은 서서히 진행되는 질병으로 현재까지는 폐이식 수술만이 최종 치료방법인데, 그 수술을 결정하고 기다리는 과정은 환자와 가족이 아니고는 상상하기 어려운 일이다. 백경천 님의 가족과 형제분들은 힘든 상황에서도 모두가 조용하게 협조하고 배려하고 대처하며 마치 준비된 시나리오를 실천하듯 한 사람도 우왕좌왕하거나 힘들어하는 느낌을 보이지 않았다. 그 가운데 가족애를 보여주신 것이 참으로 아름답고 존경스럽다.

　여기에 기술된 내용 가운데 환자들이 심리적으로 무엇을 두려워하는지, 그리고 수술 후 찾아오는 몸의 변화 등에 관해 상세하게 기술한 것들은 의사들에게도 많은 참고가 될 것이다. 더불어 백경천 님과 같은 질병으로 수술을 기다리는 분들에게는 큰 희망의 지침서가 될 것이라고 확신한다. 폐이식 수술은 담당 의사들의 몫이지만, 수술 후 회복과정에는 가족들의 헌신적인 사랑과 환자분의 긍정적인 마음이 큰 영향을 미친다고 알려져 있다. 백경천 님에게 수술 후

좋은 경과가 오랫동안 따르기를 진심으로 기원하며, 수술 후 회복 과정 또한 수술 전 만큼이나 힘들고 중요하니 그 과정도 잘 기록하여 또 새로운 희망의 서적이 탄생하기를 진심으로 바란다.

이 책과 더불어 멋진 봄이 온 것을 느끼며.

백효채 (연세대학교 의대 흉부외과 교수, 백경천의 폐이식 수술 집도의)

프롤로그

감사하고 미안한 마음 뿐입니다.
이 글을 하나씩 쓰는 중에 저는 더 아프고
더 절망하기도 했습니다.
바랄 수가 없고
그래서도 안될 희망을 부여잡고 몸부림치기도 했습니다.
저의 인간적 희망이 바람 앞의 등불처럼
그렇게 흩날리던 어느 날,
하나님은 어떤 손들을 모아 협력하게 함으로
저의 생명에 쉼을 주며 새 숨을 주었습니다.
그래요, 제가 다시 태어났습니다.
이왕 다시 살게 되었으니 잘 살아보겠습니다.

2018년 4월 13일(금)
청주시 탑동 누이의 집에서, 백경천

차례

형에게

형은 어땠어요?

형에게, 첫 번째
2017년 7월 25일

兄!

가깝게 지내는 류태선 형이, 지난 번에 함께 걷는 중에 지금 나누는 이 생각이 그냥 사라지는 것이 아까우니 예전에 제가 일산호수교회 주보에 실었던 〈노루목 편지〉 같은 글을 다시 쓰면 좋겠다고 했어요. 그런데 그 때의 그 생각과 대화 내용이 정확히 무엇이었는지 벌써 가물가물합니다. 그래요, 요즘 제가 좀 그렇습니다.

어제(7월 9일, 주일)는 정말 견디기 힘들었어요. 지난 주 중에 장맛비가 몇 차례 내린 후, 하루 이틀 아주 더웠는데, 뜨거운 습기를 잔뜩 머금은 상태에서의 그 후텁지근함이 극도에 달했었죠. 일산역 주차장에 차를 세워 두고 길 건너 한뫼프라자 빌딩 4층에 있는 어울림 교회당으로 가는 15분(다른 이들은 3분이면 걷는 거리)과, 예배를 마치고 다시 차로 돌아오는 또 한 번의 그 15분 동안, 저는 휴대용 산소발생기의 도움을 받고 있었음에도 불구하고 숨이 너무 차서 발걸음을 옮길 수가 없었어요. 간신히 집에 돌아와서는, 지난 금요일에 집에 설치한 대용량 가정용 산소발생기에 의지하여 한 시간 이상을 혼미함 속에서 멍하니 앉아 있어야 했습니다.

제가 이런 글을 가끔 쓰는 것이 무슨 의미가 있을까요?

그런데 이렇게 써 보니, 저 자신에게는 좋네요. 지난 6개월 간 저는 아무런 글도 쓰지 않았습니다. 할 수 없다고 생각했고, 실제로 할 수 없었습니다. 가끔 책은 읽었어요. 하지만 글을 쓸 수는 없었습니다. 글을 쓸 힘이 없다고 생각했지만, 글을 쓸 이유가 없기도 했습니다.

숨쉬는 것이 점점 더 어려워지면서, 몸 안에 산소공급이 충분히 되지 않으니, 밥 먹는 시간이 힘들고 소화기능도 떨어지고, 화장실에서 일상적으로 움직이는 것에도 진이 빠졌어요. 집 안에서 잠깐 몸을 움직여 식탁의 물을 가져오거나, 휴지통에 휴지를 버리러 가는 것조차 힘들었습니다.

가만히 앉아 있다 보면, 숨이 점점 가빠오는 것이 느껴지고, 숨이 찬 나 자신에게서 헤어나질 못합니다. 누워있어도 숨이 차니, 다시 앉아서 산소발생기에 의지하여 TV를 켜고 그 어떤 이들의 삶과 이야기 속에 들어가 나의 숨 가쁨을 잊고 지내는 것이 가장 편안했습니다.

형, 나는 지금 잘 살고 있는 것인가요?

얼마 전부터 이렇게 살 수 밖에 없는 제가 참 이상하고 곤혹스러웠지만, 어쨌든 살아있는 자로서, 살아있으니 잘 살아야겠다는 생각을 합니다.

오늘 아침에 '쉬'를 하면서, 이제는 서서 하지 말고 앉아서 해야겠다고 생각했어요. 산소가 충분히 몸의 끝까지 공급되지 않아서 그런지 모르겠지만, 쉬를 할 때 숨이 가빠오고 원하는 곳까지 오줌을 보내지 못하기도 해요. 게다가 오줌을 누면서 숨을 헐떡이며 힘을 주다보면 '뒤'가 마렵기도 하여서, 앉아서 좀 더 편안하고 안전하게 볼 일을 보는 것이 좋겠다고 생각하게 된 것입니다.

형은 어땠어요?

형도 이런 일을 겪었을 텐데, 이런 얘기 누군가와 나눠 본 적이 있어요? 저는 저의 아내와 아이들과, 그리고 다른 사람들에게도 이런 얘기 하고 싶어요. 함께 살아가는 이들에게 내 사정을 좀 봐달라는 식의 의사표현일 수도 있겠지만, 그냥 지금의 저 자신의 삶에 대해 주절주절 얘기함으로 제가 저의 삶을 더 잘 살아내고자 하는 마음입니다. 이것은 분명 저 자신의 혼잣말입니다. 하지만 이렇게 드러내놓고 얘기함으로, 누구라도 저 대신 들어올 수 있는 이러한 삶의 상태에 지금은 제가 이러한 삶의 상태에 들어와 살고 있다고 생각하며 견디어 가려는 것입니다. 그리고 이왕 지금 나에게 부여된 삶이 이것이라면 단지 지금의 형편을 견디고 참는 것이 아니라 참으로 멋지게 살아내자고 하는 다짐도 하는 거예요.

저는 오늘 오후 4시 반에, 한 달여 전에 모여 처음 예배하기 시작한 '변두리교회' 사람들이 신설한 나자르(NAZARE) 카페에서 모이는 일산 성서 정과 모임교회력에 따라서 다음 주에 설교할 본문 말씀을 함께 읽고 생각을 나누는 모임에 참여하려 합니다. 조금 전에 변기 위에 앉아 칫솔질을 하고 나서 한 2분간 숨을 고른 후, 일어나 머리를 감고 다시 변기 위에 앉아서 수건으로 닦으며 3분 정도 쉬었다가, 거실 침대로 살살 걸어나와서 길게 호흡하며 산소를 충분히 공급받았습니다. 아주 성공적입니다. 고통스럽게 숨을 헐떡이는 것을 하지 않기 위해 이렇게 여러 번 단계별로 쉬어 가는 방식을 도입하는 꾀를 내었는데, 아주 잘 했습니다. 정말 대견스럽고 뿌듯해요. 그래서 행복합니다.

조금 전에 변기 위에 앉아 칫솔질을 하고 나서
한 2분간 숨을 고른 후,
일어나 머리를 감고 다시 변기 위에 앉아서
수건으로 닦으며 3분 정도 쉬었다가,
거실 침대로 살살 걸어나와서 길게 호흡하며
산소를 충분히 공급받았습니다.

확신에 찬 호흡기 환자로 살고 싶어요

형에게, 두 번째
2017년 7월 26일

兄!

2013년 9월 어느 날, 형이 병원에 입원했다는 말을 듣고 제가 황급히 형을 보러 광주기독병원에 갔던 그 날, 형은 지금의 나처럼 산소를 공급받는 콧줄을 하고 있었어요. 그때 형은 이렇게 병원에서 좀 쉬면 어렵지 않게 회복할 수 있겠다고 저에게 말했었죠. 형은 그 주간 토요일에 약속된 결혼 주례를 할 수 있겠다고 생각하며 의료 진에게 외출허가를 받겠다고 했지만, 간호사인 저의 아내가 결코 그래서는 안된다고 강하게 만류했었어요. 누구도 동의할 리가 없었죠.

하지만 형은 정말로 그렇게 하고 싶어 했어요. 그것이 바로 형의 삶이니까. 살아있는 한 꼭 하고 싶고, 그리고 또 감당해야만 하는. 그 다음에 형은, 이렇게 병원에서 지내는 동안에, 70세 정년이 되는 때까지 앞으로 남은 13년간의 목회를 위한 구상을 차분하게 할 수 있게 되어서 참 좋다고도 했어요. 그래요, 형이 그때 그랬어요. 그리고 한 달 뒤에 형은 그 병원에서 이 땅에서의 마지막 숨을 쉬었죠. 저도 지금 아주 힘들게 숨을 쉬고 있어요. 그 때의 형과 비슷한 상태일 거예요. 저는 제가 형의 그 마지막 때를 보았기에, 지금 이렇게 살아가고 있다는 생각을 해요. 형이 형수님과 두 자녀를 남겨두고 떠난 것을 떠올리며, 저는 지금의 저의 호흡을 유지하기 위해 제 삶의 전부라고 생각했던 교회 목회를 지난 연말에 내려놓았습니다.

제 아내와 두 아이는 그냥 살아만 있어달라고, 그냥 같이 있어만 달라고 저에게 말해주었고, 일산호수교회 식구들도 저의 결단을 사랑으로 이해해 주었습니다. 작년(2016년) 8월에 저는 모든 교우들 앞에서 제 형편을 소상하게 설명하며 이해를 구하였고, 12월 마지막 주일 설교로 저의 목회를 마무리했습니다. 그 후로 사람들은 이제 뭐 할 거냐고 저에게 묻곤 했는데, 그 때마다 저는 '아무것도 하지 않겠다'고 했습니다.

그런데 형, 사람이 아무 것도 하지 않고 하루하루를 살아갈 수 있을까요? 무언가 하겠죠. 단지 아무 것도 계획하거나 도모할 수 없다는 말일 거예요. 제가 그때 그렇게 말하고 나서, 지금도 저는 그 말이 무슨 의미인지 자꾸 생각하게 됩니다. 생각하는 것도 일일까요? 그럴 거예요. 어떤 일(행위)의 시작은 생각일 테니까요.

어제 제가 살았던 삶을 얘기해 볼게요.

지금 저의 삶에 있어서 가장 중요한 일은 한 달에 한 번 신촌세 브란스에 가서 진료 받는 것인데, 어제가 바로 그날이었습니다. 이 세상을 살아가는 많은 분들은 병원 가는 것이 무슨 '일'이냐고 말할 수도 있겠지만, 제가 이렇게 살다보니, 지금 저에게 있어서 그 일은 가장 중요한 저의 삶이 되었어요.

지난달까지, 저는 매번 보호자 없이 혼자서 병원에 다녀왔습니다. 그 정도의 숨 가쁨은 제가 홀로 감당해야 할 저의 삶이라고 생각했어요. 병원 지하 주차장에 차를 세우고 엘리베이터가 있는 곳까지 걸어간 후, 한참 숨을 헐떡거리며 엘리베이터 앞에 서서 기다리다가, 그 친구에게 올라타기를 두 번 정도 포기합니다. 숨이 좀 안정되면, 엘리베이터에 올라 3층 로비에 내려서 한 열 걸음 걷고는, 원무과 앞 의자에 앉아서 5분 정도 쉬어요. 충분히 쉬어야 6층 호흡기내과로 가는 엘리베이터 앞까지 걸어갈 수 있기 때문입니다. 호흡기내과 데스크에 가서 왔다고 하면, 안내에 따라서 그 날 진료받기 전에 미리 해야 할 엑스레이 검사나 폐 기능 검사를 받으러 또 이동해야 합니다.

쉽지 않은 여정이에요. 스무 걸음 정도 걸으면 마치 어렸을 때 100미터 달리기를 한 것처럼 그렇게 헐떡이니, 어휴!

그래서 얼마 전에는 아내에게 다음 번 병원갈 때는 나도 다른 환자들처럼 보호자의 도움을 받고 싶다고 말했고, 제 아내가 저의 딸 백인영에게 부탁했습니다. 인영이가 아주 흔쾌히 자신의 일정을 조정하겠다고 해서, 어제는 딸과 함께 갔습니다. 아들이나 딸과 함께 하면 그렇게 힘들었던 일이 소풍으로 변합니다. 어제가 바로 그랬습니다. 호강했죠. 지하 주차장에서부터 딸이 밀어주는 휠체어에 앉아서, '왜 똑바로 운전하지 못하냐'고 투정도 하면서, 삶을 즐겼습니다.

저는 지금 매우 적극적으로 환자의 역할을 하려 합니다. 마치 어떤 배우가 지금 자신에게 주어진 그 배역을 최선을 다해 소화해야 하는 것처럼. 저는 저 자신을 위해서도 그렇고, 저를 진료하는 의사 선생님을 위해서도 최선을 다해 환자로서의 구체적인 일상을 진술해야 합니다. 이것이 바로 지금 제가 해야 할 일이고, 삶이고, 또한 사명이기도 합니다. 제가 저 자신에 대해서 소상하게 고백하면, 그것이 의사선생님의 경험과 지식으로 축적될 것이고, 그 지식이 또한 세밀하고 명확한 판단 근거가 되어 저 자신과 다른 환우들에게 유익을 주게 될 것을 기대하는 것입니다.

어제 저는 저의 담당 선생님에게 제 상황을 좀 길게 설명하며 조언을 구했습니다. 현재 산소발생기의 도움을 받지 않은 저의 가장 좋은 상태에서의 산소포화도가 87이나 88 퍼센트라고 말하며, 숨이 좀 차는 것이 느껴지는데, 그래도 지금까지 그래왔듯이 그냥 견디면서 지내는 것이 좋은 것인지, 아니면 산소발생기의 도움을 받아 95 퍼센트 이상의 산소포화도를 유지하는 것이 좋은지 물었어요. 최소한 언제든 90 이상을 꼭 유지해야 하니 무조건 산소 발생기의 도움을 받아야 한다고 선생님이 말씀했습니다. 잘 때도 콧줄을 하고 자야 한답니다. 그래야 저의 심장이나 다른 장기의 손상을 막을 수 있다고 했어요. 저는 참 만족스런 대화를 선생님과 나누었습니다. 제가 묻지 않았다면, 선생님은 그냥 제가 알아서 잘 하려니 하고 생각하셨을 것이기 때문입니다.

저는 정말 성실하고 확신에 찬 호흡기 환자로 살고 싶습니다. 이 삶이 감당하기 힘들다며 도망가고 싶지 않아요. 이러한 삶에서 벗어나게 해달라고 주님께 구할 수도 없습니다. 왜냐하면 그렇게 구하는 것은, 지금 저에게 주어진 삶이 하나님의 은혜가 아니라고 말하는 것이 되기 때문입니다. 저는 때때로 우리 삶에 주어지는 가난과 질병과 고통마저도 하나님의 나를 향한 사랑과 은혜라고 생각하며 살아왔습니다. 그 어려운 삶을 회피하지 않고 성실하게 살다보면, 그 속에 담겨진 하나님의 선물을 발견할 수 있을 것으로 믿는 것입니다. 그리고 저는 저의 가정과 교회 공동체 속에서 서로서로 기대어 살며 참 많은 체험을 하였습니다. 이러한 확신 속에서 살아오는 중에, 저는 지금의 이 〈특발성 폐섬유화〉 환자로서의 삶을 맞이한 것입니다. 잘못된 것이 아닙니다. 저에게 주어진 저주나 심판도 아닙니다. 그냥 살다보면, 누구에게든지 찾아올 수 있는 삶입니다. 그리고 저는 이 삶 속에 하나님의 사랑과 은혜가 담겨 있음을 믿습니다.

형,
저는 지금 저를 아끼고 사랑하는 많은 이들이 저의 병 낫기를 위해서 주님께 간절히 구하고 있음을 매순간 느끼며 감사하고 있습니다. 그래요, 저는 지금 엄청난 사랑을 받고 있어요.

하지만 저는 우리 주님을 따르는 기도를 하며 오늘을 살아가고자 합니다. 결코 피할 수 없고 피해가서도 안 되는, 당신만이 감당해야 할 그 십자가의 길을 바라보며, 자신을 통해 하나님의 뜻이 이루어지길 소원했던 예수 그리스도의 그 기도와 그 삶을, 저도 마지막까지 따르며 살아내고 싶습니다.

받지 않으면 나아갈 수 없는 존재

형에게, 세 번째
2017년 8월 1일

兄!

지난 주 월요일(7월 17일) 신촌세브란스에서 진료 받던 날에, 언젠가는 이루어질 저의 폐 이식 수술을 담당해 줄 의사 선생님이 저를 청진하고 나서 집에 가지 말고 밖에서 잠시 기다리라고 했어요. 그 분은 보통 별 말없이 컴퓨터 화면을 한참 보다가 저의 가슴을 청진 한후 "다음 달에 봅시다"라고 아주 짧게 말하곤 하는데, 그 날은 뭔가 특별한 말씀을 하실 것 같다는 생각을 하며 기다렸죠. 저의 수술과 관련된 간호사와 코디네이터가 그 방에 들어갔다 나오더니, 조금 후에 저의 동맥혈을 채혈하러 의사선생님 한 분이 올 것이라고 했어요.

형도 동맥혈 채혈을 감당해 보셨나요?

아프다기 보다는 좀 찌릿찌릿하다고 말하고 싶은 느낌입니다.

젊은 인턴의사가 조금 긴장하면서 아주 가는 바늘로 슬금슬금 깊숙이 찌르는데, 손목을 지나가는 동맥의 굵기가 1~2 밀리 미터가 채 되지 않기 때문에 조금이라도 어긋나면 다시 찔러야 한다고 해요. 벌써 네 다섯 번째 이런 일을 겪다보니, 제가 불편한 것보다도, 한 번에 찌르지 못할까봐 긴장하며 시도하는 그 이가 한 번에 성공하면 좋겠다는 마음으로 팔목을 맡기게 됩니다.

이 검사를 하는 이유는 제 핏속의 산소포화도를 정확하게 판단하기 위한 것입니다. 이 동맥혈의 산소포화도를 측정한 결과를 가지고 제가 얼마나 위급한 상태인지를 객관적으로 판단하게 되죠. 몇 달 전, 제가 처음 국가장기기증센터에 폐 이식 대기자로 등록할 때 동맥혈 검사를 근거로 한 저의 응급도는 '3'이였는데, 지난달에는 '2'가 되었고, 이번에는 제가 '1'순위가 되었습니다. '0'순위부터 응급도의 수치를 표시하니, 이제는 좀 더 수술 받을 때가 가까워졌다는 의미인 것입니다. 저의 수술을 담당할 그 노련한 의사선생님은 그 날 제가 감당했던 폐 기능 검사와 엑스레이 가슴 사진을 살피고, 저의 숨결을 청진한 후에, 그 날 바로 동맥혈 검사를 하는 것이 저에게 도움이 되겠다는 판단을 하셨던 것입니다.

최근 몇 달 사이에 저는 점점 더 숨쉬기가 힘들어졌는데, 그것이 동맥혈 검사 결과로 보여졌고, 그래서 저는 이제 언제든지 곧 바로라도 폐 이식을 받을 수 있는 상태라는 것을 공식적으로 확인 받은 것입니다. 참 묘한 기분입니다. 점점 더 숨쉬기가 힘들어지고 있는 것인데, 그것이 오히려 잘된 것으로 판단되는 것입니다. 더 많이 나빠졌기에, 더 빨리 수술 받을 수 있겠다는 좋은(?) 평가를 받은 것입니다. 그래요, 이왕 이렇게 되었으니, 이렇게 되어 감사한 마음입니다. 저는 그 날 동행하여준 딸 백인영과 싱글싱글 웃으며 맛있는 점심을 즐겼습니다.

오늘(7월 27일, 목)은 대구 인근에서 복숭아나무를 돌보며, 그 열매가 가장 맛있을 만한 때에 수확하여, 기쁨으로 친구들에게 보내주면서 한 해 한 해 살아가는 내 친구 정성한에게 문자로 인사를 전했습니다. 제가 먼저 복숭아 먹고 싶다 했고, 그가 잘 지내냐고 묻기에, "잘!"이라고 외마디로 응답했습니다. 2017년의 첫 만남인데 '잘'이라고만 말하기가 아쉬워서 그 친구에게 제가 앞으로 받게 될 수술에 대해서 얘기했어요. 여기 적어볼게요.

잘!
폐이식 할 날을 기다리고 있습니다.
어느 날 누군가가 자신이 뇌사 상태에 이르기 전에 장기를 기증하겠다고 결정했던지, 그가 뇌사상태에 이른 후 그의 가족이 그러한 결단을 했을 경우에…

나같이 더 이상 자신의 폐로는 숨을 쉴 수 없는 상태에 이른 사람에게 국가가 관리하는 장기이식센터를 통하여 폐이식의 공적인 행정절차가 이루어집니다. 저는 지금 국가가 운영하는 이 거룩한 생명 살리기 연결망에 속하여 있습니다. 저는 지금까지 한 30년 목회자의 길을 걸어오면서, 예수께서 그러셨듯이 하나님이 내게 주신 생명과 삶을 누구에게든지 아무런 대가 없이 나눠주어야 한다고 생각하며 살았습니다. 저는 제가 그런 삶을 살 수 있을 것으로 기대했습니다. 그런데 제가 무엇을 줄 수 있었겠어요? 아무런 말을 할 수가 없네요. 가끔 어떤 이들은 저에게서 무언가 받았다고 말하지만, 아무리 생각해도 제대로 뭘 준 것 같지가 않아요. 제가 받아왔던 사랑과 은혜에 비할 수가 없다는 생각 뿐입니다. 그런데 지금 저는 또 다시 받을 것을 기대하고 있습니다.

주는 것보다 받을 것을 여전히 더 기대하는 사람이라는 자책을 하는 것이 아닙니다. 지금 저는, 또 다시 받지 않으면, 한 걸음이라도 더 앞으로 나아갈 수 없는 존재가 바로 나 자신이라는 생각에 잠겨 있습니다. 저는 지금 참 편안해요. 주시는 삶을 아주 연약함 속에서 하루하루 살아가고 있음을 매일 경험하고 인정하고 고백합니다. 진실을 확실히 알았어요. 저는 줄 수 있는 사람이 결코 아니예요. 지금 제가 할 수 있는 최선은 주시는 것을 감사함으로 받으며 여기에 살아 있는 것입니다.

그래요, 이 세상의 모든 생명이 지금 살아가는 것은, 사실은 자기가 미처 인식하지 못하는 중에 하나님의 생명 살리기 시스템 속에서 살아지고 있는 것일 거예요. 자기 자신도 모르는 사이에, 서로 서로에게 자신의 생명을 아낌없이 제공하는 거룩한 헌신이 있어, 오늘 우리의 생명은 지속되고 있습니다.

누군가 자신이 줄 수 있고, 주고 있다고 생각하는 순간 모든 것이 뒤틀려 버릴 거예요. 부모가 자식에 대해 무언가 주었다고 하거나, 남편이 아내에게, 친구가 다른 친구에게 그렇게 했다고 생각하는 순간 그 사랑은 거룩함을 상실한 채 변질되는 것이고, 그 결과는 시비와 원망일 수 밖에 없을 거예요. 두 눈을 똑바로 뜨고, 저는 지금 하나님의 이 생명 살리기 프로젝트에 저 자신을 맡기려 합니다.

이번 여름에는 꼭 한 번 당신의 그 착한 복숭아 나무들과 그 밭을 만나러 가고 싶었는데, 저의 주치의가 그 날이 언제일지 모르니 집 가까이에 머물라 해서… 내년 봄에는 새로운 폐로 숨을 쉬며 당신에게로 갈 수 있을 겁니다.

형!
잘 살아보려고 해요. 살아있는 것이 너무나 소중하기에, 누군가의 죽음을 통해야만 다시 살아갈 수 있는 나임을 알기에 더 소중하게 삶을 생각하며 살고 싶어요.

이번 여름에는 꼭 한 번 당신의
그 착한 복숭아 나무들과 그 밭을
만나러 가고 싶었는데,
저의 주치의가 그 날이 언제일지 모르니
집 가까이에 머물라 해서…
내년 봄에는 새로운 폐로 숨을 쉬며
당신에게로 갈 수 있을 겁니다.

제 친구 짱구

형에게, 네 번째
2017년 8월 7일

兄!

그 곳에서 잘 지내죠?
용기를 내어서 처음 이렇게 안부를 묻습니다.

저는 솔직히 형의 안부를 묻는 것이 두려웠어요. 그 병원에서
그렇게 형이 우리를 남겨두고 세상을 떠난 후에, 저는 지금 형이 어
디에서 어떻게 지낼 것이라고 하는 생각을 할 수가 없었어요. 그냥
천국 가셨다고 생각했죠. 천국은, 더 이상 고통과 눈물과 한숨이 없
는, 기쁨과 평화만이 가득한 곳이라는 믿음을 가지고 사람들을 위
로하며 목회자로 살아왔으니, 사람들은 당연히 제가 뭔가 천국에 대
해서 다른 사람들 보다는 조금이라도 더 알 것이라고 생각할지 모르
지만, 제가 뭘 알겠어요?

형에게, 그 곳에 대해서, 나에게만 특별히 알려달라고는 말하

지 않겠어요.

　이제까지 제가 살아오면서, 누군가 사고로 의식을 잃었다거나 또는 다른 특별한 상황 속에서 비몽사몽간에 천국을 잠시 다녀왔다고 하는 사람들의 이야기를 직접 듣기도 하고 책에서도 읽었는데, 저에게는 별 감동이 없었어요. 본인이 듣고 보았다니 구태여 그 진실성을 시비하고 싶지는 않지만, 어쨌든 그 이야기를 그냥 흘려보냈을 뿐 누군가에게 전달해 본 적도 없어요. 천국은 분명히 있고, 꼭 있어야 한다고 믿지만, 저는 그냥 천국을 하나님의 신비의 영역으로 마음 속에 간직하며 살아왔습니다.

　가끔 이런 생각은 해요. 왜 내가 그토록 사랑했던 이들은 아무도 내 꿈 속에 나타나지 않는걸까.

　어머니 아버지 형, 그리고 누구 누구, 아무도…

　저는 그들 모두가 그 곳이 너무 좋아서 이 곳을 완전히 잊어버린 것이 틀림없다고 생각하곤 했어요. 그리고 또 저 자신도, 하나님을 믿고 제가 사랑하는 이들을 그 분께 완전히 맡겼으니, 그냥 '좋음'으로 제 생각 속에서 마침표를 찍었을 거예요. 그리고 인간의 무의식과 꿈의 영역에서도 결코 닿을 수 없는 그 곳이, 바로 천국이라고 정리한 것입니다.

그래도 형, 오늘은 그냥 형에게 잘 지내냐고 묻고 싶습니다.

이렇게 형에게 보내는 저의 안부편지를 쓰다보니, 형이 마치
저 시냇물 건너 옆 동네에 살고 있는 듯 느껴져요. 형, 저는 형과 같
이 살았던 여기 이곳, 지금 내가 살고 있는 이 마을이 참 좋아요. 그
래서 가끔 저는 천국이 이 보다 더 좋을 수는 없겠다는 생각도 해요.
제가 좀 더 적극적으로 말하면, 지금의 여기, 이곳도 저에게는 천국
입니다. 치매에 걸리신 93세 저의 아버님(장인)이 우리와 함께 생활
하며 별로 특별하지 않은 음식을 식구들과 나누면서도, 이렇게 맛
있는 것은 처음 먹어보신다고 말씀하시면, "많이 드세요, 천국에는
이런 음식이 없을지도 모르니, 지금 마음껏 드세요"라고 해요. 그래
요, 그 말이 맞아요. 하나님의 나라에서 살아가는 우리에게는 그 어
디나 하늘나라인 것이 분명합니다. 그러니 형이 있는 그 천국과 여
기에 있는 하나님의 나라는 같은 분이 다스리는 나라이고, 이웃 마
을이라는 생각이 드네요. 그리고 영생을 산다는 것은, 그 곳에서 형
이 살아가는 그 영원한 삶을 지금 여기에서 제가 살고 있고, 형은 이
곳에서 우리와 함께 천국의 삶을 살다가 그 곳 천국에서 살고 있다
는 얘기가 아닐까요?

형, 제 아내 윤희 씨가 휴가를 얻었어요.
요즘에는 제가 그 이를 '짱구'라고 불러요. 어렸을 때, 삼촌들이
자기를 그렇게 놀리며 불렀다고 말해주었는데, 한 10년 전부터 갑

그래요, 그 말이 맞아요.
하나님의 나라에서 살아가는 우리에게는
그 어디나 하늘나라인 것이 분명합니다.

자기 저도 그렇게 부르고 싶어졌어요. 직접 대놓고는 못 부르고, 가족 카톡방에서 "짱구는 언제쯤 오시나?" 하고 묻게 되는 그의 퇴근 시간 무렵에, 그렇게 합니다. 형이 제 친구 짱구를 좋아했었잖아요. 형에게는 그 이가, 동생이 좋아하는 여자라서라기 보다도 내 동생을 좋아해주어서, 참 좋은 사람이었겠지요. 제 마음 속에서 형수님도 늘 그랬어요. 그리고 참 예쁘시잖아요. 형이 형수를 얼마나 좋아했는지 저는 알아요. 그리고 제가 아는 형은 분명 이 곳에서 우리와 함께 천국을 살았어요.

지난 해까지 제 아내의 여름 휴가는 바로 이맘 때 쯤, 교회 전교인 수련회에 맞추어 몇 일 쉬고, 또 8월 15일 몇 일 전 홀로 계신 청주 어머니 생신 가족모임에 맞추었어요. 그런데 이번에는 저와 함께 집에 머물기로 했어요. 저의 폐이식수술을 위해 언제든 병원에서 부를 수 있으니, 세 시간 안에 병원에 도착할 준비를 하며 지내는 것이 좋겠다는 수술 코디네이터의 말이 있었기에, 제가 청주 어머니 집에도, 또 다른 어디에도 가기가 어렵게 되었잖아요. 제 아내가 저와 함께 있겠답니다. 참 특별하고 새로운 휴가예요. 지금 우리 집에서 우리와 함께 천국을 사는 우리 아버님의 표현처럼, 이런 기분 '처음'입니다.

제 아내는 여전히 늘 바빠요. 저와 결혼하기 5년 전부터 간호사 일을 하기 시작하여 지금까지 34년간 강남세브란스병원에서 일하며 살았어요. 아니, 그곳에서 살면서 일했다고 말하고 싶네요. 단순히 일터가 아니라 제 아내의 인생이고 삶이란 것이죠. 몇 일 전에도 동네 커피숍에서 둘이 마주 앉았는데, 두 시간 내내 자신의 병원 일과 관련된 얘기를 저에게 했어요. 지금도 여전히 잘하고 싶어해요. 어느 날 자신이 그 자리에서 물러난 후에, 자신이 일을 하던 그 자리에서 이어 살아갈 누군가가 더 좋은 환경에서 삶을 살아갈 수 있으면 좋겠다는 마음으로 치열하게 생각하며 살아요. 저는 늘 제 아내의 병원 간호사일이 제가 감당하는 교회 목사일과 같은 삶이라고 생각해 왔습니다. 그래서 제가 목회일로 고민하며 바쁘게 살아가는 것과 제 아내가 병원 일 때문에 지치는 삶이 모두 거룩한 삶이라고 여겼죠. 그뿐이겠어요? 우리 교회 식구들과 이 세상 모든 이들의 일상도 모두 그렇게 귀한 것이죠. 저는 제 아내가 자신의 일로 바빠서 좋습니다. 제 아내가 자신의 일로 바쁜 관계로, 저는 맘껏 자유(?)를 누렸어요. 제가 얼마나 좋았겠어요? 그 아내가 휴가를 얻어 저와 함께 지내겠답니다. 그래서 참 좋습니다. 그와 함께면, 자유도 좋고 잔소리도 좋아요.

형!

제 아내가 휴가랍니다.
휴가를 얻은 아내와 제가 뭘하며 지내면 좋을까요?

우리 집은 휴가 중

형에게, 다섯 번째
2017년 8월 8일

兄!

오늘은 2017년 8월 7일(월)입니다.

우리의 아주 먼 조상들로부터 전해 내려온, 계절의 변화를 세밀하게 표현하는 말로는 오늘을 입추(入秋)라고 하죠. '가을이 시작되는 날'이라는 말인데, 여름의 후텁지근함이 아직 끝나지 않았지만 새벽시간부터 아주 조금씩 시원한 바람이 솔솔 불기 시작하는 것이 느껴지는 때입니다. 빠르게 움직이는 동물들처럼 그렇게 바쁘게 이곳 저곳으로 다닐 때는 하루 하루의 아주 작은 변화들을 느끼지 못했는데, 마치 한 곳에 심겨진 나무처럼 방안에서 하루의 거의 모든 시간을 지내다 보니, 햇빛이나 바람의 미세한 변화를 알 수 있겠네요. 엊그제 밤에는 새벽 네 시에도 밖의 더운 공기가 여전하여 창문을 열지 못했는데, 오늘 새벽 그 시간에는 참 오래간만에 창문을 열고 밖의 시원한 공기를 집 안으로 들여와, 제 몸 안에 담았습니다.

오늘은 제 아내 짱구 조윤희 씨의 휴가이고, 따라서 우리집 여섯 식구의 휴가입니다. 그리고 저의 생일이랍니다. 휴가의 시작은 충분히 늘어지게 잠자기입니다. 구약성경 〈아가서〉에서 사랑하는 연인 술람미를 깨우지 않고 충분히 잠자게 하려던 어떤 사내처럼, 저도 그렇게 조심했습니다. 저는 보통 네 시나 다섯 시에 잠에서 깨어나는데, 아내가 충분히 자고 자연스럽게 일어나는 여덟 시까지 조용히 지냈습니다. 참 잘했어요. 날마다 네 시 반이나 다섯 시에 일어나 출근 준비를 하던 제 아내의 휴가는 이렇게 시작되었습니다.

아내가 가족들을 위해 아침 식사를 준비하였습니다.

구체적으로 무엇을 먹었는지는 지금 잘 생각이 나지 않는데, 이것 저것이 들어간 비빔밥이었어요. 제 인생에서 아침식사로 비빔밥을 먹기는 거의 처음인 것이 아닌가 싶습니다. 중요한 것은 아내가 여섯 식구의 아침식사를 준비한 것인데, 이것이 바로 그가 휴가를 얻었을 때 진정으로 하고 싶었던 일이었던 것 같고, 어쨌든 모든 가족이 감격하며 아침식사를 즐겼습니다. 그 후에 아내는 세탁기를 돌려 빨래를 하면서 설거지도 하였고, 그 시간에 아들 백상인과 저는 할머니가 TV 뉴스 보시는 것을 기다려 류현진이 공을 던지는 미국 야구 메이저리그 경기를 즐겼습니다. 식사 마친 뒤 늘 노곤하여 누우시는 할아버지(93세)와 할머니(87세)는 그 시간에 충분히 주무시고, 야구시청에 푹 빠져버린 우리 부자는 아내와 딸이 그 시간

아내가 가족들을 위해 아침 식사를 준비하였습니다.
구체적으로 무엇을 먹었는지는 지금 잘 생각이
나지 않는데, 이것 저것이 들어간 비빔밥이었어요.

형.
지금 우리집은 휴가중입니다.

에 무엇을 했는지 잘 모릅니다. 어쨌든 모두가 각자 자유함 속에서 자신의 휴가를 즐겼습니다.

지금, 오후 3시 40분, 저는 한 시간 이상 이 글을 쓰고 있고, 제 아내는 컴퓨터 앞에 앉아 병원 일을 봅니다. 휴가 때 왠 '일'이냐고 할지 모르지만, 형! 같은 일일텐데, 휴가 때 하는 그 일은 근무시간에 해야만 했던 일들과 좀 다른가 봅니다. 굳이 하지 않아도 되는데, 그냥 하는 것이 자신을 더 편하게 하는 듯, 그러더라구요. 교사 임용고시를 준비하는 아들은 자신의 방에서 뭔가를 하고 있고, 딸은 점심도 먹지 않고 영등포로 가서 어느 여학생의 과외수업을 하고 있습니다. 그게 무슨 휴가냐구요? 휴가가 아닌 것 같기는 한데, 그런데 지금 우리 가족은 정말로 휴가중 입니다.

아! 아까 아침 식사 후에, 류현진이 6회 말까지 한 점도 내주지 않을 정도로 정말 잘 던져서 무척 기분이 좋았던 그때, 저는 내 친구 짱구에게 일산호수교회당 옆에 있는 '라밀(LAMILL)'이라는 커피유통회사에 함께 가보자고 제안했었어요. 본사는 미국 로스 엔젤레스에 있고, 여기는 작은 창고 안에 사무실이 있는 한국 지사입니다. 우리 가족들은 이미 몇 년째 그 회사의 커피 원두를 가져와 맛있는 커피를 즐겨왔는데, 제 아내는 아직 한 번도 그 곳을 방문한 적이 없었고, 그 곳에 가면 늘 모든 직원들이 환영해주고 아주 맛있는 커피를 만들어 주기에, 제 아내에게 참 좋은 휴식이 될 것을 기대하며 가보자고 한 것입니다. 백인영이 따라 나섰고, 기대했던 대로 지사장인 오 성씨와 직원들의 극진한 환대를 받았습니다. 요즘에는 제가 산소발생기를 끌고 콧줄로 산소를 공급받으면서 움직이니, 사람들로부터 예전보다 훨씬 더 어여삐여김을 받습니다. 그래서 저는 은근히 저의 헉헉거림을 즐기고 있기도 해요. 형, 이건 정말 휴가 맞죠? 집으로 돌아오는 길에, 동네 칼국수 집에서 점심 콩국수를 위한 콩국물을 한 통 사고, 돈까스도 샀습니다.

치매 환자이신 우리 아버님은 또 맛있다고 감격해 하셨고, 그래서 더 기분이 좋아진 아내는 점심식사 후에 아들에게 제안하여 할아버지의 목욕을 시켜 드리기로 하였습니다. '목욕'을 시켜 드리겠다고 하니 아버님이 '모욕'이라고 발음하셔서, 제가 장난스럽게, 아니요, 아버지를 '모욕'시켜 드리는 것이 아니라 '목.욕.'입니다 라고 말하며, 모두들 즐거워 했습니다. 형, 생각해보세요. 할아버지 할머니가 우리 아들 딸 태어날 때부터 우리와 같이 살면서, 그렇게 즐거워하며 우리 아이들을 씻겨 키웠는데, 이제는 그 아기 손자가 스물 여덟 살 청년이 되어, 77Kg 할아버지를 욕실 의자에 앉히고 엄마와 함께 낄낄대며, 요즘 아이들 말로 너무나 귀여우신 할아버지를 씻어 드립니다.

아마도 조보형 할아버지는 목욕 후에 잘 주무시고 나서, 저에게 조용히 다가와, 제 아들을 가리키며 "저 사람이 누구냐"고 물으실 것이고, "내 아들입니다"라고 하면 그러냐고 고개를 끄덕이실 것입니다. 그 다음에, 제가 "나는 누구예요?"라고 물으면 씩 웃으며 "사람이지"라고 얼버무리실 거예요. 할아버지는 아주 가끔 당신의 아내를 '여보'라고 부르지만, 부인이 어디 있느냐고 다시 정색을 하고 물으면, 북한 땅 함경남도 영흥군 고향집에 있다고 대답하실 것입니다.

오늘 목욕을 마치신 후에, 정신이 좀 맑아지신 할아버지가 막내 딸인 제 아내에게 "이렇게 늙은 내가 빨리 죽어야 저 젊은이가 잘 살텐데"하고 말씀하셨는데, 그 말씀 때문에 슬퍼하기 보다는, 잠시 동안 반짝 좋은 할아버지의 건강함에 우리가 모두 행복했습니다.

이렇게 글을 쓰는 동안에, 점심 식사후 잘 주무시고 일어나신 할머니가 저녁 준비하는 딸에게 이것 저것 코치하십니다. 아직도 우리집의 통치자는 87세 이은선 할머니입니다. 할머니는 35Kg 밖에 되지 않는 작고 여린 몸으로, 당신에게 있는 모든 에너지를 쏟아부어 무엇이든 쉬지 않고 일하시며, 모든 식구들의 삶에 관여하십니다.

형,
지금 우리집은 휴가중입니다. 제 아내가 휴가를 얻게 되면서, 저는 매주 월요일에 참여하는 일산성서정과 모임에 나가지 않았고,

아들은 학원스터디 모임을 쉬었으며, 딸도 대학원 동료들과 약속된 공부 모임에 불참하였습니다. 그리고 지금 우리는 우리가 참 좋아하는 우리 가정을 즐거워하고 있습니다.

우리 중 누구도 여기가 바로 천국이라고 말하지는 않지만, 천국이 이보다 더 좋을 것 같지는 않다고 생각하며 함께 지냅니다.

백인영, 아! 백인영

형에게, 여섯 번째
2017년 8월 12일

兄!

저는 요즘, 하루종일 거의 집에서 가족들하고만 지내요.

월요일에는 백석동 인근의 동네 목회자들과 만나 교회력에 따른 성서본문을 읽고, 그리고 누군가가 많이 보고 싶어지면 한 주일에 한 번이나 두 번 약속을 잡아 점심을 함께 하거나 차를 마십니다. 하지만 가능한 한 저녁 식사 전에는 집으로 돌아와 우리집 어른들과 지내려 해요. 특별히 치매 환자이신 저의 아버님(장인)은 제가 늘 있는 그 자리에 있는 것을 많이 좋아해요. 그래서 지금 제가 우리집에서 맡은 역할은, 해지기 전에 집에 들어와 어른들을 편안케 하는 것이라고 생각하며 지냅니다.

또한 지금 저에게 무엇보다도 중요한 것은, 그 날이 언제일지는 모르지만 병원에서 부를 때에 가장 좋은 몸상태로 수술대 위에 올라야 하는 것입니다. 그래서 날마다 조심스럽게 규칙적인 식사와 일상생활을 이어가려고 노력하는 것이죠. 특별히 잠자는 것이 아주 중요한데, 한 번 적당한 때를 놓치면 때때로 잠을 두 세 시간 밖에 자지 못하고 아침을 맞이하기도 해요. 형은 어땠어요?

저는 이전에, 어른들이 밤잠을 이루지 못하고 뜬 눈으로 지샜다고 말씀하시는 것을 이해할 수 없었어요. 그런데 요즘 제가 그래요. 보통 하루 밤에 서너 번 깨면서, 그렇게 몇 번 나눠 자는데, 백상인은 어제밤에 한 번도 깨지 않았다고 하네요. 나도 그랬었는데…

첫 잠을 자고 일어나, 다시 잠들지 못하면 큰 일입니다.
형, 어제 밤이 그랬어요.

9시 30분에 잠이 들어 첫 잠을 두 시간은 자야 했는데, 1시간쯤이나 잤을까요?, 밖에서 막 돌아온 딸 백인영('영'이기 때문에 제가 '빵구'라고 부르기도 해요. 아내는 '짱구', 아들 백상인은 '상구')의 하이톤 목소리에 그만 잠에서 깨어나고 말았습니다.

저녁식사를 못했으니, 밤늦게 자신이 집에 돌아오면 삶은 달걀 두 개를 먹게 해달라고 엄마에게 부탁하는 것을 제가 잠자기 전에 들었는데, 그 빵구가 집에 와서 그 삶은 계란과 열무김치를 먹다가 깜짝 놀라 오빠에게 외치는 소리가 저와 제 아내를 깨운 것입니다. "오빠! 이게 어떻게 된 거야. 왜 열무김치에서 오이지 쪼가리 두

개가 나와?"

저는 눈을 뜨지 않은 채, 잠에서 깨지 않으려고 버티는데, 아내 짱구가 "아마도 내 생각에는 저녁 때 내가 아빠를 위해서 오이지 무침과 열무김치를 넣고 밥을 비벼주었는데, 오이지를 옮겼던 그 숟가락에 붙은 두어 조각이 열무를 뜰 때 그 열무 찬그릇 속으로 딸려 들어간 것 같다"고 꽤 논리적으로 말했습니다.

이렇게 친절하게 작은 소리로 아내가 눈을 감은 채 설명하는 중에, 그렇게도 눈을 뜨지 않고 다시 잠 속으로 빠져들고만 싶었던 나는, 그 간절했던 나의 소망은, 물거품처럼 사라졌습니다.

한 30분 후에, 하루종일 피곤하게 지냈던 아들과 딸은 화장실을 차례로 사용한 후 금방 잠들었고, 그리고 제 아내 또한 그 자신이 이런 말을 했는지 안했는지 알 수 없을 정도로, 피곤을 이기지 못하겠다는 듯이, 잠을 이어갔습니다. 그런데 그때로부터 거의 두 시까지(3시간 정도) 저는 잠을 이룰 수가 없었습니다. 백인영, 아! 백인영.

전날 낮에, 나에게 밥을 한 끼 차려주면서, 아빠의 다음 날 아침 식사는 자신이 책임지겠으니, 할머니는 전혀 신경쓰지 마시라고 말했던 그녀.

형,

저는 그 다음 날인 어제 아침(8월 10일 아침), 보통 때처럼 저의 그 아침 식사 시간에, 제 자리에 앉아 있었습니다.

할머니가 당신의 짝꿍인 할아버지 아침을 차려주시면서, 아침에 뭘 먹을 거냐고 저에게 물으시기에 백인영이 차려준다고 했으니 신경쓰지 마시라 했죠. 그런데 그로부터 한 30분이 지나서야, 그녀는 잠자리에서 일어나 눈을 비비며 아무일 없다는 듯이 화장실로 들어갔다가 자신의 신체 리듬에 맞추어 나왔습니다. 그 사이에 오빠 백상인이 빵을 구워 나에게도 나눠 주었고, 그리고 딸은 매우 자연스럽게 냉장고에서 치즈와 토마토를 가져와 저에게도 나눠주었습니다. 너무나 자연스럽게, 아무 문제가 없다는 듯이.

그래요, 사실 뭐 별로 잘못된 것은 아니겠지요. 문제가 하나 있다면, 저의 아침 시간이 그 친구의 아침 시간보다 40분 내지 한 시간 정도 빠르다는 것일 뿐입니다. 그 친구는 아마 자신의 아침 시간에, 나와 함께 아침을 먹겠다고 말했을 거예요. 그런데 사실 문제는, 이 아침 시간의 일을 '공연히' 그날 밤 중에 다시 꺼내어 생각하기 시작한 나 자신에게 있었습니다. "도대체 '아침'이란 말은 언제를 가리키는 말인가?"로부터 시작해서, '아침'이나 '시간'이란 말을 사람들마다 각자 다르게, 그리고 얼마나 자기 중심적으로 생각하며 말하는지에 대한 생각으로, 꼬리에 꼬리를 물고, 두서없는 생각들이 제

멋대로 저의 머리 속에서 흐르기 시작한 것입니다. 독일철학자 하이데거의 '존재와 시간'이란 책 제목이 떠오르고, 그와 같은 때에 같은 대학에서 함께 하나님의 말씀을 읽었던 신학자 불트만의 깊은 고민이 담긴 말들, '바울이 말했던 마지막 때(종말)의 의미', 요한복음의 '영원'과 '영생'이란 말, 히브리인들의 시간과 헬라인들의 시간 등등. 30년 전에 보았던 책들과 대학의 강의실에서 치열하게 했던 논쟁들 속으로 다시 들어간, 지난 밤 저의 의식은 더 똘망똘망해져 갔던 것입니다.

참으로 공연히. 그리고 제 멋대로.

그런데 형, 지금 생각해 보니, 저는 낮에도 얼마든지 잠잘 수 있는 사람인데, 아무도 제가 집에서 낮잠을 잔다고 저에게 뭐라고 할 사람이 없는데, 공연히 저 혼자, 마치 낮잠을 자면 저의 인생이 뭔가 잘못되기라도 하는 것처럼, 아직도 그렇게 쪼잔하게 조바심내고 있었네요. 아직 백수 초보라서 그런가 봅니다. 언제쯤 철이 들지… 시간이 필요하겠죠.

형은 지금 어떻게 지내세요?

그 곳 천국에서도 낮잠 주무시나요? 저는 형이 그 곳에서 편안히 쉬시기를 바래요.

저도 이 곳에서 그렇게 살아갈게요.

아니, 나는 하나님을 믿어!

형에게, 일곱 번째
2017년 8월 17일

兄!

잘 지내시죠?

물론 천국에서 잘 지내겠지만, 오늘 아침에도 이렇게 인사하고 싶네요.

제가 청주에서 중학교 2학년이 되었던 때, 저보다 5학년 위인 형은, 연세대학교 신학과에서 공부하기 위해 아버지 집을 떠나 홀로 서울에서 살기 시작했어요.

이런 생각 처음해 봅니다.

어쨌든, 제가 장신대 신학대학원에서 공부하려고 서울에 올라왔을 때, 형은 독일에서 유학생활을 하고 있었고, 그리고 형이 독일에서 돌아와 서강대학교 인근의 염산교회에서 부목사 생활을 할 때에는, 저도 같은 서울의 동대문구 이문동 중랑제일교회 부목사로 살았어요. 하지만 서로 바쁜 관계로 명절에 청주에서 만나는 것 빼고는 한 해에 고작 한 두 번 만났을 거예요.

몇 년 후에, 형이 전라도 광주로 내려가 광주기독병원 목사로 살기 시작하면서 형은 광주 사람이 되었죠. 다른 집 형제들도 우리랑 비슷할 거예요. 형제들끼리 자주 만나며 인생을 살아가는 분들도 있겠지만, 우리는 그냥 이렇게 살았어요.

저는 형을 참 좋아했어요.
지금도 형이 아주 가깝게 느껴져요. 형이 독일에 있든, 광주에 있든, 지금 천국에 있든, 별다름 없이. 두 살 아래 동생 백경삼처럼 우리가 같이 뒹굴며 성장하지는 않았지만, 형은 저에게 너무나 '형'이라서, 형이 하는 얘기나 형의 표정이나 노래나 옷차림이 다 멋있었고 존경스러웠죠. 아주 자랑스러웠죠. 그래서 사람들이 형과 많이 닮았다고 하면 참 좋았어요.

형은 늘 형 다웠어요. 어린 저에게 이래라 저래라 하지 않고, 늘 형이 생각하고 고민하는 문제들을 풀어 설명해주고 저로 하여금 스스로 생각하게 하곤 했어요. 형은 제게 아버지에 대한 정신적 부담이 있다는 것도 여러 번 얘기했어요. 그 시절의 다른 부모들처럼, 맏아들에 대해 특별한 기대를 가지셨던 아버지, 저는 결코 느껴보지 못했던 그 아버지를 형이 홀로 감당해야 했지요. 이 세상 모든 맏아들의 숙명일 거예요. 어쨌든 고마워요. 형이 그 자리에 늘 있어주어서, 저는 마냥 철없이 지냈고 자유를 누렸어요.

형은 대학 생활을 시작하면서부터 아버지와 멀리 떨어져 살았지만, 언제 어디에서 살았던지간에, 마음 속에서 아버지의 기대와 씨름하며 살았을 거예요. 하지만 아버지와 좀 더 많이 가까이에서 함께 지냈던 저는, 오히려 무조건 잘했다며 웃어주시는 아버지를 한없이 즐거워하며 지냈던 것 같습니다.

지금 생각해보면, 형은 홀로 충분히 고민하고, 이렇게 저렇게 자신을 시험해 보면서, 수도자적 영성과 학문성을 갖춘 목회자로 성장해 가기를 원했는데, 아버지는 그런 형이 혹시 수도자로서 프랑스 떼제에 머물거나, 독일에서 너무 오래 머물며 목회자가 아닌 신학자로 살게 될까봐 염려했었겠지요. 아버지는 늘 형이, 아버지 자신과는 다르게, 성도들이 많은 큰 도시교회에서 안정되게 목회하며 살아가길 원했지만, 형은 시골이든 섬이든 어디에서나 작은 교회를 목회하며 수도자적 영성을 가진 목사로서 그 작은 공동체를 섬기고 싶어했던 것이죠.

그런데, 형은 광주라는 큰 도시의 어머니 교회인 광주제일교회에서 인생을 마치기까지 13년을 목회함으로, 노년의 청주 아버지를 행복하게 해주었어요. 하나님의 뜻과 계획이 있어서 그러한 목회의 길을 형이 걸어갔겠지만, 동생인 제가 볼 때에, 형은 결국 아버지를 기쁘게 하는 삶도 살았던 것이지요. 그래요, 그 누군가가 진정 하나님의 종이라면 자신이 원하는 삶보다 하나님께서 인도해 주시는 인생 여정을 걸어가야 하는데, 형이 그랬던 것 같아요.

그런데 형, 제 기억 속에서 형은 광주제일교회를 정말 좋아했어요. 그리고 광주라는 상처입은 도시 사람들을 무척 사랑했죠.

형은 늘 자신이 하고 있는 목회에 대한 열정이 강해서, 명절이나 다른 연유로 만날 때마다 서너 시간 이상을 쉬지 않고, 아둘람 성경공부 모임과 다양한 선교팀 이야기를 이어 갔었어요. 제가 아는 형은, 마지막까지 참 행복하게 목회했어요.

형!

저는 맏이로 살았던 형을 생각하며, 저의 큰 아이 백상인을 많이 생각해요. 중학생 때부터 역사선생님이 되고 싶다고 하더니만, 지금도 그 길을 걷고 있어요. 둘째 인영과 다르게, 큰 아이 상인이는 때때로 저를 어려워해요. 그리고 저도 모르는 사이에 큰 아이에게는 좀 더 뭔가를 가르치려 하기도 해요. 그러지 말자고 다짐하면서도 가끔 대화가 딱딱해지곤 했죠. 형도 첫 아이와 그랬어요?

제가 몸이 좋지 않으니, 자신들이 운전을 해야만 되겠다고 생각해서 올해 초에 백상인과 백인영이 함께 운전면허교습을 받고 시험에 임했는데, 백상인만 통과했어요. 그냥 그렇게 된 것 뿐인데, 저는 왠지 상인이가 더 부담감을 가지고 몰입한 것일 수 있겠다는 생각이 들더군요. 백상인은 참 차분하고 꼼꼼한 성품을 가졌어요. 그래서 운전도 별 사고 없이 차근차근 배워 나가는데, 얼마 전에는 주차하면서 옆의 차를 살짝 건드려 보험처리한 일이 있었어요. 제 아내 말이, 아버지인 저를 의식해서 혼자서 많이 자책을 했었답니다. 많이 미안했어요.

그 다음날(8월 7일) 저녁에, 우리 가족이 함께 파주의 첼시 아울렛에 가서 바람도 쐬고 저녁식사하자고 제가 제안하며, 백상인에게 운전해 보라고 했습니다. 처음으로 일산을 벗어나 운전할 기회가 그에게 찾아온 것이죠.

"아빠! 저를 믿어요?"라고 싱글싱글 웃으며 저에게 물어요.
그래서 제가 대답했죠.
"아니, 나는 하나님을 믿어!"
지금도 저는 이 말을 자꾸 생각해요. 백상인도 아마 많이 생각하겠죠.

내 키는 170. 할렐루야!

형에게, 여덟 번째
2017년 8월 22일

兄!

여기 아침은 이제 제법 가을 느낌이 들어요.
아침에 창을 열고, 이렇게 선선한 바람을 제 몸 안으로 맞이할 수 있어서 참 좋습니다.

이 바람은 어디에서부터 온 것일까요? 우리 집에서는 한강도 가깝고 서해 바다도 멀지 않아요. 그래서 그 넓은 바다와 강을 지나서 지금 제 앞에 왔겠다는 생각을 해요. 제주도에서 잠시 쉬었다가 왔길 바래요. 일산호수교회에서 함께 지냈던 고순옥 자매, 이동훈 채지윤 부부의 숨결도 담겨있으면 좋겠습니다.

그래요, 오늘 제 앞에 불어와 제 볼을 부비고 몸 안으로 들어온 이 바람은, 마치 제 몸처럼 아끼고 사랑하는 그 이들의 숨결이 겠지요.

보고 싶어요.

어제(21일, 월요일)는 한 달 만에 백인영이 밀어주는 휠체어에 앉아 신촌 세브란스 병원을 즐거워했습니다. 지난 달에 처음 그 휠체어에 앉았을 때는, 제가 앉을 자리가 아닌 것 같아 그렇게 어색하고 미안하기도 했는데, 어제는 좀 당당하게 환자 행세를 했어요. 친절하게도 모든 이들이 제가 가는 길의 문을 열어주고, 엘리베이터에 타고 내릴 때도 미소지으며 양보해 주었습니다. 휠체어에 앉았을 뿐 아니라 산소발생기에 연결된 콧줄을 하고 있으니, 누가 보더라도 중환자가 된 것이죠.

인생을 살면서 이런 경험을 해보네요.
누군가 진지하지 못하다고 말씀하실지 모르지만, 저는 솔직히 이 숨가쁜 삶을 요즘 즐거워하곤 합니다.

백인영은 이제 당연히 한 달에 한 번 이 일을 감당해야 하는 것으로 받아들인 듯 합니다. 아침 8시에는 집에서 출발해야 했는데, 30분전이 되어도 그 친구가 일어나는 기척이 없어서, 저는 혼자가겠다고 생각했었어요. 전날 밤에 1시가 넘어서야 집에 들어왔으니, 그러려니 했죠. 그런데 알람을 하고 잤는지, 후다닥 일어나 준비를 하더군요. 머리는 전 날에 이미 감았답니다.
괜찮은 친구입니다.

두 번째라 그런지 좀 더 자연스러워졌어요.

지하2층 주차장에 차를 세우고, 휴대용 산소발생기를 준비하여 차 밖에 서니, 벌써 숨이 턱 막혔습니다. 수 많은 차들이 배기가스를 내뿜으며 계속적으로 들어오니 그 공기가 어떻겠어요. 어느 새, 딸이 휠체어를 가져와 앉으랍니다. 그리고 그 친구는 이제, 좀 더 잘 구르는 휠체어가 있다는 것을 알게 되었답니다. 지난번에 구박을 받더니 운전도 늘었어요. 하지만 아직은 주변 보행자들과 안전거리를 유지하는데 문제가 있고, 그 휠체어를 어디에 세워야 다른 이들에게도 더 좋은 것인지에 대한 감각이 조금 부족합니다.

좀 더 배워야 해요.
그런데요 형, 제가 이런 형편이 아니라면, 이 아이가 이렇게 저를 위해 시간을 내어줄까요? 어쨌든 참 꿈같은 시간입니다.

저의 의사선생님 만난 얘기 할게요.
매달 병원에 갈 때마다, 의사의 진료를 받기 전에 키와 몸무게를 재라고 하는데, 몸무게는 한 달 사이에 변화가 있을 수 있겠지만, 키를 재라는 것은 별 의미를 못 느끼겠다고 딸에게 투덜댑니다. 하지만 사실은 그 키를 잴 때, 제가 상당히 신경 쓰입니다. 지난 번에 잴 때 169.5 센티 미터가 나오자, 제 딸이 키득 웃었어요. 굴욕감이 들었죠. 아빠는 늘 자신의 키가 172라고 하더니만, 170도 안 되잖냐고 그 친구가 속으로 말하는 듯 했어요. 몇 년 전부터 이미 제 딸이 저보다 좀 크겠다 싶었는데, 이 녀석이 자신의 키는 딱 170이라는 거에요. 그 친구는 내심 170센티도 크다고 생각하며 그 정도로 정해 놓고 살고 싶은 것인데, 저는 "나보다 큰 니가 170이라면 나는 어떻게 되냐"고 하며 입씨름을 하기도 했던 것입니다.

그래서 저는 어제의 키재기에 사력을 다했던 것입니다. 몸에 완전히 힘을 주어 쟀더니, 170.0이 나왔어요. 할렐루야! 그런데 그렇게 최선을 다하고 나니, 너무 많이 숨이 차서 죽는 줄 알았어요. 다시는 키를 재고 싶지 않습니다.

이 흥분된 마음으로 의사 선생님을 만났어요.

운동하랍니다. 수술한 뒤에, 일상의 삶을 잘 살려면, 힘들더라도 열심히 운동하여 근육량을 유지해야 한답니다. 무슨 운동을 어떻게 하냐고 했더니, 서 있기와 걷기를 기본으로 하며 다른 여러 가지 운동도 지속적으로 해야 한답니다. 혈당조절도 더 신경써서 해야 한답니다. 학생이 공부해야 하는 것을 알 듯이, 그렇게 해야하는 것은 늘 알고 있지만, 왜 그렇게 그게 어려운지. 그런데 걷기는 그렇다고 하지만, '서 있는 것'을 운동이라고 말씀하시니, 좀 새롭더라구요. 그런데요, 그 말이 저에게 큰 도움이 될 것 같습니다.

한 달 전의 진료 상담에서는, 제 몸 안의 산소포화도를 유지하는데 주안점이 있었습니다. 그 때 저는 수술 받기 전까지, 산소 포화도가 적정 수치 아래로 내려가지 않도록 유지하는 것이 저의 최선의 삶인 것으로 알았습니다. 그 때 선생님이 그렇게 말씀 하셨어요. 일단, 가장 기본인 '하나'를 알려 주신 것입니다.

그런데 어제는 '둘'을 알려 주셨어요. 이제는 한 단계 나아가서, 그 산소포화도 유지를 기본으로 하면서, 때때로 숨이 더 차더라도, 운동할 때는 산소발생기의 발생 용량을 높혀 가면서, 힘이 드는 운동을 하라는 것입니다. 저는 실제로, 요즘 가만히 서 있는 것도 힘들어서, 자꾸 앉을만한 의자를 찾아 주변을 두리번거리곤 했습니다. 산소포화도를 유지하는 것만을 중요하게 생각했던 것입니다.

하나만 알고, 둘은 몰랐던 것이죠.

그래요,
이제는 좀 더 버티고 견디며 '서' 있어야겠습니다.

형, 잘 해 볼게요.

저는, 대체 누구인가요?

형에게, 아홉 번째
2017년 8월 23일

兄!

지금 시간은 아침,
아니 새벽 다섯 시 오십 분. 창 밖에는 비가 내립니다.

저는 참 비를 좋아했어요. 형은 어땠어요? 형도 그랬을 거예요.
요즘에는 그럴 수 없지만, 비가 내리면 저는 그 비가 내리는 것
을 더 가까이에서 느끼려고 우산을 쓰고 길을 걷든지, 찻집 창가에
앉아서 그 비를 보든지, 차를 몰고 나가서 그 빗소리에 흠뻑 젖어들
기를 좋아했죠. 아마도 청소년 시기에 온 몸으로 느꼈던, 그 때 '그
비'를 다시 즐기고 싶어서 그랬을 거예요.

중학교 2학년 때부터 일 것입니다. 그 때는 교회 학생부 수련회
로 강가에 텐트를 치고 야영을 했었죠. 제가 그 비를 맞을 때, 형은
이미 집을 떠나 서울 어딘가에서 살고 있었을 거예요. 어쨌든 그 빗

속에 형은 없었어요.

햇빛과 비를 가리려고 천막과 텐트를 가져가고 그 아래에서 서너 날 교회 친구 형 누나들과 지냈는데, 그 여름 수련회 기간에는 늘 비가 오곤 했어요. 삼 일에 한 번 오기도 하지만, 어떤 때는 삼일 내내 비가 오기도 했죠. 그러면 아무리 낮에 천막과 텐트 주변에 우리가 도랑(물길)을 파 놓았다 해도 금새 바닥이 축축하게 젖어들었고, 때로는 세찬 빗소리를 들으며 그 텐트 안에서 밤을 지새야 했죠. 비가 내리기 시작한 처음 얼마 간은 비에 젖지 않으려고 비를 걱정하고 나를 걱정했지만, 어느새 다 젖고 흠뻑 젖어 버리면 다 포기하고, 그 때서야 함께 있는 사람들을 보게 됩니다.

누군가 기타를 튕기고 노래를 시작하면, 그 캄캄한 밤에 비에 젖고 비에 취한 열 몇 살 청소년들이, 아무것도 더 이상 지킬 것이 없어진 뒤의 자유함을, 모두가 하나되어 즐기게 되는 것입니다. 그 때 만났던 그 비와, 그 비에 흠뻑 젖음에서 맛보았던 자유함 때문에, 비가 오기만 하면 그렇게도 흥분하는 것이 아닌가 싶습니다. 정말 그럴 거예요.

형!

정말 미안한데, 많이 보고 싶어요.
솔직히 하나님에 대해서 모르겠어요.

하나님이 정말 무슨 뜻이 있어서 형을 그렇게 빨리 부르신 것인지.

제가 때때로 슬픔을 당한 유가족들 앞에서, 목사로서 위로의 복음을 전해야 할 때, 생명의 태어남과 죽음은 오직 하나님의 영역이니, 그 분께 맡기고 의지하자고, 여러분, 누구의 책임도 아니라고 말하지만, 그 말은 그냥 우리가 하나님에 대해서 이해할 수가 없다는 말일 뿐입니다.

형이 그렇게 우리 곁을 떠난 후에, 저는 이제 어떻게 살아가야 할 지에 대해서 남들이 결코 이해할 수 없을 정도로 심각하게 생각했어요. 우선 저는 이 땅에서 형이 살았던 시간 만큼이라도 살아보자고 다짐했죠.

사람의 삶과 죽음이 하나님께 속한 것임을 알지만, 지금 살아있는 한, 이 삶을 끝까지 사랑하며 살아내야만 하는 것이 제가 감당해야 할 삶인 것을 또한 알기에, 그랬던 것입니다.

형,

우리는 지금 살아가는 것인가요? 죽어가는 것인가요?
그래요, 우리는 모두 살아가면서 동시에 죽어가고 있다는 생각이 듭니다. 어떤 이들은 왜 자꾸 죽는 얘기를 하느냐고, 그 이야기는 하지 말라고 해요. 그래서 다른 누구와 이 얘기를 할 수는 없어요. 제 아내와 아이들과도 할 수가 없죠. 그래서 이렇게 형하고 하네요. 저는 지금 이런 얘기하는 것이 가장 진실되고 편안해요. 저에게 가장 현실적인 얘기이니까요.

형과 얘기할 수 있어서 참 좋아요.
오늘은 여기까지 할게요.

벌써 한 시간이 지났네요.
오늘(8월 23일, 수요일)은 아내가 여의도에 가야해서 좀 늦게 나간답니다.

지난 월요일 아침, 모든 가족이 다 녹초가 되어 잠자고 있던 그 새벽 4시 30분에, 아내는 7시 회의에 늦지 않으려고 일어나 출근 준비를 했고, 저는 비몽사몽 간에 "오늘은 땡땡이 하지?" 그러다 쓰러지겠다며 오전 근무만 하고 집에 오라고도 했었습니다. 하지만 직장 생활을 그렇게 할 수는 없는 거라며, 아내는 철없는 저를 집에 두고 나갔습니다. 그 전날인 주일 저녁 식사 후에, 갑자기 어머님이 식도에 걸린 무언가를 뱉어내려는 것인지, 아니면 속에서 올라오는 메스꺼움을 해결해 보려는 것인지, 그 여린 몸을 쥐어짜듯이 웅크리며 '케엑, 케엑' 계속 토를 했어요.

위험을 감지한 아내가, 아이들의 도움을 받아 어머니를 방에 눕히고, 손발을 주무르게 하고는, 물을 조금씩 드시게 하는데, 어머니는 무언가 뱉어내고 싶어서인지 계속 안간힘을 쓰시다 기진맥진하셨죠. 혈압을 체크한 아내가 응급실로 가야겠다며 백상인에게 운전할 준비하라고 하지만, 저는 거실의 침대 제 자리에 앉아 숨을 헐떡이며 119를 부르는 것이 좋겠다고 입으로만 거들었을 뿐입니다.

금새, 세 명의 119대원 젊은이들이 우리 집안에 들어와 어머니를 일산병원 응급실로 모셨고, 아들과 딸은 우리집 차로 비바람까지 몰아치는 그 까만 밤길을 가야했습니다. 밤에 처음 운전해 보는 아들에게, 그 밤은 특히 칠흑같이 어두운 밤이었을 거예요. 그 다음 날, 저와 함께 병원으로 가던 딸이, 정말 험하고 무서운 밤길이었다고 하더군요. 누구와 함께 그 길을 가느냐에 따라서, 그 길은 매우 낭만적인 가로등 불빛 가득한 길이기도 하고, 매우 어둡고 무시무시한 길이기도 하겠죠. (혜혜)

참 다행스럽게도, 87세 우리 어머니(장모님)는 또 한번의 여름을 이렇게 견디어 가신 것 같습니다. 거의 밤 1시가 다 되어 우리집 용사들이 집으로 돌아왔는데, 안방의 93세 할아버지는 무슨 일이 있었는지 전혀 모르신 채 잠을 잘 주무셨고, 저도 TV를 켜놓고 잠들었다가, 돌아오는 소리에 일어나서, 마치 깨 있었던 것처럼 식구들을 맞이했습니다. 어휴!

그렇게 돌아와 방에 어머니를 눕힌, 제 아내가 그 밤에 제대로 잠을 잤겠어요? 몇 번씩 깨어 어머니 상태를 보다가, 새벽 4시 반에 출근 준비를 하니, 그것을, 옆에서 숨을 헐떡이며 보고만 있는 저는, 도대체 누구인가요? 저는 그냥 싱겁게 "오늘은 땡땡이 하지?"라고 할 뿐.

그런데 제 아내는 "당신이 집에 있으니 우리가 안심하고 다녀오지, 할아버지가 혼자 집에 계시면 어떻게 해요"라고 말합니다. 저에게 큰 위로가 됩니다.

우리집의 2017년 여름이 이렇게 지나가도 좋겠습니다.

93세 조보형 할아버지

형에게, 열 번째
2017년 8월 26일

兄!

요즘 우리 집은 참 재미 있어요.

유치원의 아주 작은 아이들이, 매우 진지하게 자기들끼리 하는 얘기를, 조금 떨어져서 바라보며 듣고 있는 것과 같은 즐거움이 저에게 있어요. 우리집 어른들을 보고 있는 것이 그래요.

87세 이은선 할머니는, 이제 정면으로 보면서 큰 소리로 말하지 않으면 거의 듣지 못하세요. 벌써 여러 해 되었죠. 아시는 것처럼 표정을 지으시더라도 나중에 보면 대개 못들으신 경우가 많아요.

게다가 성미가 상당히 급해지셔서 당신이 한 번 무엇을 해야 한다고 생각하시면, 그 생각에서 쉽게 벗어나지 못하시고 누가 뭐라하든지 결국은 은근슬쩍 자신의 생각대로 해 버리시죠. 요즘은 그래서 당신이 제일 좋아 하시는 우리 아이들에게 자꾸 혼(?)나요.

요즘 우리 집은 참 재미있어요.
유치원의 아주 작은 아이들이, 매우 진지하게
자기들끼리 하는 얘기를, 조금 떨어져서 바라보며
듣고 있는 것과 같은 즐거움이 저에게 있어요.
우리집 어른들을 보고 있는 것이 그래요.

특별히 당신 남편에 관한 모든 것은 오직 당신 자신이 가장 잘 알고 있으며, 자식들을 어렵게 하지 않기 위해서 자주 말썽을 일으키는 남편을 당신이 미리미리 통제해야 한다고 생각하시죠. 제가 볼 때에, 어머니의 그 책임감과 열심은 그 어른의 생명을 지탱해가는 이유이며 에너지가 되는 것 같습니다. 35kg을 넘지 못하는 가녀린 몸으로, 어머니는 아직도 우리집의 살림살이를 책임지시는 최고 통치자예요.

우리 집 식구들은 여전히 어머님에게 필요한 것이 무엇인지 물어서 시장을 보고, 그 분께 물어서 냉장고의 물건을 꺼냅니다. 이런 어머님을 하루종일 보고 있는 것이 저에게는 큰 즐거움이죠. 제 눈에는 소꿉놀이 하는 일곱 살 소녀처럼 예뻐요.

93세 조보형 할아버지에게는 치매와 파킨슨 병이 있어요.
그런데 참 착하고 귀여우세요. 정말로 그래요.
형은 상상이 잘 안되시겠지만, 그럴 여유가 없으신 할머니를 제외한 우리집 다른 식구들은 정말 이런 할아버지를 즐거워해요. 결코 화를 내거나 말썽을 부리지 않아요. 양 발을 땅에 붙이고 한 10센티 미터씩 조심스럽게 '삭삭' 소리를 내며 걸으시는데, 그 모습이 아주 진지하셔서 우리로 하여금 미소짓게 하죠. 그리고 하루 세 끼 식사를 늘 아주 맛있게 드셔요. 무엇을 드리든 맛있다 하시니, 요즘 아이들 말대로 얼마나 착하고 귀엽겠어요. 밖에 나가시겠다고 떼를 쓰시지도 않아요.

오히려 지난 해부터는 집밖의 낯선 곳을 두려워 하셔서, 공원에서 잠시 내리시라고 하면 차밖으로 나오시지 않을 정도로 힘들어 해요. 그러니 밖에 모시고 나가기가 어려워졌지만, 두려워 혼자서 나가시지 않으니 안심이 되기도 해요.

식사 후에는 거의 모든 시간을 침대에 누워서 지내십니다. 그리고 한 번 잠자고 일어나시면, 잠들기 전에 무엇을 했는지 거의 잊으시는 것 같아요. 때때로 할머니와의 신경전으로 뾰루퉁해지셨더라도, 한숨 주무시고 일어나시면 싹 잊으시니 얼마나 좋아요. 주방에서 무슨 소리만 들리면 식사하러 나와 앉으시는데, 이미 드셨다고 하면 아니라고 손사래 하시면서도, 떼를 쓰시지는 않고 순하게 받아들이시니. 정말 좋은 치매 아닌가요?

그런데 요즘에는 조금씩 더 약해지시는 것이 느껴집니다. 소변과 대변을 참아내지 못하기도 하셔서, 화장실 바닥뿐 아니라 방바닥과 옷에 실례를 하실 때가 좀 더 많아지고 있어요. 하지만 우리 가족들은 마치 두 세 살 어린 아기와 지내듯이, 당연히 그러실 것으로 받아들여 함께 생활하니 크게 어렵지 않아요.

할아버지의 일상을 보고 있으면 절로 미소가 지어져요. 저도 저

어른처럼 늙어 갈수 있을까 하는 생각이 들기도 해요.

그런데요, 형, 저는 아버님의 말동무와 밥친구 외에는 별로 도움이 되지 못해서 많이 죄송해요. 제가 지금 살고 있는 이 현실은 형이 살아보지 못했던 삶이겠지요. 그래서 저는 이 삶이 너무나 특별하고 소중해요. 마치 입 안에서 너무 빨리 녹는 달콤한 카라멜을 물고 있는 아이처럼, 그렇게 더 천천히 아주 아까워하며 그 맛을 음미하고 싶습니다.

아버님은 일단 잠에서 깨면 밤 한 시든, 네 시든, 새벽 여섯 시든지 세수를 아주 열심히 하셔요. 건강하실 때 그래요. 하지만 상태가 안 좋으실 때는 그냥 화장실에서 멍하니 서 계실 때가 많죠. 어쨌든 아내가 아직 밤중이라고 말하며 더 주무시라고 하지 않으면, 잠에서 깰 때마다 언제든 아침이라고 생각하시는 것입니다. 잘못된 것이 아니라, 그냥 그러신 거예요. 이런 삶이 아버님께 찾아온 것일 뿐입니다. 오늘 아침에도, 아버님은 아내가 출근하는 시간인 6시에 씻으셨어요. 아주 건강한 아침을 맞이하신 것이죠. 그래서, 아내가 나가면서 걱정스럽게 저에게 부탁합니다. "엄마에게 꼭 아버지 세수하셨다고 말해줘요"라고.

어머님의 상태가 좋으시면, 아침 7시 반쯤 아버지의 밥상을 차려 놓으시는데, 그 때 습관적으로 아버님이 방에서 나오시면, 어머님이 아버지에게 세수하고 오라고 큰 소리로 명령하시죠. 그러면 아버님이 이미 한 두 시간 전에 씻으셨음에도 불구하고 머뭇거리실 것이고, 어머님이 보실 때 하시지 않은 관계로, 세수를 하지 않고 꾀를 부리는 것으로 어머님께 판정받으십니다. 그러면 하는 수없이 아버지는 저항하지 못하고 화장실로 가셔야 해요. 이렇게 억울한 일이 어디 있겠어요?

이 때 제가 증언을 해야 하는 것입니다. 아버님은 이미 씻으셨다고.

형, 생각해 보세요.
이게 얼마나 재미있는 일상이에요. 이제 이른 아침에 이런 글을 쓰는 것이 저의 일상생활이 되는 것 같네요.

오늘은 할아버지에 대한 얘기를 좀 더 해 볼게요.
형도 형의 장인어른을 참 좋아했었고, 저에게 은근히 자랑도 하곤 했었죠. 그럴만한 분이셨잖아요. 첫인상이 참 온화하고 품이 넓으신 분으로 느껴졌었어요. 아마 형의 약혼식 때, 방배동의 어느 중국집에서 처음 뵜을 거예요. 수학자이셨다죠. 캐나다에서 유학하였고, 컴퓨터와 관련된 수학을 우리나라에서 거의 처음 가르치기 시작하셨다고 형이 말했어요. 중앙대학교 수학과에서 교수로 재직하시다가 은퇴하신 후에도 꾸준히 강의와 연구를 하며 지내신다고 했죠.

그 어른을 몇 번 뵈면서, 당신 딸의 남편인 형을 얼마나 아끼고 사랑하는지, 저는 늘 느꼈어요. 그 분은 형이 목사이기 때문이 아니라, 그냥 형이 마음에 들어서, 형이 생각하고 말하는 것들이 모두 좋았을 거란 생각이 들어요. 제가 형을 인간적으로 참 좋아하듯이, 형을 만난 그 어른도 그랬을 거예요.

저의 아버님(장인 어른)은 처음에 저를 만나고 싶지 않아하셨어요. 하지만 제가 용감하고 무모하게 만나 뵈러 갔다가 문전박대 당했어요. 그 때 장모님이 집 앞에서 기다리고 계시다가 그 상황에 대해서 열심히 설명해 주셔서, 다음 만남을 위한 무한도전의 열정을 불태우게 되었었죠. 아버님은 막내 딸인 제 아내가 여러모로 어려운 인생을 살게 될까봐 두려워했던 것이겠지요.

"하필이면 왜 신학생이야" 그런 것 있잖아요.
강남의 어느 교회에서 안수집사와 권사로 믿음생활하는데, 당신이 볼 때, 목사님은 가끔 좀 상식적이지 않은 판단을 하시는 것 같기도 하고, 교육전도사라고 하는 신학생들은 다른 교인들보다 경제적 생활수준이 현저히 떨어져서 옷도 그렇고 늘 배고파 보이고, 그런데 당신 딸이 그런 신학생을 남편감으로 생각한다고 하니 정말 싫으셨던 것입니다.

그런데, 형, 아버님이 마음을 정리하시고 저를 만난 후에는 한 번도 저를 불편하게 하신 적이 없어요. 살갑게 대하시는 성품이 아니셔서 그렇지, 워낙 좋은 품성이시고 합리적 판단을 하시는 분이라, 저를 늘 존대해주시고 당신 생각을 가지고 일방적으로 이래라저래라 하신 적이 없어요. 그리고 특별히 가족에 대한 사랑과 열정이 대단하셨죠. 우리 아이들, 백상인과 백인영은 전적으로 할머니 할아버지의 무조건적인 사랑과 돌봄 속에서 성장했어요.

젊은 시절, 아마도 늘 집에서 멀리 떨어진 공사현장 인근에 숙소를 정하고 때로는 몇 년씩 지내며, 가끔 집에 돌아와 당신의 네 자녀를 보고 살아야 했었기에, 65세가 넘은 당신의 노년에 찾아온 이 막내딸의 아이들 돌보는 즐거움이 어땠겠어요?

형, 이런 얘기들은 우리가 이미 예전에 서로 나누었던 것이죠.
우리가 청주 집에서 만났을 때, 어떻게 지냈는지 서로 말하다가 장인 장모님의 건강과 그 분들의 삶에 대한 스토리를 자연스럽게 나누곤 했어요. 네, 우리는 그렇게 삶을 나누었습니다.

저는 형이 알다시피, 제 아내와 결혼한 후 이제까지 장인어른과 함께 살아왔어요. 때때로 마치 장기 출장가신 것처럼 의왕시에 있는 당신 집에서 몇 년씩 홀로 기거하기도 했지만, 수시로 어머님과 함께 그 곳에 가고, 또 아버님이 아무 때나 오셔서 같이 지내셨기에 그

냥 두 집 살림을 했을 뿐입니다. 지금, 1925년 생 한국나이로 93세
이시니, 제가 아버님 집에 책가방 하나를 들고 들어와 같이 살기 시
작하던 1989년 2월에는 아버님이 65세, 어머님이 59세였겠네요. 처
음으로 이렇게 따져 봅니다.

제가 장가들어 함께 살기 시작하던 그 때, 우리 아버님은 아주
건강하시고 젊으셨어요. 이미 현장에서 일하는 것을 몇 년 전에 마
치셨지만, 가끔 토목관련 작은 회사에 나가셔서 자문을 해주시고,
집에서는 시간 강사로 여기저기 강의하기 바쁜 둘째 사위의 부탁을
받아 일본어로된 토목관련 논문들을 번역해 주시기도 했어요. 아주
당당하고 활기가 넘치셨죠.

아버님은 토목공사 전문가였어요.
일찍이 어렸을 때 집을 떠나 중국의 만주 땅, 오늘날 길림성의
주도인 장춘시(당시에는, 신경)에서 유학하며 토목공학을 전공하
셨답니다. 공부를 마친 뒤에는 그 엄청난 신도시와 관련된 공사에
참여하였다가, 해방이 되면서 고향인 함경남도 영흥으로 돌아 오
셨답니다.

신경(新京)은 일본 제국주의자들이 만주국을 중국과 아시아를
다스리는 대동아공영 계획의 거점으로 삼으며, 새로운 제국의 수도
로 건설했던 도시입니다. 일제 시대에 동경(토쿄), 경성(서울)과 연

관지어 생각하면 쉽게 이해되실 거예요. 스무 살 젊은 나이에 이미 학문과 실무를 익힌 아버님이, 해방 후 북한에서 저수지 건설을 비롯한 수자원 관리와 농지정리 기술자로 일한 것은 매우 자연스러웠겠죠.

. 1950년 한국전쟁 전에, 아버지는 당시에 38선 이북인 연천 일대의 현장에서 일했는데, 그 때 기회를 보아 이남으로 홀홀 단신 내려오셨답니다. 우리나라의 수자원 시설(저수지, 댐, 농지정리, 하천 제방)을 건설하고 관리하는 일을 일평생 하셨다고 해요.

저는 아버님의 팔순 생신에 즈음하여, 아버지의 지나온 삶에 대해 인터뷰를 한 적이 있는데, 참 대단한 업적을 이루신 분입니다. 한강의 홍수 예방에 결정적인 역할을 하는 팔당댐의 건설 책임자이셨고, 완공된 뒤에는 소장으로도 지내셨죠.

박정희 대통령이 서거하기 직전에, 크게 기뻐하며 술자리를 벌이는 이유가 되었던 삽교천 제방공사의 현장 실무 책임자도 아버지셨죠. 80세 인터뷰에서 아버지는, 자신이 그렇게 서둘러 공사기간을 앞당기지 않았다면, 대통령이 그렇게까지 흥분하여 만취하는 일이 있지 않았을 수도 있지 않았을 지도 모르겠다는 언급을 했어요.

이런 어른을 지금 저는 매일 바라보며 즐거워 합니다.

형, 우리 아이들에게 이런 할아버지 얘기를 들려줄 수 있어서 참 기쁩니다.

80세를 좀 지난 어느 날, 아버님은 집에서 계시다가 심장을 부여잡고 고통을 호소하셨었는데, 다행스럽게도 우리 식구들이 빨리 병원으로 모셨고, 가시자마자 혈관 두 곳에 그물망을 삽입할 수 있었죠. 그 전까지만 해도 아버님은 교회 친구들과 설악산 대청봉에도 오르실 정도로 건강하게 활동하셨는데, 그 수술 이후로는 조심스럽게 동네 산보를 하며 지내시게 되었어요.

백상인이 고등학교를 졸업하고, 인영이가 중학교를 마친 10년 전 겨울에, 우리 가족들은 함께 제주도 여행을 했었어요. 아버님이 83세이셨을 거예요. 그때 아버님은 한라산에도 오르고 싶다고 하셨지만, 모두가 말릴 정도로 이미 약해지셨죠. 생각해보니, 그 때 이후로 뭔가 기억할 만한 가족여행을 하지 못했습니다.

때때로 어딘가에서 하룻밤만이라도 지내고 오자고 말씀드리면, 그냥 집에 있는 것이 더 좋겠다며 사양하기 시작하였어요. 언제 치매 진단을 받으셨고, 언제 파킨슨병 진단을 받으셨는지는 잘 모르겠습니다.

'예수를 깊이 생각하는' 수도자적 영성

형에게, 열한 번째
2017년 9월 2일

兄!

저는 지금 2017년 8월 29일(화) 8시 07분을 살고 있습니다.

이렇게 얘기하자마자 그 시간은 벌써 저만큼 흘러가 버리네요. 시간의 헛헛함을 알고 있지만, 그래도 저는 이 시간을 지금이라고 말하며 그 점점을 음미하고 싶습니다. 마치 차 한 잔을 마시며, 그 차에 담긴 시간과 사람들과 태양과 흙을 오래 음미하듯이, 저에게 주어진 지금 이 시간을 만끽하려 합니다.

저는 지금 강남세브란스 병원 3층의 작은 커피숍에 앉아서, 식후(아침식사를 먹은 뒤) 혈당(핏속의 당 수치)검사 시간을 기다리며 휴대용 산소발생기를 충전하고 있습니다. 6개월 만에, 저의 당뇨병을 관리해 주시는 의사선생님을 만나러 왔습니다.

6개월 만에 담당 선생님을 만난다는 것은, 환자인 제가 나름 그 질병을 잘 관리하고 있다는 의미입니다. 많이 안 좋았던 때에는 매달 와서 선생님을 만나야 했죠. 지난 16년간 저를 사랑해 주셨는데, 이번에 마지막 인사를 하고 신촌세브란스 병원에서 새로운 선생님을 만나려 합니다. 제가 지난 해부터 신촌에서 호흡기내과와 폐이식 수술 관련 흉부외과 선생님들을 만나기 시작하였기에, 더 빨리 옮기는 것이 저에게 편리했겠지만, 그 강남의 선생님을 참 좋아하여서 이제야 마지막 인사를 하려는 것입니다.

저는 늘 사람들과의 만남을 소중하게 여기며 살아왔어요.

제 삶의 여정에서 만나게 된 분들은 누구라도, 한 번 사귐을 갖게 된 뒤에는, 그 분이 싫은 내색을 하지 않는 한 그 분께 저를 맡기는 삶을 살아왔습니다. 그래서 동네 문소아과 선생님, 흰돌상가 지하의 고밀도 이발소 아저씨, 청화 카센타 아저씨 부부, 한진 부동산 집사님 내외 등, 한 번 사귀면 거의 20년을 좋은 이웃으로 만나며 함께 살았던 것이죠. 그 이발소에도 이제는 갈 수 없게 되었어요. 제가 지하에 내려가는 것이 많이 힘들어졌기 때문입니다.

어쨌든 저는 오늘, 소풍가는 들뜬 마음으로 아내와 함께 집을 나섰습니다. 출근하는 엄마를 따라 가겠다고 졸라서 겨우 허락받은, 그 어린 아이와 같은 들뜬 마음도 있었죠. 새벽 4시 반에 잠에서 깨어나 옆의 아내를 살피다가, 그 여인이 몸을 일으키는 50분에 같이 일어나 앉았습니다. 그녀가 욕실을 먼저 사용하고 난 후, 제가 들어가 나름대로 서두른다고 했는데도, 5시 35분이 되었더군요.

저는 정말 느려요.

6시에 집에서 출발하기로 했기에, 제 행위에 더 속도를 내어 별무리 없이, 생각했던 시간에 운전석에 앉았습니다. 제 아내가 5분 걸려 준비하는 과정이, 저에게는 25분 이상 필요해요. 옷장에 옷을 가지러 가서 손에 집어들고 숨을 몰아 쉽니다. 좀 진정이 되면 바지와 옷을 갈아 입으며 헐떡이고, 또 그 자리에 한참 서서 숨이 편해지길 기다려요.

형, 저의 이런 모습이 눈에 선하시죠?
형도 그러셨겠죠.

운전은 제가 아니면 안되기에, 저는 아주 당당하게 운전석에 앉아 내 여자친구인 아내를 옆에 태우고, 그가 매일 출근하는 강남세브란스로 향합니다. 실제로 저는 전혀 힘들지 않은데, 저의 수술담당 흉부외과 선생님은 어떻게 제가 그 몸으로 직접 운전하며 다니느냐고 제 아내에게 말했답니다. 그 분은 200명이 넘는 사람들의 폐수술을 해왔지만, 그들이 운전하는 차에 탈 일은 없었겠기에, 아마도 걷기도 힘든 환자가 무슨 운전이냐고 생각했을 거예요. 아내는 자신이 운전할 줄 모른다는 말은 하지 않고, "그러게요"라고 했겠지만, 정말로 운전은 저에게 별로 어려운 것이 아닙니다.

우리는 7시에 병원주차장에 도착하였습니다.

그런데 참 놀라웁게도, 제 아내는 아직 백인영처럼 저에게 서비스하지 못하더군요. 인영이는 지난 번에, 제가 병원주차장에 도착하자마자 곧바로 달려가서 휠체어를 가져와 저에게 타라고 하였는데, 제 아내는 좀 힘들더라도 그 공기 나쁜 주차장에서 빨리 빠져나가자고 저를 재촉하였습니다. 저의 상태를 충분히 이해하지 못하는 것입니다. 이미 수준 높은 서비스를 딸에게서 받았던 제가, 아내의 불친절(?) 무배려(?)한 언행에 대해 뭐라고 한마디 살짝 쏘아 붙입니다.

그리고 또한, 제 아내의 휠체어 운전 솜씨도 정말 형편없었어요. 백인영이 그리웠습니다. 저는 요즘 가끔 식구들의 서비스가 맘에 안들면, '형에게' 이르겠다고 합니다. 그래도 되죠?

7시 10분에 식전혈당과 제 간의 상태를 보기 위한 채혈을 하고, 7시 20분에 아침식사를 하였습니다. 7시 20분에 아침식사를 시작한 것이 중요한 이유는, 이 때로부터 2시간 후인 9시 20분에 정확하게 식후 혈당 검사를 위한 채혈을 해야 하기 때문입니다. 그런데 집에서 급히 서두르다가 그만 당뇨와 콜레스테롤 약을 챙기지 못했네요. 아마도 식후혈당이 꽤 높게 나올 거예요. 저는 일단, 이 글쓰기를 멈추어야겠습니다. 화장실에 들렀다가, 9시 10분까지는 채혈실에 도착해서 준비해야 하는데, 이제부터 움직여야 제가 여유있게 주어진 시간을 즐길 수 있기 때문입니다.

시간에 쫓기게 되면,

숨을 헐떡이게 되고,

그렇게 되면서 그 시간들은 내가 즐거워 하고 누리는 시간이 아니라 빨리 통과해 버려야 하는 시간이 될 수밖에 없고, 그러면 저와 함께 살아가는, 제 옆의 사람들은 아무도 보이지 않고, 오직 목표점만 보며 달려가야 하는 시간으로 바뀌는 것입니다.

삶이 참 딱딱해지는 것이죠.

형,

지금은 다음 날(8월 30일, 수요일) 아침 여섯 시 입니다.

아내가 네 시 반에 일어나서 할머니와 계속 대화 나누며 간단하게 아침 먹고 다섯 시 반에 집에서 나간 후, 현관 앞까지 딸을 배웅한 어머니는, 문 밖에서 아침 신문과 우유를 챙겨들고 들어오셔서 그것들을 있어야 할 곳에 두시고, 다시 누우러 들어가셨습니다. 그리고 저는 조금 뒤에 몸을 일으켜 화장실에서 한 20분을 앉아 있었습니다.

요즘 제가 참 많이 애용하는 자리는 화장실 변기입니다.

지금까지 살아오면서 저는 화장실 변기를 오줌과 똥을 누는 장소로만 이용해 왔습니다. 그래서 제 아내가 어떤 때 신문을 가지고 들어가거나 아이패드를 들고 들어가 그 변기 위에 오래 앉아 있는 것을, 아주 이상한 행위로 판단했었죠. "그러면, 신문에서 냄새 나잖아!"

그 시간이 아내의 오직 자신만을 위한 온전한 자유시간인 것을 몰랐던 것이죠. 그런데 요즘 제가 그 변기의자(?)를 상당히 애용하며 즐거워하고 있습니다.

형은 어땠어요?
형과 이런 얘기 나누게 될 줄은 몰랐네요.

형,

형은 1980년 즈음에, 유럽에서 한국으로 처음 파송받아 온 두 명의 떼제 공동체 프랑스에 있는 개신교 수도공동체 수사들과 꽤 오랜 동안 같이 지냈었고, 독일 유학 중에는 프랑스 떼제에서 6개월이나 머물 정도로 그 공동체의 기도와 삶을 좋아했었어요. 그래서 저도 덩달아 로제 수사의 글들을 읽게 되었고, 그 이후로 다양한 공동체나 영성지도자들의 기도와 삶에 대해 공부하고 나름 흉내를 내기도 했었죠. 그 때로부터 이때까지 수십 년간, 저는 수도자들의 삶을 깊숙이 들여다 보기 시작했어요. 떼제 공동체로부터 시작해서 사막과 동굴의 수도자들, 서양 역사에서의 많은 수도공동체와, 라브리 공동체, 부르더호프 공동체, 헨리 나우엔과 토마스 머튼이 사람들과 함께 살면서 숙고했던 그리스도를 따르는 영성을 읽어 왔죠. 뿐만 아니라 우리 나라 불교 수도자들의 이야기도 기회가 되는 대로 찾아 읽으며 살았어요. 이해인과 법정의 글들을 많이 사랑하고 좋아했죠. 형도 그랬잖아요.

저는 형을 좋아해서, 형과 함께 예수님의 길道을 잘 따르기隨 위한 수도자修道者로 살고 싶었던 것입니다.

형, 내가 지금 어디까지 와 있는지 잘 모르겠어요.

형에게 묻고 싶은데…

지금 저는 저 자신이 지극히 정상적이고 건강하다고 생각해요. 하지만 사람들은 저를 너무나 아끼고 사랑해서, 저에게 찾아온 여러 가지 아픔과 문제들이 조속히 해결되기를 바라며, 저의 건강이 정상으로 회복되기를 위해 하나님께 기도합니다.

그런데 형, 저는 그렇게 바랄 수가 없습니다. 왜냐하면 이것이, 지금 하나님께서 저에게 주신 제가 걸어가야 할 길이라고 믿기 때문입니다. 저는 지금 저에게 놓여진 이 길에서 기필코 제가 가야 할 '길'을 찾아낼 거예요. 지금 제가 걸어가야만 하는 이 길에서, 저보다 조금 앞서 걸으시는 주님을 만날 것입니다. 이 길을 피하려 한다면, 주님이 저에게 주신 길을 저버리는 것이 되겠죠. 그래서 지금 제가 살아가는 이 숨가쁜 삶은, 저에게 있어서 지극히 정상이고, 또한 건강함이라고 생각합니다.

이렇게 생각하며 사는 삶을 저는 '수도자적 영성'이라고 말하겠습니다. 저 자신이 아닌 다른 누군가에게 이 삶을 말하기는 쉽지 않아요. 하지만 저는 이런 마음으로 살고 있어요.

제가 일산호수교회의 목회자로 살기 시작하면서부터, 저는 나름 '수도자적 영성'을 지닌 목회자라고 하는 자의식을 가지고 살았어요. 제가 어떤 정리된 이론이나 확고한 신념을 가지고 저의 현실을 만들어간 것이 아니라, 제가 살아내야만 하는 '삶의 자리'가 저로 하여금 수도자의 삶을 깊이 생각하게 하였고, 또한 그러한 생각을 계속 가지고 살게 했어요.

제가 처음 이곳에 왔을 때, 일산호수교회 교우들은 거의 모두 서울 마포에 살고 있었고, 그 외의 몇몇 분들도 교회당으로부터 멀리 떨어진 다른 지역에 있었죠. 그리고 예배당 건물이 있는 주변은 황량하게 느껴지는 개발되지 않은 땅으로, 정돈되지 않은 논밭 중간 중간에 농가 주택들이 점점이 있었고, 농가 창고로 허락을 받아 지은 조립식 임대 창고들이 군데군데 무질서하게 생겨나고 있었습니다. 도시도 아니고 농촌도 아니었죠. 도시화가 이루어지게 되면 뭔가 기회가 있겠다고 생각하는 사람들이 땅을 선점하여, 법 집행자들의 눈치를 살피며 짓는 작은 창고형 공장들이 속속 들어서고 있었습니다.

이 곳에서, 저는 늘 혼자였어요.

서른 여덟 살 젊은이인 저는 하루종일 혼자 예배당에 있으며, 수요일 저녁과 금요일 저녁, 그리고 주일에만 찾아오는 교우들과 만나 함께 기도회를 하거나 예배를 드리는 목사의 삶을 살기 시작했죠. 그리고 우리 집에는, 지금과 똑같이, 할아버지 할머니 저와 아내 그리고 아들 딸 여섯이 함께 살고 있었습니다. 이제까지 19년을 그렇게 예배당과 집을 오가며 살았어요.

그래요, 저는 그렇게 살았습니다.

이렇게 사는 중에, 어느 때부터인가 저는, 저 스스로 '개신교 수도자'라는 생각을 하기 시작했어요. 누군가와 함께 하지 않았어요. 그러니 규칙을 만들지도 않았죠. 그런데 늘 놓지 않은 기본 생각은 '성령 안에서의 자유함'과 '공동체 안에서의 지체의식' 이었습니다. 이것이 저의 기도와 삶의 핵심 생각이 되었어요.

이 생각으로 교회를 살고, 가정을 살아왔어요. 그리고 우리가 함께 살아가는 이 세상이 제가 속한 가정과 교회처럼 되어지기를 간절히 소망하였죠. 따로 어떤 모임을 만들거나 공동체를 도모해 본 적도 없습니다. 그냥 하나님이 저에게 주신 삶의 자리인 가정과 교회와 세상 속에서, '예수를 깊이 생각하는' 수도자적 영성을 갖고 살아가는 것이 제 삶의 핵심이라고 스스로 정한 것입니다. 아마도 전에 형에게 이런 의미가 담긴 말을 조금 하긴 했겠지만, 이렇게 명확하게 말하지는 못했어요.

그래서 저는 늘 저의 매일매일의 생각과 기도와 만남과 사귐을 그냥 흘려 보내지 않으려 했어요. 일산호수교회의 주보에 매주 실었던 〈노루목 편지〉도 그렇게 쓰여진 거예요. 매일매일의 모든 일상과, 특별히 교회와 가정에서의 지체로서의 삶에서 복음화가 일어나기를 간절히 원했습니다. 이러한 수도자적 영성은, 늘 나 자신을 포함한 모든 사람들의 '자유함'과 '지체의식'이란 생각의 두 기둥에서 시작되었습니다.

'수도자'라는 말을 사용하는 경우에는 보통, 세상살이에서 좀 멀리 떨어진 장소에서 특별히 경건한 삶을 추구하는 사람들이 모여 규칙을 정하고, 그 규칙과 질서에 개인의 생각과 삶을 복종시키는 단체생활 하는 것을 생각하게 합니다. 하지만 저는 이와 달리, 예수님을 진지하게 따르는 모든 그리스도인들을 '수도자'라고 생각해요.

우리 개신교에서는 이런 경우에, 보통 '제자'라는 말을 사용해 왔지만, 저는 좀 더 그 개인의 주체성과 책임성을 강조하기 위해서 '수도자'라고 부릅니다. 하지만 누군가 다른 사람을 향해서 이렇게 불러본 적은 한 번도 없어요. 그가 수도자인지 아닌지를 객관적으로 판단할 수 없기 때문입니다. 그냥, 저 혼자 저 자신을 그렇게 생각할 뿐입니다.

가톨릭이나 개신교에서 '수사'라고 불려지는 사람들이 있는데, 그들도 대개 그 자신이 현재 속해 있는 가정과 교회와 일터에 그대로 머무르는 의미가 약해요.

그래요,

제가 말한 '수도자'라는 말은, 그냥 제가 저 자신을 그렇게 생각하는 말일 뿐입니다. 제가 놓여져 있는 삶의 자리에서, 지금 예수 그리스도의 영성으로 살아가고자 하는 저의 마음을 담아 저 자신을 규정하는 말인 것이죠. 누군가에게 제가 그런 사람이라고 말해 보진 못했어요. 하지만 이렇게 생각하며 살아온 세월은 결코 짧지 않아요.

그래서요, 형, 오늘도 저는 저의 일상을 수채화로 그리듯이 바라보며 말하는 거예요. 저는 제 아내에게 저처럼 살라고 얘기하지 못해요. 제 아내는 자신의 삶을 살겠죠. 다른 가족들도 그래요. 우리가 예수 복음이 무엇인지에 대해서 알고 있으니, 각자 그 복음으로 살아가는 것이죠. 각자 자유롭게 살아가요. 때때로 자신의 어려움을 토로하면, 서로서로 듣고 자신이 도울 수 있는 만큼 돕기도 해요. 하지만 그것은 마땅히 감당해야 할 가족으로서의 책임과 의무 때문이 아니라, 복음 안에서의 자유함과 지체의식, 곧 더욱 더 연약한 지체에게 존귀함을 더하는 삶을 사는 것입니다.

해야만 할 '일'이 아니라, 내가 기쁘게 살고 싶은 '삶'을 살아가는 것 말입니다.

조금 전에 87세 할머니가 뭔가 잘 안되시는지, 계속 전기 밥솥과 전자레인지를 이렇게 저렇게 만지세요. 저는 무슨 문제가 있는가 보다 하고 생각하며 그냥 지켜 봅니다. 그리고 저는 이글을 계속 써요. 할머니, 당신이 자유함을 가지고 본인의 경험과 기억을 찾아내기 위해서 고민하는 시간을 지켜드리는 것입니다. 한참 후에 "뭐가 잘 안되나요?" 했더니, 뭔가를 당신이 착각했었답니다.

괜찮답니다.
그런데요, 그것이 바로 할머니가 당신의 삶을 살아가는 자유함이에요.

아마도 다른 집 사람들이 우리 집에 와보면 깜짝 놀랄지도 몰라요. 어떻게 저 허약한 노인이, 저렇게 매일 가족들 밥상을 차리고 설거지 하고, 세탁기 돌려 빨래하고 널고 개고, 음식물 쓰레기 버리러 나가고, 그리고 지쳐 쓰러지듯이 수시로 주무시고. 그것은 엄청난 중노동입니다.
그런데 할머니가 원하는 당신의 삶이에요.

10일 전에 병원 응급실에 가셨다가 나오셔서 어제까지 영 힘을 차리지 못했는데, 오늘은 아침부터 또 부산하게 움직이십니다. 끝까지 당신의 삶을 살아내시고자 하는 마음이 있습니다. 그 할머니가 당신의 자유함 속에서 살아가시도록, 이해하고 돕는 사람들이 예수 복음을 살아가는 가족이라고 우리들은 생각하는 것이죠.

93세 치매 할아버지도, 홀로 당신의 방에서 자유롭게 살아가십니다. 저를 제외한 우리 가족들은, 수시로 할아버지 방을 드나들면서 할아버지의 몸에서 흘러나온 것들을 닦고 치워드립니다. 함께 식사하는 식탁까지 당신의 힘으로 걸어 나오시는데, 아무리 오래 걸리더라도, 도움을 요청하거나 쓰러지지 않는 한 부축하지 않고 기다립니다. 때로는 침대에 안좋은 자세로 엎어져서 스스로 몸을 돌리지 못할 때도 있어요. 그 때는 가서 몸을 뒤집을 수 있도록 조금 도와드립니다.

하지만 당신이 자유함을 가지고 하고 싶은 대로, 당신이 할 수 있는 만큼, 살아가실 수 있도록 우리 가족들은 지켜 봅니다. 그리고 멋지다고, 잘하셨다고 크게 칭찬하며 즐거워하죠.

우리 가정과 제가 속한 교회는, 저에게 있어서 수도공동체입니다. 저 혼자 그렇게 생각해요. 여기에서, 저는 늘 예수 그리스도가 우리와 함께 계심을 봅니다. 그리고 우리가 바로 주님의 몸인 것을 경험합니다.

우리는 늘 함께 살아가며, 지금 살아가는 이 삶이, 예수 복음을 사는 것인지 묻습니다. 이것이 저의 주님과의 사귐이고 기도입니다.

저 혼자 사는 삶은 저의 자유함으로 살고, 우리가 함께 살아가는 삶은 우리의 지체의식으로 살아갑니다. 저는 늘 매우 자유로운 혼자이지만, 언제나 더 연약함을 찾아서 그 몸에 붙어 있으려는 '우리'의 일부입니다. 우리는 하나의 몸이고, 그 몸은 바로 내 몸입니다. 그리고 우리들의 한 몸인 그 몸은 곧, 우리 주님의 몸입니다. 그래서 '나'는 곧 '우리'이고, 나의 자유함과 우리 안에서의 지체됨은 결코 나뉠 수가 없습니다. 따라서, 저에게 있어서 자유함과 예속됨은 결코 다른 의미일 수가 없습니다.

혼자 사는 삶은 저의 자유함으로 살고,
우리가 함께 살아가는 삶은 우리의 지체의식으로 살아갑니다.
나의 자유함과 우리 안에서의 지체됨은 결코 나뉠 수가 없습니다.

어머니 하나님

형에게, 열두 번째
2017년 9월 9일

兄!

지금 이 시간은 2017년 9월 8일(금) 10시 54분입니다.

슬프다고 해야 할 지 어떨 지, 참 묘한 기분입니다. 오늘이 몇 일인지, 무슨 요일인지 한참 생각하다가, 저의 스마트폰을 열어 조금 전에 확인했습니다. 제가 지금 이런 날들을 살아가고 있어요. 지금까지 인생을 살아오면서 처음 살게 되는 삶이에요.

월요일 일산성서정과 외에는, 누군가와의 어떤 약속이나, 제가 무슨 요일에 반드시 감당해야 할 어떤 계획이 없기에, 오늘이 몇 일이고 무슨 요일인지, 꼭 기억할 이유가 없게된 것입니다.

그러니, 이렇게 되네요. 오늘이 어떤 날인지 모르겠어요.

형, 이것이 제가 슬퍼해야 할 일인가요?

슬퍼하거나 부끄러워하지 않겠습니다. 왜냐하면 이렇게 이렇게 하루하루 살아가야 하는 사람들이 이 세상에는 너무나 많이 있으니까요. 그분들 중에, 많은 분들이 "내가 이렇게 살아서 무엇하나!"라고 하는 생각에 빠져들곤 합니다. 특별히 너무 일찍 퇴직한 후, 이런 날들을 갑자기 맞이한 분들의 충격이 더 클 거예요.

우리집 할아버지에게 가끔 제가 장난을 치곤 했어요. 93세 치매이신 우리 아버님은 식사를 마친 후에 한잠 주무시고 나서, 다음 식사시간에 다시 당신 방에서 나오시기 때문에, 가끔 저녁식사 시간에도 '아침'이라고 말씀하시곤 합니다. 그래서 제가 어떤 때는 먼저 저녁식사 하러 오시는 어른께 농으로 "아침식사 하세요"라고 해요. 그러면 제 아내가 그러지 말라고 저를 나무라죠. 지금 우리 아버님은 이렇게 하루하루를 살아가십니다.

저도 지금, 할아버지의 옆방에서 크게 다르지 않은 삶을 살게 되었네요. 결국 모든 사람이 저와 같은 하루하루를 살다가, 만일 더 오래 살게 된다면 저의 아버님과 같은 노년에 이를텐데, 저는 좀 일찍 이러한 삶의 스타일을 경험하는 것이라고 생각하겠습니다. 이것이 잘못된 삶은 아니잖아요. 그리고 나쁜 삶도 아니고, 우리가 살아내지 못할 삶도 아닙니다.

그런데요 형, 지금 제가 살고 있는 이 삶을, 형은 이 땅에서 살아보지 못했겠다는 생각이 드네요. 성경의 예수님도 당신의 병듦과 늙어감에 대해서는 말씀하지 않으셨어요. 제가 열심히 살아보면서, 마음이 정리되는 대로 이야기해 줄게요. 제가 이런 얘기를 주절주절하는 이유는, 보통 사람들이 이런 얘기를 별로 하고 싶어하지 않기 때문입니다. 사람들은 대개 자신의 성공담이나 특별한 경험을 얘기하고 싶어하잖아요. 자신이 점점 더 무기력해지는 얘기나, 자신이 사랑하는 어른들이 힘들게 늙어가고 죽음에 이르게 되는 얘기를 누가 하겠어요?

그런데요, 쉽지 않네요. 이 글을 써내기 위해서 생각을 집중하기가 점점 더 어려워요. 지난 번 열 한 번째 편지를 형에게 쓰고 난 후에도, 제가 기진맥진하며 저녁밥 씹을 힘이 없었어요.

형,

지난 월요일(4일) 아침 식사 시간에, 우리 집 할머니가 식탁 뒤에서 '앗'하는 소리와 함께 갑자기 벌렁 넘어지셨는데, 다행히도 엉덩방아를 찧거나 몸을 어딘가에 부딪치지는 않으셨어요. 저는 할아버지와 마주 앉아 식사를 하고 있었고, 할머니는 할아버지의 아침 약을 챙기고 계셨었죠. 갑자기 어지러움을 느꼈는데, 그렇게 되셨답니다. 저는 그 때 저 자신이 어떤 형편인지 생각할 겨를 없이 달려가서, 하늘을 보며 누우신 채 눈을 뜨지 못하시는 할머니에게 자꾸 말을 시키며, 그냥 그 상태에서 몸을 일으키려 하지 말고 가만히 누워 계시라고 했어요.

아침 상을 봐주고 들어가서 좀 더 자던, 아들 백상인이 소리를 듣고 방에서 나와, 한참 할머니와 대화를 나누며 괜찮으신 것을 확인한 후에, 조심스럽게 할머니가 스스로 당신의 몸을 반쯤 일으켜, 엉덩이로 조금씩 움직여 방에 눕도록 도와 드렸습니다. 그 때서야, 저는 산소공급을 받던 저의 콧줄이 저만치 빠져있는 것을 보면서, 극렬하게 헉헉 대었습니다.(어휴)

꼭 1주일 전 주일 밤에, 119 구급대의 도움을 받아 일산병원 응급실로 가셨던 할머니가 조금 나아지셨나 했더니, 곧바로 이런 일을 또 겪으신 것입니다. 그 후로 정신적으로 많이 불안해지셨어요. 이미 오래전에 돌아가신 장모님의 모친과 친구분들이 자꾸 꿈에 나타나 같이 놀자고 하신다는 둥, 얼마나 급격하게 심신이 약해지셨는지요. 그래서 지금 우리 집에는, 여기저기 다른 곳에 살고 있는 어머님의 큰 딸, 둘째 딸과 막내인 제 아내가 돌아가며, 낮 시간에 와서 함께 지냅니다. 제 아내도 하루 휴가를 했어요. 좀 경망스럽게 들리시겠지만, 이 와중에 저는 좀 잘 대접받고 있습니다. 할머니도 딸들이 저렇게 와서 같이 지내니 좋잖아요. 이 위기를 잘 감당하실 거예요.

그런데요 형,
우리 생각에는, 어머니가 이 좋은(?) 기회에 모든 걱정과 근심을 내려놓고 마치 죽은 자처럼 자녀들에게 기대어 지내시면 회복이 빠를 것 같은데, 할머니는 이러다 죽겠다 싶으신지 더 불안해하시고 조바심을 내시네요. 자꾸 자식들에게 "나 때문에, 니가 이 고생을 하니, 미안하다"고 하세요. 그러면 딸들이 한결같이 왜 그렇게 말하냐고 하지만, 그 어머니는 이 지경에도 여전히, 당신이 당신의 삶을 제대로 살지 못해서 이렇게 자식들을 어렵게 한다고 생각하며, 걱정에 걱정을 하시는 것입니다. 어머니의 이 걱정과 근심과 미안함은 당신이 살아있는 한 결코 멈출 수가 없으실 거예요.

형,

저도 이제는 어머니처럼 살림을 살고 싶어요.

어느 날, 저의 호흡이 좀 더 좋아지면, 꼭 어머님의 그 마음과 그 일을 이어받아, 살림살이를 하고 싶어요.

그래요,

이 땅의 어머니들처럼 살아보고 싶어요.

그래서 어떤 여성 신학자들이, 하나님을 '어머니 하나님'이라고 부르고 싶어하는 것 같습니다. '아버지'란 말 속에는 도저히 담을 수 없는, 생명을 살리고 지탱해주는 의미가 담긴 말이 '어머니'이기 때문이겠죠.

저는 요즘 종종 하나님을, '어머니 하나님'이라고 불러보기도 해요.

빨래리나 & 빨래리노

형에게, 열세 번째
2017년 9월 20일

兄!

그 동안 제가 좀 힘들었어요.

아니, 많이 힘들었어요. 수술을 받고 나서 어느 정도 회복하기
전까지는, 이 편지를 다시 쓸 수 없겠다는 생각을 했었죠. 그런데 이
틀 전(9월 18일 월요일)에 형수님이 저에게 전화를 해서, 저의 안부
를 물으며 자신도 "형에게"를 읽고 인하, 인성에게도 말해주곤 한다
며 길게 얘기 나눴어요.

형수님이 형과 '전화 통화'라도 하면 좋겠답니다. 아마도 형과
얘기하고 싶어서 저에게 전화하셨겠죠. 제가 얼마나 좋았던지요. 그
날은 형의 첫째 아이 인하와도 아주 길게 통화했어요. 이제는 여러
모로 성숙한 생각을 하는 인하가 친구같다는 생각이 들었어요. 형
과 대화를 나누던 여러 가지 신학적인 논제와 한국교회 역사에 대
한 형과 저의 시각을 인하와도 공유하는 느낌이었고, 예전에 형과

나누던 대화를, 이제부터는 '백인하'라는 젊은 신학도와 나눌 수 있겠다는 생각이 들었죠.

그래서 제가 살아난 듯 합니다. 갑자기 두 모녀가 마치 약속이라도 한 듯, 시간차를 두고 말을 걸어와, 헤롱헤롱하던 저를 흔들어 깨운 것입니다.

형, 어제는 정말 힘들었어요.
올해 가을 들어서 처음으로 중국발 미세먼지가 찾아왔는데, 기압이 꽉 눌려있는데다가 먼지 때문에 창문도 열 수 없었어요. 또한, 우리 아파트 라인 온수배관 교체공사로 하루종일 시멘트를 뚫는 굉음이 그치지 않았어요. 더 큰 어려움은 우리집 할아버지였는데, 할아버지는 그 고통스런 소리를 견디지 못하여, 아무리 몇 시간만 견디면 된다고 상인이와 제가 말씀드려도 참지 못하시고 저 일하는 사람들을 만나러 가시겠다고 하시다가, 빨리 짐을 싸서 이곳을 벗어나 고향집으로 가야겠다고 보채기도 했어요. (어휴) 백상인이 같이 있지 않았다면 감당할 수 없었을 거에요.

어제 저녁식사를 간신히 마치고나서 헐떡거리는 저의 숨결이 좀 진정되기를 바랬지만, 거의 두시간 동안 저의 지속되는 숨가쁨은 가라앉지 않았어요. 최악의 상황에 빠진 느낌이었습니다. 그 때는, 119를 불러서 병원 응급실로 갈까 하는 생각도 했었으니까요. 그런데 아마도 저녁식사한 것이 소화가 거의 되었을 시간에, 몸 안의 모든 산소와 기력을 음식을 소화하는 데 집중하는 것이 아마도 마무리 되었을 그 때, 누울 수가 있겠더군요. 가만히 누워서 숨을 쉴 수 있으면, 그러면 된 것입니다.

형도 알죠?
너무 숨쉬기 힘들 때는 누울 수도 없다는 걸.

어제 밤 늦게야 집에 온, 아내에게 오늘 좀 힘들었다고 짧게 말했어요. 다행스럽게도, 언제 그런 일이 있었냐 싶게, 잠을 잘자고 오늘(20일) 아침을 맞이했네요. 조금 전 출근하는 아내에게 날 좀 안아달라고 했어요. 제 친구, 짱구가 저를 꼬옥 안아주었는데, 숨이 차서 빨리 밀어냈습니다.

아버님이 방에서 나오시네요. 아버님은 그 이전에 어떤 어려움과 심각한 긴장감이 있었던지 간에, 일단 잠을 자고 일어나시면 아주 새로워지십니다. 오늘은 상태가 아주 좋아 보입니다. 문 앞에 있는 신문을 가져다 저를 주시네요. 우리 아버님의 치매는 당신의 노년에 찾아온 좋은 손님일 수도 있겠다는 생각이 들어요. 어제 낮에는 마치 전쟁 상황을 맞이하신 것처럼 불안해 하시고 극도로 흥분하셨었는데, 오후 4시 반경 공사소리가 멈춘 후에는 잠드셨고, 저녁식사 때는 아주 밝은 표정으로 식탁에 나와 앉으셨으니, 얼마나 다행입니까?

형,
우리 어머님이 조금씩 회복되고 있어서 참 좋습니다.

저는 내심, 저러시다 일어나지 못하시는 것이 아닌가 하는 생각도 했었어요. 그런데 지난 주부터 조금씩 좋아지시더니 목소리에 힘이 들어가시고 발의 움직임이 달라지시더군요.

하지만 위기가 있었습니다.
쬐끔 좋아지는 것을 느끼시자, 햇빛 좋은 날에 당신이 빨래를 해야겠다는 생각을 갖게된 것입니다. 살 수 있겠다는 감이 느껴지자, 살아있는 자로서, 당신이 살아있음을 살아가는 바로 그것, 빨래가 눈에 들어온 것이죠.

지난 주 월요일(9월11일), 신촌세브란스병원에 힘들게 다녀온 제가, 다음 날 아침 식사 후에 지쳐서 잠시 누웠더니, 그 사이에 어머니가 빨래를 세탁기에 넣고 돌리셨어요. 그 전날에, 우리 모든 가족이 이번 주만 할머니가 빨래하지 못하도록 잘 관리하면, 건강이 많이 좋아지실 것이라는 대화를 나누며 감시를 게을리하지 말자고 굳게 결의했는데, 제가 잠시 잠든 사이에 이런 사태가 진행되었으니 제가 얼마나 놀랐겠어요?

왜 하지 말기로 약속한 빨래를 하셨느냐고 소리치며, 이렇게 또 힘쓰시다 정말 못 일어나시면 어떻게 하시냐고 어머니를 막 몰아붙였습니다. 하지만 어머니는 "그건 그렇지만, 햇볕이 너무 좋은데, 어떻게 빨래를 안하겠느냐"고 말씀하시며, 어쨌든 세탁기 안에서 탈수된 저 빨래는 빨리 꺼내어 베란다에 널어야 한답니다. 아무리 제가 뭐라 하든, 그건 백서방이 모르는 소리고, 지금은 저 빨래를 널어야 한다는 것입니다. 그래서, 제가 하겠다고 했어요. 그리고 어머님이 10분도 안걸린다고 하는 일을, 어머니가 이런 일을 만들면 이 사위가 이렇게 고생할 수밖에 없다는 것을 보여드리려고, 거의 1시간을 헉헉 거리며 꺼내서 털고 너는 일을 했어요.

부끄럽지만, 저는 처음입니다.
이제껏 늘 어머님이 하셨고, 가끔 아내가 하던 우리집 빨래 입니다.

그 날 오후 가족 카톡방에, 어머님이 사고를 쳤고 내가 마무리 했다고 적었습니다. 그리고 매우 건방지게도, 이 빨래 하는 일이 제가 집에서 해야 하는 운동이 될 수도 있겠다는 소감을 밝혔어요. 그리고는 금방 후회했죠. 좀 너무 가벼렸다는 생각을 하게 된 것입니다.

어쨌든 그 다음 날 저녁에, 우리 가족들이 모여서 할머니 문제를 논의했습니다. 저는 할머니를 무조건 말리는 것이 쉽지 않다고 말하며, 할머니는 햇볕이 좋으면 오직 빨래를 해야만 한다는 생각을 제어할 수 없는 상태라고 진단했습니다. 그 때 내 입에서 튀어나온 말이 할머니는 '빨래리나'라고 했어요. 아이들은 키득거리며 오늘은 아빠의 아재 개그가 좀 괜찮았다고 칭찬해주었습니다. 그러면서, 그러면 아빠는 언제 '빨래리노'가 될 거냐고 하더군요.(어휴)

형,
형은 빨래리노 해 봤어요?

우리 아버님은, 요즘 당신에게 남은 마지막 힘을 가지고 '밥'을 드시는데 다 사용하셔요. 어머님은, 당신에게 아주 조금의 힘만 있어도 가족을 위해 '빨래'를 하려 하시죠. 당신들이, 살아있음을 느끼고 즐거워하는 그 살아있는 삶입니다. 그것을 할 수 없게 된다면, 더 이상 살아있는 것이 아닐 것 같다는 생각이 드시겠죠.

두 분 모두 아직 살아있는 것입니다. 그래서 우리는 어른들이 계속적으로 당신들의 삶을 살아가시도록 도와야 해요.

이런 '글'을 쓰고 있는 저 자신도, 그런 것 같습니다. 이 글을 쓰고 나면 또 다시 지치고 헉헉거릴텐데, 그래도 이렇게 뭔가를 쓰고 있는 지금, 저는 아주 똘망똘망 저 자신이 살아있음을 느낍니다.

아내는, 어제 밤에 지쳐 누워있는 저를 보면서, 하나님께 이제는 당신을 수술받게 해달라고 기도하고 있다고 했어요. 얼마나 많은 이들이 저를 위해 그렇게 기도하시고 있는지 모릅니다. 미얀마의 높은 산지 테딤마을에서도 토요일마다 저를 위한 기도를 한다고 해요.

그런데요 형,
저는 아직도 그렇게 기도할 수가 없어요.

제가 수술 받으려면,
누군가가 죽음에 이르러야 하잖아요.
그것을 아는 제가 어떻게…

어머님은, 당신에게 아주 조금의 힘만 있어도
가족을 위해 '빨래'를 하려 하시죠.
당신들이, 살아있음을 느끼고 즐거워하는
그 살아있는 삶입니다. 그것을 할 수 없게 된다면,
더 이상 살아있는 것이 아닐 것 같다는 생각이
드시겠죠.

두 분 모두 아직 살아있는 것입니다.
그래서 우리는 어른들이 계속적으로
당신들의 삶을 살아가시도록 도와야 해요.

우리가 결국 해야 할 얘기

형에게, 열네 번째
2017년 9월 23일

兄!

지금 이 시간이 저는 참 좋아요.

제가 가장 자유롭고 건강하고 풍성한 시간입니다. 네 시쯤 저의 의식이 깨어났습니다. 그래서 머리 속에서는 수 많은 생각이 흐르고 있는데, 불을 켜고 그 생각들을 끄집어 내어 어딘가에 적어 놓고 싶지만, 그러면 조금이라도 더 자야하는 아내를 깨우게 될까 두려워 지금까지 기다렸어요. 아내가 일어나 지난 밤 중에 그녀의 스마트폰에 들어온 메시지들을 확인하는 것을 보면서 저도 그제야 깨어난 듯 참았던 기침을 하기 시작하고, 그녀가 화장실로 들어가는 것을 기다려 키작은 예배상 하얀 종이 앞에 앉았습니다.

형이 경험했듯이, 몸이 많이 약해진 호흡기 환자들은 잠을 자려고 누울 때 기침을 심하게 하잖아요. 어떤 때는 20분 내지 30분이나 기침을 해요. 그래서 눕기 전에 코데인이나 코푸시럽 같은 약을 미리 먹어서 기침의 원인이 되는 것들을 미리 예방하곤 하죠. 그래도 잠드는 것이 쉽지는 않아요. 잠을 자다가 밤 중에 서너 번 깨어나 화장실에 다녀온 후, 그 때마다 다시 잠에 들면 성공적인 밤이고, 그렇지 않을 때는 또 다시 누우며 기침을 하다가 잠을 날려 버립니다.

슬픈 밤이죠.
그래서 환자들은 밤을 두려워해요.

저는 지난 밤을 잘 지냈습니다.
그래서 지금 이 시간은 저의 하루 중 가장 건강한 시간입니다. 화장실을 사용하려고 조금씩만 움직여도 숨이 차오기 시작하는데, 아직 그 움직임을 시작하지 않았으니까요. 아침밥을 먹기 위해서 몸을 움직여 식탁 위에 앉으면 숨고르기를 한 5분 해야 하고, 식사를 하면서 숨이 차고, 식사를 마친 뒤 한 2시간 정도까지는 온 몸의 산소와 기운이 음식물을 소화시키기 위해 저의 위장으로 몰리는 듯 합니다. 가만히 앉아만 있어도 그 소화(몸 안의 산소를 태우는)시키는 일 때문에 그런지, 계속 숨이 차서, 사람들의 얘기를 듣기만 할 뿐, 무슨 말을 하기가 부담스러워지죠. 어제도 그랬어요. 서진호 형, 최윤덕 형과 한참 대화하는 중에 어느 순간 숨이 편안해지는 것을 느끼며, 이제야 제가 좀 말할 수 있겠다고 했어요.

제가 이런 저의 삶에 대해서 이렇게 얘기하는 것이, 누군가의 삶에 위로와 도움이 되면 좋겠습니다. 때로는 의사 선생님의 말보다 같은 어려움을 살아내야 하는 누군가의 얘기가 더 도움이 되잖아요.

형,
우리가 명절 때마다 만나서 참 길게 대화를 나누곤 했잖아요. 어떤 때는 꼼짝 않고 앉아서 다섯시간, 여섯시간을 얘기하다가 아내들의 지탄을 받기도 했어요.

주로 한국 교회의 역사와 우리 가족사와 연관된 민족역사 이야기를 많이 했죠. 우리들의 아버지가 당신의 아버지인 할아버지 얘기를 할 때, 우리는 정말 그 얘기를 처음 듣는 어린 아이들처럼 매번 경청하였고, 저는 한국역사를 조금 공부한 것을 살려서 아버지 얘기에 객관적 근거들을 채워주려 했어요.

형은 늘 진지하게 그 얘기들 속에서 핵심 의미들을 찾아내서 신학적인 사고로 우리를 이끌었고, 가끔은 철학을 전공한 막내 백경삼에게 "니 생각은 어때?" 하고 물으면, 그때서야 백경삼이 그 많은 내용들을 간단하게 논리적으로 정리해 내곤 했어요.

열정적인 대화가 절정에 이르면 아버지가 너무 행복하고 신나서 우리 사부자(백운기, 백경홍, 백경천, 백경삼)가 언젠가 신앙부흥회를 함께 인도하면 참 좋겠다고 했어요.

그래요, 우리가 명절 때마다 모이면 그랬어요.

그리고 늘 만나고 싶어했죠.

아이구, 너무 숨죽이며 몰입했나 봅니다.

숨이 차요. 방금 제 아내가 물 한잔 가져다 주면서, '형님'이 그럴 것 같다네요.

"야! 나 좀 그만 불러라"

"광주에서 살고 있을 때는 가끔 부르더니, 왜 이렇게 자주 불러대?" (헤헤)

형,

교회 얘기 좀 하고 싶어요. 교회 비판을 하려는 것이 아니라 그냥 교회 얘기요. 가장 기쁜 얘기인데, 가장 슬프기도한 얘기요. 교회는 분명 세상의 소망인데, 지금은 뭐라고 말할 수가 없어요.

형,

교회는, 사도 바울이 얘기한 교회는, 세상으로부터 분리해 낸 어떤 모임이 아니라, 그냥 예수님 때문에 세상에 나타난 새로운 사회, 새로운 세상이잖아요. 세상으로부터 떼어낸 어떤 교회 공동체에 대한 관심이 아니라, 세상을 위한, 세상을 새롭게 바꾸기 위한, 새로운 세상으로서의 교회를 얘기한 거잖아요. 그런데, 언제부터인가,

장신대의 신학을 '교회를 위한 신학'이라고 했어요. 현실적으로 교단이 세운 신학교이니, 그럴 수 있다고 이해는 한다지만, 지금 생각해 보니 복음을 왜곡시킬 수 있는 위험이 있는 슬로건이었어요. 신학을 하는 학생들의 이 세상에 대한 관심이나, 목회자들의 사회참여보다는, 그들을 '어떻게 교회를 부흥하고 성장시킬 것인가'의 문제에 집중하도록 교육하고 싶다는 의미로 해석되고 실행되었어요.

그렇기 때문에, 그 신학교를 마친 목회자들의 설교가, 세상을 잘 살아가기 위해서 교회로 모인 이들로 하여금 이 나라와 사회와 세상을 어떻게 새롭게 할까를 고민하게 하는 내용이 아니었어요. 마치 교회에 오면 더 이상 세상 생각하지 말라고 하는 듯, 세상과는 너무나 동떨어진 얘기를 했죠.

어떻게 하면 더 많은 사람들을 교회 공동체로 데려올 것인지가 더 중요했습니다. 이것은 분명히 복음을 왜곡한 것입니다. 신학교와 현실 교회가 진정한 '교회'를 잃어버린 것입니다.

형,
형과 나는, 우리 교단 교회 부흥의 성공모델이 강남의 소망교회와 강동의 명성교회인 시대를 살았어요. 그야말로 한국 경제의 비약적 성장 시기에, 그들을 뒤따르는 주류 목회자들이 성공신화를 꿈꾸는 크리스천들에게 "우리는 예수와 함께 교회부흥을 이루고 개인의 성공도 성취할 수 있다"는 비전(?)을 심어주었죠.

사업적으로 벤처기업을 일으켜서 자수성가하듯이, 어떤 탁월한 목사와 뜻과 비전이 맞는 교인들이 결집하여 자신들의 자랑스런 교회를 개척하였고, 교회의 성공과 세상에서의 성취를 함께 엮어내는 한국적 교회 생활의 모델을 만들어 내었어요. 그래서 부흥하지 못하는 교회를 목회하는 목회자는 마치 실패한 목사처럼 여겨졌죠.

그런데요 형,
이런 한국교회의 모델이 이명박 정부와 함께 이 세상 권력의 중심이 되었잖아요. 수많은 기업가들과 정치인들과 법조인들과, 대단히 긍정적이고 성공지향적인 사람들이 소망교회를 비롯한 강남의 교회 교인이 되어 인맥을 형성하려고 노력했어요.

형,
우리가 얼마나 이 심각한 교회의 왜곡을 걱정하고 두려워했었나요? 그런데 지금, 이 세상이 이렇게 왜곡된 교회를 심판하고 있어요. 언론과 정부와 시민들이 교회를 의심하고 교회를 파헤치려 하고 있어요.

형,
저는 지금 솔직히 교단이나 세상 사람들의 눈에 띄는 교회들을 이 세상으로부터 보호하거나 지켜내야 할 이유를 찾지 못하겠어요. 이렇게 이 땅의 교회를 이 세상의 몽둥이로 때리는 것이, 교회를 복음으로 새롭게 하시기 위한 성령의 역사이지 않겠나 하는 생각도 해요. 어느 때부터인가, 세상의 의로운 시민 리더들보다, 교회 목사와 장로들의 도덕성이나 사명의식이 현격히 떨어진 결과입니다. 부끄럽지만, 이것이 사실입니다.

교회 안의 일에만 갇혀 버린 사람들이 목회자들이 아닌가 싶을 정도로, 한국교회 목회자들이 세상을 너무 모릅니다. 마치 하나님이 사랑하라고 맡겨주신 이 세상을 포기하고, 뿐만 아니라 이 세상에 눈을 감고 사는 자들처럼 그렇게 이 세상을 모릅니다. 그러니 어떻게 이 세상의 빛이 되고 이 세상에 빛을 비추겠어요.

도대체, 주님이 말씀하신 그 교회가 무엇인지 한국교회가 몰랐던 것입니다. 몰랐다기 보다는 진실에 대해서 눈을 감고 입을 닫지 않았을까요? 목회자는 교회를 유지하거나 교회의 확장을 걱정하는 데 온 힘을 쏟는 사람이 아니라, 교회로 모인 사람들이 그들의 가정과 직장과 세상을 어떻게 하나님의 교회로서 살아내야 할 지를 고민하고 길을 제시하는 사람이어야 하잖아요.

지난 겨울에, 은퇴한 원로 목사님들이 모여서 자식 자랑하는 것을 들었어요. 별다르지 않았어요. 어느 자식이 어디에서 큰 교회를 맡아서 목회한다든지, 의사나 법조인이 되었다든지, 그만하면 성공했다는 식이었어요.

그거 아니잖아요. 우리 목회자들이 그런 마음으로 목회를 했어요. 또 그런 마음으로 일평생 교회에서 설교를 하였을 것이고 누군가 세상에서 번듯한 지위에 올랐다는 것이 그 교회 공동체의 자랑이 되고 목회자 가정의 자랑이 되었겠죠.

세례요한은 설교하기를, 군인은 군인으로서 약자를 겁박하지 않는 군인답게, 세리는 세리로서 정직한 세무공무원으로 살라고 했잖아요. 내 자식이 어떤 직책과 지위에 있었는데, 그 친구가 지난 번에 양심고백을 하고 바르게 고치려다가, 정부에서 쫓겨났다고 말하며 보람을 느껴야, 제대로 된 목회를 한 것이고, 그 일을 교회에서 간증하며 기도와 격려를 부탁해야 그 교회 공동체가 제대로 된 교회 아닌가요?

형, 숨이 차서 안 되겠어요.

다음에,
다시,
교회 얘기해요.
우리가 결국 해야 할 얘기가 교회잖아요.

형이 어떻게 할 수 없었던 그 삶 속으로

형에게, 열다섯 번째
2017년 10월 2일

형!

나는 지금 신촌세브란스병원 본관 15층의 한 병동에서 오늘 아침(10월 2일, 월)을 맞이합니다.

04시 40분이네요.

조금 전에 담당간호사가 오늘 종합검사가 있다면서 혈액을 작은 것 여섯 통이나 제 몸에서 가져갔습니다. 추석 명절 10일 연휴 중에서 오늘 하루만 정상근무이기 때문에 아무래도 오늘은 아주 많은 검사와 진료 상담이 있을 것으로 생각됩니다. 그런데 저는 이렇게 철없는 아이처럼 침대 머리의 약한 불을 켜고 '형' 앞에 앉아 있습니다. 제 아내가 옆에 있었다면 허락되지 않을 것이지만, 백인영이 저를 돌보고 있기에 별 문제가 아니라는 듯, 저를 그냥 모른 척하는 대로 둡니다.

그런데 저는 이렇게 철없는 아이처럼
침대 머리의 약한 불을 켜고
'형' 앞에 앉아 있습니다.

제 아내가 이런저런 주의 사항을 알려주며 이 친구를 코치했을
텐데, 아내는 제가 이런 글을 쓰는 돌발행동을 할 것이라고는 미처
예상치 못했을 것이고, 이 아이는 아빠가 할만하니까 그러겠지하
고 생각하는 것 같습니다.

어쨌든 고마운 일입니다.

지금 저의 느낌은, 어느 여행지에서 충분히 잠을 잔 뒤에, 오롯
이 홀로 있는 자유함으로 더 깊은 곳에 있는 저 자신과 이 세상과,
그리고 뭐라고 말할 수 없는 깊음의 평온함으로 들어간 듯 합니다.
이 곳까지 들어오면, 형을 더 가까이 만나고, 형과 저를 영생으로 인
도하시는 그 품안에 있음을 기뻐하게 됩니다. 이 평안이 저에게 찾
아온 것인지, 제가 찾아 여기까지 이른 것인지 저는 모릅니다. 어쨌
든 결코 일방적이지 않은 자유함과 예속됨이 우리(하나님, 형, 나)
안에 임재함을 느낍니다.

지금 제가 왜 여기에 있는지,
나는 지금 뭘하고 있는 것인지 다시 생각해봅니다.

지난 9월 11일(월)에 의사선생님들을 이곳의 외래환자로 와서
만난 후에, 제 몸안의 근육들이 계속적으로 유지되는 것이 무엇보
다도 중요하니, 언제 있을 지 모를 수술을 위한 몸 준비를 잘하라는

명령을 받아들였습니다.

그런데요 형, 그 때 그 의사 선생님들은 저에게 중요한 모든 것을 알려 주었다고 생각했을 것이고, 저 자신도 나름 모든 것을 이해하고 알았다고 생각했습니다. 그런데 그게 그렇지가 않았어요. 생각해 보니, 그들이 알게 한 것과 저의 알았다는 것 사이에 큰 차이가 있었습니다.

우리들의 일상적인 대화 내용과, 서로의 만남에 대한 각자의 정리된 생각에도 늘 이런 간격이 있는 것 같습니다. 아내와 아이들과도 많은 대화를 주고 받으며 서로 잘 알았다고 끄덕인 후에, 우리는 늘 각자의 자기한계 속에서, 각자의 앎 속에 더 많이 머무르고 있다가, 나중에 서로가 한 행동을 보면서 오해하고 다투는 때가 많잖아요.

제가 그랬어요.

선생님들은 제가 운동을 거의 안한다고 생각하며, 산소발생기를 최대한 사용할 것을 저에게 권면했는데, 그런데, 저는 그 산소발생기의 산소발생 용량이 자꾸 커지면, 저의 자가호흡 능력이 점점더 작아져서 위험할 것으로 스스로 판단한 것입니다. 그래서 더 열심히 운동해야 한다는 그 열심이, 오히려 저의 마지막 한계체력을 거의 탕진케 했던 것 같습니다. 지금 생각하니, 그래요.

선생님들은 제가 제자리에 좀 더 오래 버티고 서 있거나, 힘들어도 산소발생기의 도움을 최대한 받아서 몇 발짝 더 움직이기를 요구한 것인데, 저는 사실 산소발생기 활용법을 충분히 이해하지 못했고, 그 정도는 이미 알고 있다는 듯이 물어보지도 않았습니다. 제 딴에는 잘한다고 이전보다 더 많이 움직였던 것인데, 그 과도한 운동이 그 동안 버텨오던 저 자신의 작은 근력들마저도 털썩 내려놓게 했던 것으로 여겨집니다.

지난 두 주일 간 점점 더 몸에 힘이 빠지고, 식욕을 잃었을 뿐 아니라, 숨이 차서 억지로라도 씹어 넘겨야 하는 그 음식들을 잘 먹지 못하는 상태에 이르렀던 것입니다. 죽도 절반 밖에 먹을 수가 없어서 암환자들이 먹는 영양음료로 나머지를 채우면서 버티는 단계로 들어갔어요.

이렇게 약한 상태로 더 시간을 보내면, 큰 수술을 지탱할 수가 없겠다는 위기감 속에서 아내와 상의하여 5개월 만에 다시 병원으로 들어오게 되었습니다

형,
이것도 형이 이 땅에서 경험하지 못했던 삶이었을 거예요.

제가 볼 때 형은, 형 자신의 이 땅에서의 생존을 위해서, 지금의 저처럼 해볼 도리가 없었던 듯 합니다. 형은 하나님이 어떻게든 하시겠지 라고 생각하며, 마지막 시간까지도 형 자신이 아니라 다른 사람들과 교회 생각에 몰두하였을 거예요.

그런데요 형,

저는 형의 그 죽음을 통해 마지막 이 땅에서의 삶을 생각하며, 형이 어떻게 할 수 없었던 그 삶 속으로 계속 더 들어가보려고 해요. 형은 그곳(하늘나라)에서 저를 보고 저는 이곳에서 형을 바라보면서, 이렇게 형과 애기하며, 좀 더 조금 더 이땅에서의 길을 걷고자 합니다. 우리 자신만 생각한다면, 우리가 그 곳에 있든, 이곳에 있든, 무엇이 그리 다르겠어요. 어차피 우리는 같은 하나님 안에서 같은 생명인 영생을 살아가고 있잖아요.

오늘도 제가 잘 해 볼게요.

예전에는 제 병원 침대 앞 모니터에 보이는 산소포화도 수치만 보였는데, 이제는 심장박동수의 숫자가 주는 의미도 알게 되었습니다. 저는 이제 조금씩 운동량(움직임, 꿈틀거림)을 늘려가면서 산소포화도가 85이상을 유지하는지, 맥박이 120 이하를 유지하는지 살펴봅니다.

이렇게도 살아보게 되네요.

이것은 저에게 새로운 삶이고,
또 기대가 되는 삶이기도 합니다.

오늘을 기뻐합니다.

오늘을 좋아할 수 있는 이유

형에게, 열여섯 번째
2017년 10월 4일

兄!

지금은 추석날(2017.10.4 수요일) 아침 여섯시입니다.

저의 의식은 이미 1시간 전에 깨어났지만, 같은 병실(2인실)에 계신 동갑내기 형을 생각해서 가만히 누워 있었습니다. 제가 입원한 날 옆에 계셨던 76세 어른이 집에 가시고, 그 다음날 곧바로, 응급실에서 고생하면서 어느 병실이든 배정 받기를 원하던, 이 형이 저의 룸메이트로 올라온 것입니다. 참 특별한 만남입니다.

그리고 아주 좋은 저의 인생 선배이기도 합니다.

제가 이 동갑내기를 형이라고 부르고, 또 인생 선배라고 부르는 것은 저에게 있어서 매우 당연합니다. 그는 저보다 훨씬 더 많은 시간을 이 질병으로 인해서 고생해 왔고, 지난 4월에 폐이식수술을 받고, 이제 6개월에 접어들었으니 제가 그를 선배로 모시고 그의 경험을 경청하는 것이 어찌 당연하지 않겠어요? 이 형을 만나 매우 유익한 대화를 나누게 되면서, 저는 자연스럽게 "하나님이 나에게 천사를 보내주신 것 같다"고 말했다가 그 분의 당황해 하심에 깜짝 놀랐습니다. 하지만 저는 정말 그런 마음이었어요.

형,

조금 전인 4시 40분 경에 간호사가 측정한 저의 수치들을 얘기해 볼게요.

체온은 36.4도 정상입니다. 혈압은 122-83으로 평상시(107-68정도) 보다 높은데, 괜찮습니다. 그리고 지금 저에게 있어서 가장 중요한 산소포화도가 97 정상인데, 이것은 산소발생기를 통해 산소를 3리터 공급받고 있는 상태이기에 가능한 수치입니다. 하지만 최근에 저에게 있어서는 매우 만족스런 수치입니다. 이와 관련하여 또 중요한 것이 심장박동수인데 98입니다. 사실 보통 건강한 사람은 70 전후이니, 그렇게 좋은 것이 아니겠지만 최근에 제가 자리에 가만히 앉아서 충분히 쉬었을 때가 보통 110이 넘고 있었으니 얼마나 감격스러운 수치인가요?

처음 입원할 때는 120 아래로 유지된 적이 없었어요. 몸무게는 병원에 오자마자 잰 것이 62.5 kg였는데 여러 가지 검사를 진행하고 난 후, 이뇨제를 써서 물을 많이 빼고 대장도 거의 비웠더니 며칠 간

60kg를 넘지 못했습니다. 그래도 이 정도면 좋아요.

그래요. 저는 오늘 아주 좋습니다.

우리들이 자신의 오늘을 좋아하는 이유가 참 다양할 텐데, 이전보다 좋은 것은 참 좋은 것이죠. 그런 면에 있어서 저는 앞으로 점점 더 좋을 거예요.

이번 입원에서 의사선생님들이 저의 상태를 보는 주안점은, 저의 폐 섬유화가 최근 빠르게 진행된 후에 폐와 연결된 우측 심장의 상태를 살피는 것입니다. CT 결과, 그 쪽이 좀 붓고 나빠졌다고 해요. 그리고 최근 열흘 전부터, 손발이 좀 부었던 것과 연관되어서 혈전이 어딘가를 막아서 피의 원활한 순환을 막는 것은 아닌지를 의심하며 여러 가지 조치를 취했습니다. 다행히 혈전 문제는 없는 것으로 판단되었고, 저 같은 폐섬유화 환자들이 이 때쯤 겪게 되는 상태로 보며 치료를 진행하였습니다. 이곳의 의료진은 참 친절하고 전문적이고 환자의 인격을 존중합니다.

저는 지금 이곳에서 아주 즐겁게 추석을 지냅니다.

지금은 10시 10분인데, 청주 어머님집에 우리 가족이 모여서 아침 식사 후에 다과를 나누며 즐겁게 대화할 시간이네요. 저는 아침 식사 후에 한 20분 눈을 감고 쉬었다가 일어나, 제 아내에게 몸을 맡겼습니다. 아내는 저를 화장실 변기에 앉혀 놓고 머리를 감기고 씻기고 옷도 새 것으로 갈아 입혔습니다. 정말 기분이 좋았습니다. 처음이잖아요. 엄마에게 자신을 맡겨놓고 물장난하는 어린 아이처럼, 저도 그 마음이 되어 이 여인에게 완전히 의지했습니다.

　　그는 저의 아내이고,
　　정다운 친구이고,
　　그리고 아직도 여전히 저를 가슴 설레게 하는 저의 여친입니다.

　　저는 지금도 이 연인을 신비롭게 생각하며 다음 만남을 기대하기도 합니다.

저는 지금 이곳에서 아주 즐겁게 추석을 지냅니다.

그는 저의 아내이고,
정다운 친구이고,
그리고 아직도 여전히 저를 가슴 설레게 하는 저의 여친입니다.

그들과 '함께' 우리는 늘 교회

형에게, 열일곱 번째
2017년 10월 6일

혀-엉!

지금은 10월 6일(금) 04시 55분입니다.

조금 전에 담당간호사가 와서 저의 혈당을 재어 갔어요. 269
입니다. 너무 높은 것인데, '스테로이드'라는 주사약을 1주일째 사
용하고 있어서 그렇답니다. 저의 주치의는 그 약을 이제 먹는 약으
로 바꾸어서 몇 일 상태를 지켜 본 후, 집에서 지내도 될 지 판단하
겠답니다.

저는 지금 아주 좋습니다.

집에서 많이 힘든 날들을 지낼 때도, 하루의 움직임을 시작하기
전인 이 시간에는 마치 별문제 없는 것처럼 그렇게 좋았었는데, 지
금은 더 좋아요. 하지만 저를 가장 많이 만나는 전공의 선생님은 스
테로이드 약 효과랍니다. 제가 몇 일째 '좋다'고 해도 별로 신경쓰지

않아요. 나는 내가 지금 '좋다'는 이 느낌과 이 마음이 아주 좋은데, 그 이는 이런 저의 '느낌'에 대한 표현에 크게 개의치 않겠다고 하는 듯해요. 약발일 뿐일 수 있다는 것이죠. 하지만 그 약은 그 처방 당시에 꼭 필요하였고, 지금으로서는 그 약을 사용하는 것이 최상이기에 이렇게 하는 것이겠지요. 단지 약 기운에 '살짝 좋았던 시간'이 되지 않고, 그 약기운을 받은 몸이 이 기운에 자극을 받아 자신 안에 지쳐 있던 기운을 차리고 자기 기운과 힘으로 일어나야 하는 것입니다.

그래요,
이 약기운은 자기 기운을 북돋우는데 반드시 사용되어져야 해요. 이 정도면 괜찮은 환자죠?

형,
우리는 왜 무슨 생각을 하든, 어떤 대화를 나누든 결국은 교회 얘기로 가게 될까요? 다시 교회에 대한 생각을 말하고 싶어지네요. 형과 저의 마음 속에 교회에 대한 생각이 가득하기 때문일 거예요. 우리의 생각과 마음과 몸의 어느 작은 부분만 살짝 자극해도, 우리는 하나님의 교회에 대한 생각과 하나님의 나라에 대한 열정을 분출시키는 것 같습니다.

형,
우리는 하나님의 교회로 살아왔어요.

우리나라의 많은 크리스천들은 자신이 어느 교회에 다닌다고 하는 말에 익숙하지만, 사실은 형과 내가 바로 그리스도 예수의 몸을 이룬 하나님의 교회이잖아요. 그래서 우리가 교회를 생각하며 말할 때, 내가 어느 교회에 출석한다고 하기 보다는, 우리가 하나님의 교회인데, 우리는 지금 하나님의 교회의 아주 작은 일부(지체)에 속한 더 작은 교회공동체에 속하여 있다고 생각하며 말해야 할 거예요.

우리 형제들이 어렸을 때는 아버지가 목사로 계시던 청주은광교회에 속하여서 교회의 지체로 성장했었죠. 성장한 이후에는 각자의 학업을 좇아서 이곳 저곳에 흩어져 그 곳의 작은 공동체에 속하여 교회로 살다가, 또 목회자가 되어 한국교회의 이곳 저곳에 보내어진 뒤에는 그 곳에서 각자 우리가 하나님의 교회, 곧 그리스도의 몸임을 고백하며 인생을 살았어요.

형은 광주기독병원 목사로 여러 해 있다가 광주제일교회(광주에서 제일 오래된 어머니교회)의 부름을 받아 그 이름에 속하여 13년을 살았어요. 나는 서울 동대문구 이문동에 있는 중랑제일교회에서 11년, 그리고 지난 해의 마지막 주일까지 18년간 경기도 고양시에 있는 일산호수교회에서 담임목회를 하며 교회의 지체로 살았어요. 우리집 막내 백경삼은 인천의 아주 큰 교회공동체인 주안교회에서 10년을 지내고 나서, 가족 네 식구가 달랑 남북군사분계선에서 가장 가까운 소도시 중 하나인 문산읍으로 이주하여 교회개척을 시작하였고 이제 십수 년을 그곳에 살고 있어요.

그리고 매형 연일흠과 누나 백영숙은 어머님과 함께 여전히 청주은광교회에 속하여 주님의 교회로서 인생을 살아가고 있습니다.

그래요, 형, 우리는 함께 교회로 살아왔고, 영원히 교회로 살아갈 수밖에 없는, 주님의 교회입니다. 형과 내가 함께 교회이고, 우리들의 한 가정 한 가정이 교회이고, 우리가 움직이며 만나는 모든 사람들 속에서, 그리고 그들과 함께 우리는 늘 교회입니다.

형,
스테로이드 효과가 발휘되고 있는 것이 분명한 것 같아요. 얼마 전에는 이 정도 글을 써 내려가면 기운이 푹 꺼져 버렸는데, 오늘 아침에는 그렇지가 않아요. 그런데 이렇게 말하자마자 긴장이 풀렸는지, 기침이 시작되고, 기침을 몇 번 하면서 모아졌던 기운이 이리저리 빠져나가는 느낌이 드네요.

그런데요 형,
우리 가족은 어떻게 교회에 대한 이런 생각과 고백을 하면서 인생을 살아왔을까요? 때때로 어떤 교우들이나, 몇몇 다른 목회자들을 만날 때에, 그들은 저의 이런 교회에 대한 생각이 무척 새롭다고 해요. 더 많은 교인들이, 자신이 어떤 지역의 어떤 교회 공동체를 선택하였다고 생각하거나, 처음에 그 곳 교인들의 인도함을 받아서 신앙 생활을 시작했지만, 지금은 오히려 교회생활에서의 인간관계가 너무 힘들어 다른 교회로 옮기고 싶다고도 해요.

저는 누군가 그런 고민을 얘기하면 그러라고 해요. 왜냐하면 하나님의 교회는 이 세상 어디에나 있기 때문에 걱정이 되지 않는 것입니다. 하지만 그 분은 교회에 대한 생각이 저와 달라서, 이 교회를 떠나면 다른 교회로 간다고 생각해요. 그러면 마치 지난 번 교회 사람들을 배신하는 느낌도 들고 다시 이전의 그 좋았던 교회로서의 관계적 삶을 포기해야 할 것으로 생각하기도 합니다.

심지어 어떤 목회자는 자신이 목회하는 그 교회가 굉장히 특별함을 강조하기도 하고, 그렇게 생각하며 목회하다보니 이웃의 목회자나 교회 공동체보다, 자신의 목회와 자신이 혼신의 힘을 쏟아부어 형성되었다고 믿는 교회 공동체가 더 우월하다고까지 생각하는 듯 합니다.

이것은 교회에 대한 분명한 오해이고 왜곡이잖아요.
그런데 저는 이렇게 생각하는 분들에 대해서 비난하거나 잘못된 것으로 단정하고 싶지는 않아요. 그렇게 하기에는 아직 한국교회와 교인들 가정의 복음화 시간이 매우 짧다고 생각하기 때문입니다. 이제부터 다시 성경을 읽으며, 복음을 더 진지하게 받아들여, 그 복음 안에서 자신을 재발견한다면 좀 더 달라지고 성숙해지리라고 기대합니다.

하나님의 교회를 이루어가시는 분은 하나님이시기에 제가 교회에 대해서 판단하거나 실망할 것은 아니죠. 그것도 하나님께서 마침내 이루어가실 것이고, 단지, 제가 그 주님의 일에 조금만이라도 쓰임 받는다면, 그것만으로 날마다 기뻐하며 즐거워하겠습니다.

주어진 삶으로 더 깊숙이

형에게, 열여덟 번째
2017년 10월 9일

형!

지금은 2017년 10월 7일(토) 이른 아침 04시 43분입니다. 이뇨제 때문인지, 아니면 제 몸의 상태가 그러한 것인지, 밤 사이에 다섯 번 일어나 소변을 침상 위에서 누었어요. 저는 화장실까지 혼자 움직여서 해결할 수 있는데, 그렇게 하다가 혹시 어질어질하여 넘어질 수 있으니 이렇게 해야 한다고 해서, 여기서는 이렇게 해요. 또 한방에 같이 있는 환자와 보호자의 쉼을 고려하여 마땅히 그러는 것이 좋겠다고 생각하며, 이러한 삶을 받아들입니다.

어제 밤 1시에, 70세 어른이 비어 있었던 저의 옆 침상에 올라왔습니다. 경황이 없어서 아침 인사를 드리지는 못했는데, 다행히 잠은 잘 주무시는 것으로 보아서 응급실에서 이미 많이 회복하셨거나, 여러 차례 이런 과정을 겪으면서 이미 병원 생활에 익숙하신 분으로 여겨집니다.

그 동안 함께 지냈던 저의 동갑내기 '그 형'이 옆 병실로 그저께 옮겨간 뒤에 저와 아내는 거의 이틀간 2인실을 독차지하며 지냈는데, 예상은 했었으나 금세 이렇게 빈자리가 채워졌네요.

지난 몇 일간, 저는 '그 형'이 상당히 어렵게 하루하루 지내는 것을 옆에서 보며 지냈어요. 저는 더 많은 날들을 같이 지내고 싶었는데, 언제부터인지 그 분의 몸 안에 어떤 균이 들어와 있는 것이 밝혀졌고, 그 병을 치료하는 데 쓰여질 의료기구의 사용이 다른 환자에게 그 균을 전해줄 수 있어서, 1인실로 옮겨가게 된 것입니다.

여러가지 큰 위기를 겪으면서도, 그의 사랑하는 아내는 이제 남은 마지막 한가닥 희망의 끈을 놓지 않았어요. 5년 전에 남편이 받은 큰 심장 수술 때문에, 이런 수술을 또 시도하는 것이 무모하다고 의사는 판단했지만, 여기서 끝난다 하더라도 꼭 해달라고 매달려, 수술을 받고 극적으로 살았답니다. 모든 의료진이 매우 걱정하면서도 그 아내의 간청에 못이겨 시도하였는데, 막상 열어 놓고 시도해보니, 오히려 우려했던 심장마저도 더 좋게 되는 결과를 보았다고 해요.

그런데 그 형은 수술 받기 이전보다 수술 받은 후에 찾아오는 삶이 더 고통스럽다는 얘기를 저에게 해주었습니다. 면역 억제를 위해, 약들을 자신의 몸 안에 계속 받아들여 가면서 살아가야만 하는 삶이 매우 어렵다고 해요. 다른 사람의 장기가 내 몸 안에 이식된 후에, 내 몸의 방어팀들은 온 힘을 모아서 '외부침입자(새로운 폐)' 를 죽이기 위한 큰 싸움을 계속적으로 벌이게 되는데, 그래서 의사 들은 그 이식된 폐가 서서히 내 몸 안에서 하나로 받아들여질 때까 지, 매일매일 강하게 약을 투여하여서 내 몸 안 용사들의 강력한 면 역활동을 약화(억제)시켜야 하는 것입니다. 그 약들이 바로 '면역 억제제' 입니다.

이 얼마나 안타깝고 가슴아린 싸움입니까?

내 몸 안의 충성된 이들이 내 몸을 지키기 위해 싸우는데, 나는 어쩔 수 없이 외부의 힘을 빌려 내 몸을 지키려고 목숨걸고 버티는 이들을 무력하게 만들어야 하는 것입니다.

그런데, 그렇게 강력한 약으로 내 몸에 사는 충성스런 방위 용 사들의 저항을 억누를 때에, 예상치 못했던 다른 병균들이 몸 안에 들어오면, 그 억제약 때문에 나의 용사들이 손발이 묶이고 지치고 피곤하여, 새로운 병균들을 제압할 수가 없게 될 가능성이 매우 커 져서, 또 다른 예측할 수 없는 위험이 계속적으로 발생하게 되는 것 입니다.

'그 형'이 5개월 전 수술 받은 후에, 이렇게 두 번 세 번 다시 입원하게 되는 것도 이러한 이유 때문이고, 그저께 옆방으로 급히 옮긴 것도 이 새로운 싸움을 또 다시 해야 하기 때문이었던 것입니다. 이것이 바로 앞으로 제 몸이 감당해 가야 할, 저의 삶입니다.

앞으로 많이 힘들겠지만, 저는 현대의학의 도움을 받아서 내가 앞으로 감당하면서 살아가야 할 새로운 삶을 저의 숙명으로 받아들여야 합니다. 현대 의료 과학으로는 이러한 치료방법이 최선이겠지요.

형!
저는 지금 이러한 삶의 위험과 고통을 저 혼자 피할 수 있게 해달라고 주님께 구할 수가 없습니다. 그렇게 하기에는, 이러한 고통을 견디며 하루하루 살아가는 참 귀한 분들이, 이미 제 가슴 속 깊숙이 들어왔기 때문입니다. 이제는 그들과 함께 이 삶을 살아내야만 합니다.

주님이 제게 주신 은혜입니다.

형,
우리 주님의 마음에는 온 인류와 모든 피조물들의 한숨과 고통이 담겨 있잖아요. 그래서 우리 하나님은 당신이 친히 우리의 몸이 되어 십자가에 달리셨잖아요. 조금이라도 주님의 마음을 닮아, 주님의 몸이 되어, 제가 이 땅을 살아가려면 이러한 삶의 여정이 저에게 꼭 있어야 할 거예요.

주님이 영원히 감당하시는 그 고난과 죽음의 십자가를, 우리 주님은 '영광'이라고 말씀하셨어요. 그 고난의 십자가 위에서 주님의 긍휼과 자비와 치유하심이 흐르고, 그 은혜가 이 세상의 모든 사람과 피조물들을 기쁨과 감사로 살아가게 하죠.

그래서 우리 주님은 당신의 삶에 드리워진 아버지가 주시는 고난과 아픔들 속에 아주 깊은 기쁨과 평화가 이미 담겨 있음을 아시기에, 당신이 사랑하는 친구인, 저에게도 이런 삶을 주시는 것일 거예요.

이제는 저도 이 삶 속으로 더 깊숙이 들어가려 해요.

사실 몇 주 전까지만 해도, 저는 다른 생각들에 여전히 매달려 있었던 것 같아요. 수술 받고 난 후, 다시 질병 이전의 삶을 회복해 가야 한다는 생각을 이어 오면서, 지금의 이 고통스런 삶은, 저에게 찾아와 일정기간을 함께 지내고 난 후 어딘가로 다시 돌려 보내고 예전의 삶으로 돌아갈 것이라는 마음으로 지냈던 것 같습니다.

하지만 이곳에서 몇 일간 지내는 동안에, 이 곳에서 마주하게 되는 새 삶이 이제는 저 자신의 삶으로 완전히 받아들여져야 한다는 것을 알았어요. 하루에 먹어야 할 음식, 배설해야만 하는 배설물의 양, 체온의 변화, 혈압 혈당 맥박의 미세한 크고 작은 변동들, 스테로이드, 인슐린, 수많은 억제제, 치료약들을 용납하기. 숨쉬기 위해서 필요한 친구들(기구들)과의 적극적인 사귐, 그리고 이 곳에서 함께 살아갈 환우들과의 인격적인 만남.

그래요,
이제 저는 이 곳에서 이러한 삶을 살아갈 것이고, 이것은 앞으로 살아갈 제 인생이 반드시 딛고 일어서야 할 새로운 삶의 기초가 되어야 할 것입니다.

그러니까 저에게 있어서 이 질병은, 어떻게 성공적으로 극복하느냐의 문제가 아니라, 그 질병과 함께 어떻게 제 삶의 깊이와 넓이를 더해갈 것인가의 문제가 되는 것이죠.

저는 이 곳에서, 하나님이 주시는 이삭의 샘 '르호봇'을 언젠가 만나게 될 것이고, 그 샘 깊은 곳에서 흐르기 시작하는 물을 퍼내어 제가 먼저 마셔보고, 그리고 가족과 이웃들과도 나누어 보겠습니다.

와우!
이런 생각에 이르다니, 참 놀랍고 사랑스러운 아침입니다. 이런 생각에 깊이 들어가다 보면, 내가 지금 어디에 있는지 잊게 됩니다.
이 곳이 바로 '하나님의 나라'인 것이죠.

하나님의 나라는 이미 우리에게 임하였고 언제 어디에 있든지
우리는 이 나라를 살아가게 됩니다. 우리가 그의 나라와 그의 다스
림에서 어떻게 숨을 수 있겠어요.

저는 지금 형과 함께 그 나라에 살고 있어요.
영생의 삶입니다.

조금 전에, 간호사가 와서 저의 피를 네 통 뽑아갔습니다.
이미 일상이 되어 그런지, 아무렇지가 않아요.

형, 멈추어야겠어요. 이제는 많이 힘들어요.

저는 참 철없는 남편이었어요

형에게, 열아홉 번째
2017년 10월 11일

형!

지금은 2017년 10월 10일(화) 오전 10시 17분입니다.

이 시간에 왠일인가 싶죠? 저, 지금 집에 있어요.

9월 28일(목)에 신촌세브란스에 입원하여 10월 8일(주일) 오후 4시경에 집으로 왔으니, 추석연휴 10일 동안 병원에 있었네요.

지난 4월에, 폐이식 대기자 등록이 가능한 지 여부를 판단받기 위해서 1주일간 입원하여 수시로 금식해가며 수많은 검사를 마쳤을 때 5kg이 빠졌었는데, 그 후로 어렵게 다시 62.5kg으로 회복시켰던 몸무게가, 또 다시 57.5kg이 되어 집에 왔습니다.

도저히 더 이상 견딜 수가 없을 것 같아서 아내에게 병원으로 가고 싶다고 했고, 아내는 다음 날(27일) 병원에 문의한 후에 입원

허락을 받자, 곧바로 자신의 직장에 휴가를 내었습니다. 입원한 후여러 가지 검사들을 진행하면서, 특별히 저의 섬유화된 폐와 연결된 우측 심장에 문제가 발생하여 호흡곤란이 더욱 심해졌음을 심장초음파로 확인하였어요. 문제는 이 심부전의 원인이 무엇인가를 명확히 밝히는 것인데, 몇 일간 살펴본 후에, 혈전이 어딘가를 막아서 손발이 부었던 것은 아니었을 것으로 의료진이 판단하게 되었습니다.

이러한 검사들을 진행하면서, 처음부터 스테로이드를 아침 저녁으로 주사하고, 항생제 주사를 저녁마다 맞았습니다. 스테로이드와 항생제를 또 맞아야 하는 것에 찜찜해 했지만, 아내는 의사들이 알아서 필요한 만큼 쓸 것이니 걱정하지 말라고 했어요. 그리고 동시에 이뇨제를 계속 복용하여 몸 안 어딘가에서 배출되지 못한 물을 빼내고, 원활하게 배출하지 못했던 제 몸 안의 가스와 똥도 다 해결하였습니다. 병원에 몸을 맡기니, 그 성실하고 친절하고 전문적인 의료진들이 다 해결해 주었습니다.

하나님이 저를 위해서 준비해 놓으신 귀한 사람들을 또 만난 것이죠. 무엇보다도 좋았던 것은, 제 아내와 그 긴 날들을 같이 지냈다는 것입니다.

우리는 지금까지 함께 살아오면서, 이렇게 단둘이 하루종일 있었던 적이 거의 없었어요. 늘 각자 자신만이 감당해야할 일이 있었기에, 기본적으로 저는 공부에 전념하거나 목회일로 바빴고, 아내는 형도 알다시피 간호대학을 졸업한 후 5년 뒤에 저와 결혼하고 나서도 줄곧 이 때까지 34년을 쉬지 않고 일해 왔습니다. 우리는 이런 생활에 아무한 불편함이 없었고, 서로를 격려하고 위로하면서, 삶의 자유함과 여유로움도 누리며 살았어요.

형,

25년 전에, 제가 폐렴 때문에 3개월간 병원생활을 했을 때에도, 제 아내는 자신이 근무하는 강남세브란스에 저를 눕혀 놓고, 낮에는 간호사로 일하고 밤에는 저의 병상 옆 간이침대 생활을 했었어요. 게다가 월요일 화요일에는 퇴근 후에 강남의 세브란스에서 신촌에 있는 간호대학을 오가며 대학원 과정 공부도 해야 했으니, 그 생활이 어땠겠어요. 그런데 그 때는 우리가 너무 젊어서인지, 그렇게 사는 것이 전혀 이상하지 않았고 자연스럽고 즐거웠어요.

하지만, 그 때 제 병의 심각함을 의학적으로 너무나 잘 알고 있던 내 아내 짱구는, 가끔 힘들어하는 저에게 자세하고 심각한 얘기는 하지 못한 채, 홀로 하나님께 매달리며 많이 울기도 했답니다. 저는 참 철없는 남편이었던 것이죠. 지금도 여전히 그래요.

저는 그냥 천진난만하게 "당신이랑 이렇게 하루종일 같이 있으니 꼭 단둘이 좋은 곳에 의료관광 온 것 같아"라고 말하며 즐겁기만 했습니다. 제 아내도 병원에서 푹 쉬었어요.

정말이에요.
제 아내도 잘 쉬었습니다.
그래요, 우리는 이번에 잘 쉬었습니다.

형!
저는 막상 집으로 돌아오려니 두렵기도 했어요.

집에서 있을 때에 너무나 힘들었기에 다시 그 상태로 돌아가면 어떻게 해야할 지 살짝 불안했었죠. 병원에서는 내 몸만 맡겨놓으면, 수시로 간호사들이 들어와서 이것저것 처리하였고, 옆에서는 늘 아내가 있으며 뭐든지 챙겨주었잖아요. 식사도 때마다 병원 영양팀이 준비하여 해결하였는데, 집에서는 어떻게 할지 알 수 없겠더군요.

그런데 막상 집에 오니, 우선 저 자신의 몸이 예전과 많이 다름을 느꼈어요. 병원에서 제 몸의 문제를 파악하여 적당량의 스테로이드를 처방한 결과로 그런 것이라고 전공의가 설명해주었지만, 어쨌든 지금은 참 수월하게 제 몸을 사용할 수 있게 되었어요.

제 생각에 가장 큰 긍정적 변화는, 제가 산소발생기를 제대로 이해하고 제 일상생활의 동반자로 삼은 것이라는 생각이 듭니다. 병원에서 만난 저의 선배 호흡기 환자들도 저와 비슷한 심리적 경험을 했었더군요. 병원에서는 산소용량을 충분히 올려서 숨쉬기가 수월하게 사용하면서, 그 숨쉬기 좋은 상태로 가능한 한 더 많이 움직이며(운동) 지내야 한다고 환자에게 가르칩니다.

그런데 저 뿐만 아니라 그 선배들도 그렇게 기계로부터 일방적으로 투입되는 더 많은 산소에 점점 더 많이 의지하다가, 내 자신의 숨쉬는 능력이 점점 더 퇴보하고 마침내는 자가호흡이 불가능하게 되지는 않을까 하는 심리적 불안감을 갖게 되었던 것입니다. 그래서 의사의 지시를 매우 소극적으로 이행하며 점점 더 숨쉬기 힘든 지경에 떨어져 체력과 근력을 다 소모하기에 이르렀던 것이지요.

제가 그랬고, 저보다 앞선 그들도 저와 같은 심정으로 그런 어려움의 시간을 겪었더라구요. 하지만 이번 병원생활에서 선배 환자들을 만나면서, 앞으로 어떻게 이 질병을 감당해가야 할지 구체적으로 깨닫게 되었습니다.

물론 가장 정확한 지식은 전문가인 의사들이 알고 있기에, 그들은 나름 그 쉬운 것을 금방 이해하고 실천할 것으로 기대하며 간결하게 일방적으로 환자에게 말해주지만, 그 앎이 저같은 환자들의 삶에 투입되기가 쉽지 않았던 것입니다.

환자들이 심리적으로 무엇을 두려워하는지 이해하려고 노력하여 그 개개인 환자의 절실한 질문도 경청하면서 그 환자 개개인이 '진정한 앎'에 이르도록 도와야 할 거예요.

언젠가 많이 좋아지면, 일주일에 한 두 번 시간을 내어서 저와 같은 그 길을 가야 할 분들에게 선배로서 무언가 하나라도 도움을 주는 삶을 살고 싶다는 생각을 하고 있습니다. 그럴 수 있으면, 병원 의료진이 허락한다면, 그렇게 하고 싶은 마음입니다.

형,
무엇보다도 우리집 할아버지(93세) 할머니(87세)의 상태가 아주 좋아요. 물론 두 분 다 매우 연약하지만 건강하고 차분하게 당신의 자리를 지키고 계십니다.

할아버지는 주어진 정량 식사를 다 하시고 나서도, 더 많이 드시고 싶다며, 천천히 먹는 다른 식구들에게 좀 나눠줄 수 없느냐는 애처로운 눈길을 보내십니다. 그냥 슬픈 얼굴을 하실뿐 떼를 쓰지는 않아요.

요즘 말로, 정말 귀여우십니다.

할머니는 이제 다시 당신의 주방에서 자유롭게 움직이시네요.

하지만 이제 예전의 통치자로서의 지위는 살그머니 내려놓으신 듯, 딸이 미리 준비해 놓은 음식들을 할아버지와 저를 위해 차려놓는 것에 만족하십니다. 그리고 빨래리나로서의 역할도 다시 할 수 있도록 가족들이 허락했어요.

참 좋아요!

우리 가족은 지난 한 달간 여러 가지 일들을 겪었지만 이제 일상으로 돌아왔습니다.

형, 오늘 참 좋으네요

형에게, 스무 번째
2017년 10월 13일

형!

지금은 2017년 10월 13일(금) 오전 11시입니다.

어제 밤 중에, 제가 기대하지 못했던, 참 신기한 변화가 저에게 찾아온 듯 해요. 제가 그런 듯 하다고 말하는 것은, 사실 그냥 느낌일 수가 있고 일시적인 반짝 현상일 수가 있기 때문입니다.

지난 주일(10월 8일) 오후 4시, 병원에서 집으로 돌아온 후에, 저는 이제 제 손으로 배에 인슐린 주사를 놓아야 한다는 것이 상당히 신경쓰였어요. 그 생각을 하면 마음이 참 안 좋았죠.

지난 16년 이상을 당뇨인으로 살아오면서, 그래도 나름대로 열심히 관리하여 인슐린 주사를 한 번도 맞지 않고 소량의 약으로만 혈당을 조절해 왔는데, 이번에 병원에 입원하여 스테로이드 주사를

맞기 시작하면서 보통 250 이상 혈당이 오르고 300 이상 넘어갈 때
도 여러번 있었어요.

병원에서는 스테로이드 맞는 동안은 어쩔 수 없다고 하며 그
때 그 때마다 단위를 바꿔가며 당의 혈중 농도를 빠르게 낮추기 위
한 인슐린 주사를 처방했는데, 제 마음이 많이 안 좋았어요. 이미 인
슐린 주사로 날마다 생활하는 당뇨인들에게는 미안하지만, 그냥 제
마음이 그랬어요.

그런데 집에 돌아오면서, 제 손으로 그 주사를 저 자신에게 주
사해야 한다는 것은 저에게 스트레스가 되었죠. 하루 종일 약효가
지속되는 란투스를 8단위에서 시작하여 오늘 아침 12단위까지 계
속 단위를 올려가는 것이 저를 슬프게 해요. 그런데 하나 기대하는
것은 오늘 저녁부터 스테로이드 알약(소론도) 복용을 네 알에서 세
알로 줄이게 된다는 것입니다. 아내가 그러는데, 좀 변화가 있을 거
라네요.

기대해 봐야죠.

형!
그런데요, 오늘 새벽 4시경에 저의 의식이 깨어났는데, 옆에서
자고 있는 아내를 보고 싶었어요.

형,

형도 그랬었을 거예요.

저는 지난 몇 달간, 똑바로 누워 있어야만 가까스로 잠을 이룰 수 있었기에, 제 아내가 누워있는 옆 방향으로 비스듬히 눕는 것은 안되는 것이었어요. 숨이 차서 도저히 옆으로는 잠시도 누울 수가 없었죠. 그런데 이상하게도 몸을 살짝 옆으로 돌렸는데, 잠시 그렇게 있어도 괜찮더라고요. 저의 움직임을 느낀 아내가 눈을 떠서 저를 보았죠.

"여보, 이상해. 이렇게 옆으로 누워도 괜찮은데, 무슨 일이지?"

아내는 좀 더 자야겠다며 별반응이 없이 잠을 이어 가고, 저도 그냥 다시 똑바로 누워서 아침을 기다렸습니다.

병원에 입원하여 있을 때 간호사가 정해진 시간에 하던 바이탈 체크(체온, 맥박, 혈압, 산소포화도)를 제가 매일 아침 6시에 하는데, 혈압이 118-87이라서 혈압약 반 개를 오늘도 먹어야겠다고 생각했고, 아침혈당이 256 이라서 실망스럽기도 했어요. 그런데 그냥 느낌이 좋아서, 7시 10분경에 산소포화도와 맥박을 체크했는데, 보통 때보다 확연하게 그 수치가 좋은 거예요. 어제처럼 산소발생기로부터 3리터를 공급받고 있었는데 산소포화도 98에 심장박동수가 87을 가리켰습니다. 저로서는 깜짝 놀랄 일이예요. 왜냐하면 병원에 있을 때부터 어제까지 이렇게 앉아 있을 때 심장박동수가 105 정도였거든요. 그래서 다시 혈압을 체크했더니, 놀라웁게도 혈압이 99-66이었어요.

할렐루야!

오늘은 혈압약을 먹지 않아도 됩니다. 병원에 입원한 뒤, 지난 15일간 제 인생에서 처음으로 혈압약을 먹었었는데, 100 이하로 떨어지면 안 먹어도 된다고 의사가 퇴원할 때에 말했기에, 그렇게 해도 되는 것이죠.

형!
제가 참 좋아요. 여전히 콧줄을 통하여 산소를 공급받고 있고, 조금 후에 화장실에 갈 때는 산소를 올려서 움직여야 하겠지만, 그래도 좋고 행복합니다. 누가 저에게 오늘 좀 어떠냐고 물으면, '아주 좋다'고 말할 거예요.

오늘만 그런 것은 아니고, 저는 늘 괜찮았고 좋았어요.

저는 사실 지금까지 인생을 살아 오면서 언제나 참 좋았습니다. "좋다고 생각하는 것이지, 어떻게 그렇게 늘 좋을 수가 있느냐"고 누

군가 따져 물으면, 뭐라고 할 말이 없지만, 그런데 이것 저것 다 뭉뚱
그려 보면 모두 합하여 좋았던 것일 거예요.

제가 그렇게 좋게 생각하려고 애쓰지 않아도,
그냥 늘 좋더라고요.

최근 몇 년간 저의 호흡은 계속 조금씩 나빠졌어요.
하지만 저는 참으로 이상하게도, 그 안 좋아지는 제 몸을 가지
고 살면서 오늘 좋지 않다고 생각한 때가 잘 기억나지 않아요. 1년
전에 목회를 그만두어야겠다는 결단을 내리게 되면서도, 아이들의
눈물을 보면서도, 그렇더라도 좋지 않다는 생각은 들지 않았어요.
그냥 주어진 삶을 하나님의 사랑과 은혜로 받아들이는 것이 이미
제 생명의 본질이 되어있는 것이 아닌가 생각해요.

형,
제 아내나 우리 아이들도 때때로 안타까워하고 안쓰러운 눈길
을 제게 주지만, 그냥 제가 좋다고 하면, 자신들도 좋은가 봅니다. 꾸
밈도 의심도 없는 듯 해요. 제가 그렇고, 그들도 억지로 그럴려고 한
다는 생각은 들지 않아요.

그런데, 형, 오늘 참 좋으네요. 이런 글을 쓰는 것이 좀 조심스럽
기는 해요. 제가 뭘 알겠어요. 괜히 반짝 좋은 것을 가지고 호들갑인

것 같기도 하고, 이러다가 점심 먹기 전에 혈당을 체크한 후, 이 마음이 식어질 수도 있겠죠. 그래도 철부지처럼, 그냥 형에게 이렇게 주절주절 말하고 싶어요.

오늘, 참 좋아요.

오늘은 화장실에서 여러 가지를 한꺼번에 쉬지 않고 진행해 보고 싶어요.

그럴 수도 있을 것 같은,
그런 날입니다.

최근 몇 년간 저의 호흡은 계속 조금씩 나빠졌어요.

하지만 저는 참으로 이상하게도,
그 안 좋아지는 제 몸을 가지고 살면서
오늘 좋지 않다고 생각한 때가 잘 기억나지 않아요.

주시는 사랑, 다 받을 거예요

형에게, 스물한 번째
2017년 10월 17일

형!

지금은 10월 15일(주일) 오후 4시 12분입니다.

오늘도 교회공동체가 하나님 앞에 모이는 주일 예배에 참여하지 못했어요. 지난 봄에도 두 번 정도 황사나 미세먼지가 아주 심한 주일에 집에 홀로 머문 적이 있었는데, 지난 주일에는 오전에 퇴원해야 한다고 해서 기다리다가, 마지막으로 어떤 검사 결과를 기다린 뒤에 담당의사가 퇴원허락을 하겠다고 하여, 병원 교회당에서의 환우들과의 예배에도 참여치 못했었기에, 연속으로 두 주일을 그렇게 지냈습니다.

어쩔 수가 없는 형편이라고 말할 수밖에 없겠지만, 좀 먹먹한 마음입니다.

주일 성수를 목숨처럼 지키면서 살아가야 한다고 교우들에게 강조하면서 목회를 하지는 않았지만, 지금까지 인생을 살아오면서 이런 주일들을 보내는 날들이 저에게 찾아올 줄은 몰랐습니다.

형, 방금 청주의 매형이 저에게 전화했어요. 주일예배 후에 누나와 함께 집에서 가까운 기도원에 가서 같이 기도하고 내려온다고 하네요. 두 분은 요즘 내 생각만 하며 지내는 것 같아요.

저는 "형에게"를 쓰고, 누나는 그 글을 읽으며 울다가 웃다가, 백경천을 위해서 무엇을 해줘야 하는지 서로 대화를 나누고, 저를 위해 함께 기도하고, 수시로 부부가 번갈아 가면서 전화하고. 누나는 제가 수술받고 병원에 입원해 있으면, 언제든 짐싸서 간병하러 올라올 기세입니다. 그 마음에, 제 아내 짱구는 큰 위로가 되는가 봅니다.

형,
저의 연약함이, 함께 살아가는 사람들을 더욱 더 건강하고 풍성하게 할 것으로 기대합니다.

매형과 누나도 저 때문에 괜히 늘 신경쓰고 속상하고 눈물 흘린다고 생각하기 보다는, 저로 인해서, 당신들이 더 겸손하고, 안타깝게 주위 사람들을 바라보며 살피고, 아주 작은 희망과 기쁨의 소식에 감격하실 수도 있겠다는 생각을 합니다.

주시는 사랑, 다 받을 거예요.

"주는 것이 받는 것보다 복이 있다"는 주님의 말씀을 제가 알기에, 그리고 지금까지 목회를 하면서 그 말씀이 진리임을 너무나 많이 경험했기에, 나를 사랑하며 베풀기를 원하는 모든 분들의 그 마음들을 다 기쁘게 받으려 합니다.

형,

어제 저녁식사 시간에, 우리 집에서는 아주 심각한 긴장과 갈등 상황이 있었어요. 우리 집 막내 백인영이 최근에 몸이 안좋은 상태에서 계속 쉬지 못하고 과제들을 감당하다가, 어제 오후에 쓰러지듯이 제 침대에 누웠다가 일어났어요. 얼마 후, 다시 심기일전하여 늘 자신이 책 읽는 자리인 식탁에 앉아서 책 읽기에 몰입하더군요. 6시가 좀 더 지났을 거예요. 할아버지가 시장기를 느끼셨는지, 방에서 슬금슬금 나오셨습니다. 그러실 시간이었죠. 할머니가 저녁상을 준비하려고 주방에서 움직이시니 할아버지는 이제 '밥시간'이라고 당연히 생각하셨을 것입니다. 그런데 그 날 저녁식사는 제 아내 짱구가 서울에서 있는 모임에서 돌아와 차려주겠다고 약속했기에, 할머니는 식탁을 준비하지 않으셨어요. 백인영도 엄마가 돌아와서 같이 식사하게 되는 7시까지 그 자리에서 공부하겠다고 생각하며, 할아버지의 움직임에 신경을 쓰지 않았는데, 할아버지가 갑자기 백인영의 책을 덮어 버렸습니다.

주시는 사랑, 다 받을 거예요.

"주는 것이 받는 것보다 복이 있다"는
주님의 말씀을 제가 알기에,
그리고 지금까지 목회를 하면서
그 말씀이 진리임을 너무나 많이 경험했기에,
나를 사랑하며 베풀기를 원하는 모든 분들의
그 마음들을 다 기쁘게 받으려 합니다.

할아버지의 판단으로는, 할머니가 당신을 위해서 밥을 차리려고 하는데 저 '친구'가 당신이 앉아서 밥 먹어야 할 그 자리를 비켜주지 않아서, 일이 진행이 안된다고 생각하신 것입니다. 그 자리는 백인영이 수 년간 습관적으로 앉아 공부하는 자리이기도 하지만, 할아버지의 식사 시간에는 당신이 밥 드시는 자리이기 때문입니다.

(치매로 인해서, 할아버지는 백인영이 당신의 손녀라고 생각하지 못하고, 그냥 한 집에 사는 어떤 아가씨로 생각해요. 당신도 왜 이 집에 같이 사는지 모를 때가 많아요.)

사실은, 평소에도 의사소통이 그렇게 원활하지는 않아요. 우리 아버님은 정확하게 말로써 의사표현하기가 쉽지 않고, 할머니는 귀가 어두워 할아버지의 얘기를 짐작으로 판단하지 정확하게 듣기가 어렵습니다. 하지만 이러한 일이 진행되는 것을 힐끔힐끔 지켜 본 저의 판단이 틀리지 않을 거예요. 백인영은 책에 집중하고 있다가, 황당하게도 갑작스런 할아버지의 '책덮기'에 화들짝 놀랐죠.

"아, 할아버지 왜 그러세요?"하고 할아버지를 쳐다 보았는데, 이미 할아버지가 매우 흥분되어 있었고, 심기가 상하셨음이 강렬하게 전해졌겠죠.

백인영은 우리집 막내입니다. 어느 집이든 막내는 막내 어드

벤티지가 있잖아요. 그런데요, 우리집 할아버지도 늦둥이 막내로 태어났을 뿐만 아니라, 한국전쟁이 터지기 전에 혈혈 단신 남쪽으로 내려와 처가의 식구들에게 둘러 쌓여 때때로 불편을 감내하면서 조심스럽게 오랜 세월 사시다 보니, 당신의 집 안에서만이라도, 당신의 생각과 고집대로 판단하고 행동하는 것에 거침이 없이 살아오셨어요.

제 생각에 그래요.

그런데 지금 할아버지의 삶에 있어서 가장 중요한 것은 '밥 먹기'와 '뒤 보기'입니다. 하루만 뒤(변)를 보지 못해도 온 가족들이 긴장할 정도로 걱정하시고 신경을 곤두 세우시죠. 그리고 당신이 식사해야 할 그 시간에 언제나 정확하게 식탁에 나와 앉으시기에, 일평생 그 남편의 생활규칙을 지켜 주며 살아오신 할머니는 너무나 힘들었던 것입니다.

백인영은 묵묵히 일어나서 할머니와 함께 밥 준비를 하고, 할아버지는 계속 백인영을 응시하면서 아주 못마땅해 하셨습니다. 이런 얘기도 한 번 쯤은 형에게 하고 싶었어요. 우리집에서도 가끔 이런 사태가 일어나곤 해요.

안 그런 집이 어디 있겠어요?

안 그런 관계와 사귐이 어디 있겠어요?

그런데 제가 우리집 식구들을 참 좋아하는 것은, 식구들이 모두 이러한 긴장과 갈등을 잘 감당한다는 것입니다. 누가 뭐라고 말하거나 가르친 것 같지는 않은데, 그냥 함께 같이 살아오면서 더불어 살아가는 법을 알게 된 것 같습니다. 우리 할머니가 참 잘하셨어요. 아무런 말씀도 안하시고 슬그머니 자리에 앉아 있습니다. 당신 마음에는, 저 영감이 또 아이들의 마음을 불편하게 하였다며 속상하고 미안해 하시지만, 이럴 때에는 침묵하며 기다리는 것이 최선임을 알고 계시는 것이죠.

누구의 편도 들지 않습니다.
저도 그래요.

제 마음에는 백인영이 좀 할아버지에게 숙이고 들어가서, 죄송하다고 빨리 말하고 애교도 부려서 위기를 넘기면 좋겠다고 생각할 뿐, 할아버지를 편들지도, 백인영에게도 특별한 말을 하지도 않고 그냥 모른 척 합니다. 백인영은 이미 성숙한 인격이고, 이번에도 깊은 외로움 속에서 올바른 생각과 판단을 해 가리라 기대하는 것입니다.

단지 제가 할 수 있는 최선은 매우 중립적으로, 평소에 할아버지의 '밥친구'로서 쌓아온 *끈끈한* 유대감을 발휘하는 것입니다. 슬그머니 할아버지의 눈을 저에게로 돌리게 하고, 제 소유 간식인 현미 누룽지를 찾아 드렸습니다. 누룽지 나눠 먹으면서 맛이 어떠냐고 물으니, 맛이 있다고 하셔요. 좀 더 얘기를 나누는 사이에 백인영과 할머니가 할아버지의 식탁을 준비했고, 저와 할아버지의 식탁 교제는 아직 사그라들지 않은 긴장감 속에서도 계속 진행하였습니다. 마침 그 때, 예상보다 좀 늦게 아내가 돌아왔고, 이 상황에 대해서 백인영의 속삭임을 들은 아내가 명랑한 하이톤으로 할아버지에게 다가감으로 긴장이 풀어지기 시작했습니다.

우리집이 너무나 좋은 것은 다양한 인격들이 서로를 깊이 사랑하고 이해하려고 늘 노력한다는 것입니다. 가장 귀한 분은 늘 할아버지예요. 왜냐하면 그 분이 우리집에서 제일 약해지셨기 때문입니다. 할아버지는 요즘 식사 후에 주무시고 나면, 식사 전에 있었던 일을 까맣게 잊으십니다. 정말로 놀라운 삶이예요.

형!
지금은 다음 날(16일) 05시 05분입니다.

제가 오늘이라고 하지 않고, 다음 날이라고 말했네요. 어제 저녁에 생각하고 있던 것이 밤새 잠을 통과하며 무의식 속에 머물고 있다가, 의식이 다시 깨어나자 다시 이 생각을 이어가게 되었기에,

다음 날이라고 부르게 된 것입니다.

지금 제가 살아가고 있는 이 세상의 현실은 '우리 가족'입니다. 이제까지 살면서 이렇게 하루 종일 몇 달간을 집에서 지내며 함께 사는 이들을 만난 때가 언제 있었겠어요?

참 신기하고 놀라운 삶이에요.

형도 이런 시간을 살아보셨나요?

아마도 아주 젊은 때 독일에서 유학 생활을 하면서, 형의 인생 중에 가족들과 가장 많은 시간을 보냈겠지만, 그 시간에도 형은 당장 감당 해야 할 벅찬 공부와 미래에 대한 설계와, 또 가족의 생계를 책임지고 가야하는 무거운 현실이 있었겠지요.

그런데 형, 지금의 저에게는 그런 것들이 없어요. 저는 그냥 하루 종일 침대 위에 앉아 있거나 누워서 우리 가족들이 움직이는 것들을 보고 느끼고 생각합니다. 우리 가족들은 아침에 제가 지난 밤에 잘 잤다고 하면, "잘 했다"고 해요. 그냥 잠을 잘 잤을 뿐인데, 그러면 잘했답니다.(헤헤)

월요일 아침, 4시 반에 일어나서 출근준비를 한 제 아내 짱구는, 매주 월요일 아침 7시에 식사를 하면서 모이는 병원 회의에 늦지 않기 위해서 방금 택시를 불렀습니다.

그 전에, 그 어딘가에서 어떤 이들이 만든 반찬과 음식을 밤새 집집마다 배달해주는 마켓컬리 회사의 두부와 계란과 미역국 등등을 문을 열고 집안으로 들여 놓았습니다. 아내는 할머니에게 아침과 점심에 저와 할아버지를 위해서 줄 음식들을 적어 놓고 집을 나섭니다. 그리고 저녁 8시 전에는 집으로 돌아오겠죠. 하지만 어떤 때는 일이 많아서 밤 10시가 넘어 집에 오기도 해요.

아들 백상인은 11월에 있는 중등교사 임용시험에 임하기 위해서 하루하루를 살고 있습니다. 그런데 요즘 알러지로 인해서 수시로 씨잘이란 약을 먹어야 하고, 그 약에 취해서 아침이 길어질 때가 많아요. 하지만 우리 집 식구들은 모두 이 친구에게 많이 의지합니다. 우리가 고시생이라고 부르지만, 집안에서 되어지는 모든 일들에 다 관여되어 있고, 또 다들 속으로 이 오빠가 모든 문제들을 해결해 주리라 기대하고 있습니다. 그런데 정말 그렇게 해요. 하지만 넘치지는 않아서 좋아요.

제가 이번에 10일간 병원에 입원했을 때도, 자신은 집에서 공부하며 가끔 병원에 몇 번 다녀갈 정도로 자제력을 발휘하면서 살아갑니다. 괜찮은 친구예요.

딸 백인영, 빵구는 우리집 막내입니다. 막내이기 때문에 가장 자유롭기도 하고, 자신의 일에 몰두하면 다른 이들이 그 눈치를 살피며 조심해야 하는 인물이기도 합니다. 하지만 이 아이가 더 많이 집에 있기를 모든 가족들이 원합니다. 집안이 발랄하고 생기가 넘치거든요. 학교 기숙사에서 한 주간 지내고 보통 금요일 밤 늦게나 토요일에 집에 오는 생활을 해왔는데, 최근에는 거의 집에서 잠자면서, 낮에는 동네 별다방(스타벅스)에서 공부를 하다가 식사 때 집에 들어와 함께 식사하려고 노력합니다. 아직도 바퀴벌레를 무서워하지만, 그런 그 친구로 인해서 우리 집에는 때때로 소녀같은 감성이 흐르기도 해요. 가끔 음악이 흐를 때 춤을 추며 걸어다니면, 할머니가 그 아이에게 빠져서 당신의 여학교 시절 얘기를 또 다시 시작하죠.

잠시 쉴게요.

지금 05시 55분인데, 여섯 시에는 체온 혈압 혈당검사 맥박 산소포화도 체중 상태를 체크해야 해요. 지금 제가 가장 신경쓰는 것은 체중입니다. 아마도 가장 밑바닥까지 체중이 내려간 듯한데, 62.5kg을 유지해오던 체중이 어제 56.6kg으로 나타났으니, 이번에 6kg 정도를 잃은 것입니다. 몇 일째 최선을 다해서 먹고 있지만, 근력을 키우기 위해 운동량을 늘려서 그런지 영 조금이라도 오르지 않네요.

형, 오늘 너무 얘기가 길죠?

그래도 들어주세요.

천국에 계시니 그럴 수 있지 않나요?

그런데 그 곳에서는 뭘하세요?

그 곳도 하루 일정이 있나요?

언젠가 천국에 가겠다고만 생각했는데. 왠지 오늘은 이렇게 묻고 싶네요.

체중은 더 떨어져서 56.4kg이고, 혈압도 생각보다 높고, 혈당도 기대치보다 높네요. 7시에 다시 해야겠어요. 별로 신경쓰고 싶지가 않은데, 그렇게 되지 않아요.

다음 주일 지나 23일(월)에는, 이런 것들을 매일 매일 기록한 기록지를 가지고 의사선생님을 만나야 하기 때문에, 때때로 속상해 지더라도 성실하게 숙제를 감당해야죠.

06시 30분,

백인영이 어느새 일어나서 얼굴에 무언가 바르고 있네요. 아마

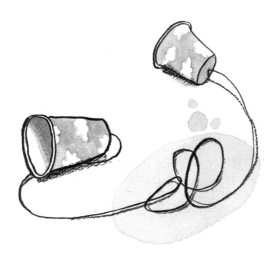

형, 오늘 너무 얘기가 길죠?
그래도 들어주세요.

천국에 계시니 그럴 수 있지 않나요?
그런데 그 곳에서는 뭘하세요?
그 곳도 하루 일정이 있나요?

언젠가 천국에 가겠다고만 생각했는데.
왜지 오늘은 이렇게 묻고 싶네요.

도 10분 안에 집을 나서야 하는가 봅니다. 우리집 할머니는 가족들이 움직일 때마다 일어나셔서 그 주변을 맴도십니다. 그 때마다 뭘 하시는지는 모르지만 물을 트시기도 하고, 주방에서 덜그럭 거리시기도 해요. 이곳 저곳으로 다니며 뭔가 닦기도 하고 문을 열었다 닫기도 하고, 어쨌든 우리집 식구들 중 누군가 움직이면 그 옆에서 같이 있으며, 나갈 때 잘 다녀오라고 배웅하시고는 방으로 들어가 또 누우십니다.

당신이 일평생 살아온 삶이에요.
오늘은 왠지 그 어른의 가냘픈 움직임이 거룩하게 보입니다.

마치 하나님의 신(성령)이 움직이시니, 그 곳에 하늘이 열리고, 물 속에서 땅이 솟아나고, 해와 달과 별들이 자신들이 있어야 할 곳에 모습을 드러내는 것처럼, 어머님의 그 깊이와 넓이를 가늠할 수 없는 그 움직임, 하지만 우리 눈에는 너무나 작고 연약하여 그 섬세한 마음과 손길을 의식하지 못하는 그 움직임이, 이 가정의 모든 생명들을 다스리고 돌보는 듯 합니다. 우리는 그 품에 거하는 것으로 느껴져요.

할머니가 밤새 모으신 당신의 소중한 오줌통을 들고 나오시네요. 제 것은 이미 아내가 처리했어요. 미안해요 형, 저는 아직 밤에 오줌통에 쉬를 해요. 정말 괜찮은데, 간호사인 제 아내가 아직도 좀 더 이렇게 하자고 하네요. 저는 제 아내의 말을 듣는 것으로, 조금이라도 그를 편안하게 해주고 싶습니다.

언제까지 이런 얘기 계속 할거냐구요?

미안해요 형,

이왕 이렇게 되었으니 오늘은 좀 더 할게요.

어찌어찌 살다보니, 우리집은 이렇게 여섯 식구가 함께, 막내 인영이가 태어난 뒤로 같이 살아왔어요. 그 시작은, 제 아내 짱구가 자신의 부모님을 생각하는 마음이었고, 어머님의 마음은 또한 막내 딸 윤희가 수월하게 직장생활하면서 가정을 꾸려갈 수 있도록 돕고 싶은 심정이었습니다.

할아버지의 자존심과 성품으로는 결코 사위가 시무하는 교회 사택에 오실 수 없었기에, 의왕시 당신 집에서 혼자 사신다고 하셨지만, 할머니가 우리집에 계시니 어찌 그럴 수 있었겠어요? 얼마간 은 할머니와 우리집 식구들이 그 먼 곳을 오가며 지내다가, 나중에 는 가끔씩 당신 집에 머물곤 하셨죠.

저는 철부지처럼 교회의 목회일이나 책 읽기에 빠져 살면서, 가끔 아이들과 놀아주고 식구들과 외식하는 정도로 가정을 살았습니다. 매일 아침 식사 전에, 제가 어렸을 때 아버지 집에서 그렇게 살았던 것처럼, 매일 아침 가정기도회를 했어요. 성경을 한 절씩 돌아가며 읽고, 기도도 순서대로 했어요. 식탁교제도 매우 중요하게 여기며, 가족 공동체의 대화를 쉬지 않았죠.

그래도 뭔가 했네요.

형,

지금 다시 생각해보니, 3대가 어울려 살아온 우리 가정의 삶이 참 귀한 하나님의 선물이었습니다. '선물'이라고 말할 수밖에 없어요. 왜냐하면 우리가 계획하고 만들어간 것이 아니라, 그냥 서로의 마음을 사랑하고 존중하는 가운데 이런 가정이 이루어졌고 계속 매우 편안하고 자연스럽게 이어져 온 것입니다. 제 아내는 저를 사랑하면서 동시에 부모님을 사랑하였고, 저 또한 제 아내를 너무 좋아해서, 그가 어떤 마음을 갖고 살든지 그 모든 것이 다 사랑스러웠습니다.

어머님은 당신의 막내 딸이 매우 유능하다고 생각하며 딸이 자신의 꿈을 펼치고 싶어하는 한 끝까지 도와주고 싶어 했고, 그러면서, 그 딸의 사회생활을 통해 당신의 삶도 성취하는 것 같은 기쁨을 누리기도 했을 거예요. 할아버지 또한 은퇴 후에 손자 손녀들을 손수 어루만지며, 그 행복함에서 흘러나오는 건강함을 가지고 친구들과 어울리고 여유로운 노년을 즐기며 살아오셨죠.

형,

할아버지(93세) 할머니(87세)가 점점 늙어가시고 병들고 연약해짐을 봅니다. 그런데 이런 하루하루의 삶이 저는 그렇게 아름답게 보여요. 제가 볼 때, 우리 집에서는 누구도 다른 누구에게 전적으로 의지하지 않습니다. 별로 도와주지 않아요. 모두가 스스로 고민하면서 자신의 문제를 풀어가야 합니다. 도와달라고 요청하면 그 때 도와주어요. 가끔 누구든 할아버지의 수염을 깎아 드리고 손발톱도 깎아주고, 목욕시키고 배설물 처리도 돕죠.

하지만 본인이 할 수 있게 되면 도움을 멈춥니다. 지난 번에도 할아버지 상태가 안좋아서 몇 일간 방바닥과 욕실 바닥에 배설물을 흘렸지만, 지금은 다시 힘들더라도 홀로 해결하십니다. 가끔 배고프시다고 해도, 식구들은 함께 식사 때까지 기다리자고 설득해요. 노인이라고 해서 쇠락해만 가는 것이 아니더군요. 조금만 더 믿어주고 용기를 주고 도와 주면, 다시 좀 더 좋아져요.

우리는 우리가 사랑하는 이의 마지막을 두려워하지 않고, 즐거운 마음으로 그 마지막까지 함께 걸어갈 것이고, 마지막이라고 생각해왔던 그 아름다운 곳에서 함께 하나님을 찬양하며 새로운 시작, 곧 영생이 우리에게 주어져 있음을 고백하고 증언하게 될 것입니다.

저 자신도 그래요, 저는 제 아내의 돌봄 속에 있지만, 하루 종일 홀로 지내며 저의 자유함을 가지고 저의 삶을 살아갑니다. 가끔 제가 오늘처럼 몇 시간째 글을 쓰고 있어도, 우리 가족들은 그냥 저를 존중해요. 그것이 우리 가족이 서로를 사랑하는 삶의 모습입니다. 각자의 자유로운 삶을 지켜주고 보아주고 격려하는 것입니다.

누가 누구를 위해서 희생하는 것이 아니라, 그냥 서로서로를 깊이 이해하며 그로 하여금 자신이 기뻐하는 삶을 살게하는 사랑, 그것이 우리 가정에 지금 흐르고 있다고 생각해요.

이제는 벌써 아침 식사시간이 되었어요.
오전 7시 30분입니다.

백상인은 아마 10시까지는 자야할 것 같고, 할아버지와 저를 위한 식사는 할머니가 차리고 계십니다.

참 아름다운 아침입니다.

홍동근을 찾아서 떠나는 여정

형에게, 스물두 번째
2017년 10월 20일

형!

저는 지금 2017년 10월 18일(수) 아침 6시 25분을 살고 있습니다.

지난 밤 2시 30분 경에 저의 의식이 깨어났고, 그 이후로 제 머릿속의 생각이 멈추지 않았어요. 잠을 못 이루었다는 생각은 들지 않아요. 오히려 저는 그 생각을 더 다듬기 위해서, 그 생각이 이어지는 것을 결코 멈추지 않았습니다.

제가 왜 이럴까요?

저도 잘 모르겠지만, 왠지 다른 생각이 제 안에서 시작된 듯 합니다. 생각은 제가 하는데, 왜 저는 이 생각이 제 안에 들어온 것처럼 지금 생각되는 지 모르겠습니다. 누군가 이 생각을 제 생각 속에

넣어 준 듯해요. 어떤 이들은 이럴 때 '계시'를 받았다고 표현했을
지도 모르겠어요. 잠자는 중에 갑자기, 그 이전에 스스로 생각지 못
했던 생각이 떠오르고, 저는 그 생각을 좇아서 그 생각 속으로 빠져
들어가기 시작했어요.

조금 전 5시 50분에, 저는 아내에게 이제는 매일 밤 나오는 소
변량이 5일째 거의 일정하니 더 이상 소변량을 측정하는 의미가 없
지 않느냐고 물었고, 또 몸 상태가 많이 가볍고 좋아서 밤중에 혼자
화장실에 가다가 휘청할 일은 없겠다고 하며 오줌통 사용을 하지 않
겠다고 했습니다. 아내도 그러라고 하네요.

또 하나, 체온을 재는 것도 별의미가 없겠다고 했어요. 약간 몸
이 차가운 듯 하지만 36.0도에서 따뜻한 물 한 잔 하면 36.2도 정도
를 계속 유지하니 그러면 안정적인 것 아니냐고 했어요. 그렇다네
요. 좀 더 따뜻하게 조끼를 입고 지내고, 가끔 따뜻한 물 마시랍니다.

체중도 그래요. 벌써 3일째 56.4kg을 유지합니다. 저는 조금이
라도 올려 보려고, 지난 이틀간 아주 열심히 먹으면서 운동을 하지
않고 지냈지만 더 이상 어떤 변동이 없으니, 신경 쓰지 않고 열심히
먹으면서 조금씩 더 움직여 보겠다고 했습니다. 그렇게 하라네요.

오늘 오후, 가장 따뜻한 시간에 옷을 잘 챙겨입고 은행에 가서

당신이 나에게 용돈을 입금했는지 확인해 보겠다고 했습니다. 몇 달 전부터, 제 아내가 저에게 한 달 용돈 30만원을 주기로 했는데, 아직 한 번도 확인해 보지 않았어요. 제 인생에서 처음으로 아내의 용돈을 받게 되었는데, 내년 이맘 때 쯤에는 경제적 독립을 할 수 있을 것으로 기대하고 있습니다.

왜 이렇게 갑자기 저의 생각이 바뀔까요?

저는 새로운 생각이 지난 밤 저에게 찾아오기 전까지, 바로 어제까지도, 다음 주일을 지난 월요일(23일)에 병원에 가서 여러 파트의 전문의 다섯 분을 만나 제 상태에 대해 진단을 받기까지는 매우 조심스럽게 집안에서만 지내겠다고 생각했었습니다. 호흡기내과 주치의가 그렇게 권고했고, 저는 그의 환자로서 성실하게 이행하겠다고 다짐했고, 모든 이들에게 그렇게 해야 한다고 말했어요.

그런데 형,
저의 생각이 바뀌네요. 제가 결코 바꿀 생각이 없었는데, 갑자기 어떤 생각이 제 안에 찾아와서 내 생각 속의 생각으로 자리 잡고, 나의 생각을 이끄는 것 같습니다.

지난 밤 2시 30분에, 저의 머릿속에 '홍동근'이란 이름이 갑자기 떠올랐습니다. 거의 지난 2년간 제 머릿속에서 사라졌던 그 이름이 갑자기 제 생각 속으로 들어왔고, 그 이름에 대한 탐구 열망이 저의 머리와 가슴을 가득 채웠습니다. 그 분의 이름을 골똘히 생각하면서부터, 뭔가 '박차고 일어나야 할 것'으로 제 마음에 결단이 선 것이라는 생각이 드네요. 아침 7시입니다. 일단 여기서 멈추어야겠어요.

형,

지금은 2017년 10월 19일(목) 새벽 04시입니다. 어제 밤처럼 02시 30분경에 이미 깨 있었습니다. 예전처럼 아내의 수면을 방해하지 않으려고 자는 듯이 한 시간 반을 기다렸어요. 하지만 이 밤에는 이 상태를 더 유지할 수가 없어서 화장실에 다녀오며 불을 켰습니다. 아내가 눈을 떴고, 저는 "여보, 내가 뭐 좀 쓰면 안 될까?"하고 물었습니다. 그렇게 하랍니다. 아내가 보기에도, 제가 좀 특별하고 간절하게 느껴졌나 봅니다.

사실 어제(18일)밤, 10월 18일이 시작되던 그 한 밤 중에는, 저 자신이 더욱 깊은 내면 속으로부터 의도적으로 침묵하고, 모든 생각과 마음도 다 내려 놓고, 형을 기다리고 있었을 거예요. 누구에게도 말 할 수 없는 그 은밀함 속에서, 저 자신에게도 아무 말 하지 못하는 그 미세한 떨림에 의지하고 있었을 거예요.

형이 4년 전에, 이 세상을 떠난 그 날이 시작되었기 때문입니다.

너무나 간절하여 형을 보고 싶다고 말하지 못하고, 생각지도 못하고, 무의식으로도 원할 수 없었어요. 그냥 묵묵하게, 고요하게, 숨을 죽이며, 가녀린 숨만 겨우 이어가면서.

그러는 중에 '홍동근'이란 이름이 불쑥 찾아와, 그를 골똘히 생각하게 되면서, 이미 제 옆에 형이 있는 것 같은 느낌으로 들어갔습니다. 그래요. 저는 형이 하늘로 돌아간 후에 한 해 두 해 지나며 점점 더 숨이 차오는 삶을 살아오면서 일단 형이 살았던 시간 만큼 이곳에서 살 수 있으면 좋겠다는 생각을 하며 지냈습니다.

오랫동안 친구로 지내는 우리동네 형들 서진호 최윤덕에게는 이런 얘기를 했어요. 그분들이 뭐 그다지 마음에 담아두지는 않았겠지만, 저의 심정이 정말 그랬으니까요. 한 달 전에, 저의 숨쉬는 상태가 너무나 견디기 힘들어졌을 때, 저는 또 다시 그런 생각 속에 들어가기도 했어요. 그냥 그랬습니다.

형!
그런데 지금 시간은 그 밤을 지난 다음 날입니다. 무언가 넘어가야할 한 턱을 넘어간 것 같은 심정입니다. 새로운 밤, 새로운 날의 시작입니다.

형！

그런데 왜 홍동근 일까요? 형이 세상을 떠나면서, 저에게 남겨진 것은 '북한에 대한 간절함'이었습니다. 형의 첫째 아이, 백인하도 그러더군요. 형은 자신의 마음에 '북한에 대한 생각과 간절한 마음'을 심어주고 떠났다고. 인하도 점점 더 북한 땅과 그 곳의 사람들을 사랑하며 살아가는 것이 자신의 숙명처럼 다가오는가 봅니다. 그래서 저와 함께 가끔 만나게 되는 시간들 속에서 형이 없이 형과 대화를 나누는 우리들의 '북한 토크'를 이어왔습니다.

제가 형에게 홍동근 목사님 얘기를 했을 것 같지는 않습니다. 제가 그분의 이름을 적극적으로 찾으며 책 속에서 만난 때가 형이 아직 살아 있을 때일 것으로 생각되지만, 아직 저의 탐구가 너무 미미한 때라 형에게 그 분에 대한 저의 생각을 꺼내 놓지는 못했을 거예요. 웃시야 왕이 죽자, 이사야가 어떤 소명감으로 확 사로 잡혔던 것처럼, 형이 저를 갑자기 떠나면서 이 땅에서의 나의 삶도 얼마 남지 않았겠다는 생각을 심각하게 하였었고, 그러면서 형과 나를 하나로 만들어주는 북한에 대한 간절함에 마음을 모으게 되었을 것입니다. 그러는 중에 저의 맘 속에 깊숙이 들어온 사람이 홍동근이었습니다.

저는 1987년에 신학교에서 공부하기 시작하였는데, 민주화의 열기와 통일에 대한 구체적인 열망이 광풍처럼 불어오던 때였습니다. 특별히 1988년에는 그 동안 짓눌려 있었던 목소리들이 그들을 억누르고 있던 단단한 바위 틈 사이로 스물스물 연기처럼 올라와, 이 땅의 민주화와 남북의 평화적 만남을 함께 이루려는 마음들이 공개적으로 표출되었죠. 참 많은 일들이 있었습니다. 몇몇 신학자와 목회자들이 '마르크스주의자들과의 대화'라는 신학적 주제를 제시하며 눈 앞으로 다가오고 있는 북쪽 사람들과의 평화적 대화를 위해서 통일신학을 해야한다고 역설하였습니다. 그러는 중에, 이미 1981년 부터 비밀리에 고향 땅 북한의 가족을 상봉하였던 재미동포 목회자들이 혼자만 간직하며 조심스럽게 가까운 이들과만 나누던 통일에 대한 열망을 공개적인 설교나 강의나 책 출판을 통하여 드러내기 시작했습니다.

한편 이런 분위기 속에서, 1988년 올림픽이 서울에서 열렸는데, 한국이 얼마나 평화롭고 근대화된 나라인가를 온 세계에 알리는 것을 가장 중요하게 여긴 이 나라 정부는, 이러한 기독교와 한국사회 안에서의 민주화와 통일을 원하는 바람을 공적으로 무자비하게 억누를 수는 없었습니다.

그런데요, 형, 바로 그 1988년 서울의 봄의 절정은 한국기독교협의회(KNCC)의 '통일 선언문'이었습니다. 그 때까지 한국기독교를 국내외적으로 대표한 이 협의회가 내놓은 선언문은 기독교계 뿐 아니라 한국 정치권에 큰 충격을 주었고, 그 후로 이어지는 통일 논의에 이정표가 되었습니다. 그 선언문을 따라서 가는 진보적 흐름이 확연히 드러남과 동시에, 이 작은 물줄기를 멈추게 할 뿐 아니라 그 근원을 말려버리려는 다수의 크리스천과 보수 정치인들의 대동단결을 도모하는 보수 기독교단체도 공적으로 만들어지게 하는 빌미를 제공하기도 했습니다.

남북의 자주적이고 평화적인 만남을 통해서 정전협정을 평화협정으로 전환하자는 선언은 별 이견 없이 받아들겼습니다. 하지만, '미군 철수'를 주장하는 대목에서, 북한 공산당의 탄압에서 목숨을 걸고 남쪽으로 피신해와 남한의 거대한 교회들을 이끌던 이북 피난민 출신 기독교 목사 장로들에게 엄청난 불안감을 주었고, 급기야 그런 정서를 공유한 이들이 결집하여 '한국기독교총연합회(한기총)'라는 이름으로 엄청난 규모의 기독교 보수세력이 그 모습을 드러내었습니다. 물론 그 후로 이 나라 정부는, 한국을 대표하는 기독교 단체로 다수의 결집인 한기총을 선택하였죠.

형,

저는 그 때 그 시절에, 저의 개인적 관심에만 빠져 있었습니다. 저는 이 나라의 사회적 현실 속으로 들어가 참여하기 보다는, 기독교 사상의 흐름을 탐구하는 독서에 빠져 여러 서양신학자들의 책을 읽어내기에 바빴고, 저의 일평생의 과제인 한국 교회사 중에서 언더우드와 마펫 같은 초기 선교사들과 그 시대에 대한 탐구에 제 생각과 힘을 집중하였을 뿐이었습니다.

그래서 홍동근 이란 이름을 듣기는 했지만, 그 이름이 저의 삶 속으로 들어오지는 못했어요. 그는 미국에서 목회하는 이북출신 목사였는데, 그가 북한 정부의 방문 허락을 받아서 이미 1981년에 가족들에게도 알리지 않고 비밀스럽게 고향 방문을 했습니다.

홍동근은 그의 어머니와 동생들을 만난 이야기와 북한의 이모 저모를 살피고 떠오르는 상념을 담은 〈미완의 귀향일기〉를 출판했는데, 이 나라 정부는 그를 빨갱이로 규정하였습니다. 그리고 이 나라 기독교 지도자들도 그가 너무 북한을 감상적으로 그리며 김일성의 북한을 치하하는 글을 썼다고 비판하였습니다.

그런데요 형, 그 때로부터 거의 30년이 지난 후에, 이기환, 김영식 그리고 동생 백경삼과 함께 철원을 가고 오며 이 땅의 평화와 통일을 위해서 기도하다가, "참된 평화를 만드는 사람들"의 형들, 서경기 홍상태와도 종로 5가에서 만나게 되면서, 홍동근을 같이 읽고, 그 이의 파토스를 저의 마음 깊이 담게 되었습니다.

그래서, 형! 어제 밤 형을 간절히 기다리던 그 때에, '홍동근'이란 이름이 갑자기 제 생각을 지배하였던 것을, 저는 곧바로, "형이 저를 찾아와 새롭게 말을 걸어온 것"이라고 단정하였던 것입니다. 그래요, 홍동근을 찾아볼게요. 그를 찾아서 떠나는 여정은 형과 함께 걷는 길이라고 생각하려고요.

"홍동근을 찾아서 떠나는 여정"

형, 지금 시간이 05시 40분입니다.

음, 마치 새로운 여행을 떠나기 위해서 신발끈을 고쳐 매는 기분이 들어요. 집에서 환자로서의 삶을 성실하게 살 생각 뿐이었는데, 몸이 얼마나 움직여줄 지 모르겠지만 몇 발짝만 나아가게 되더라도, 그냥 지금 출발해 보아야겠습니다.

오늘 오전에는, 집 어딘가에 있을지 없을지 알 수 없는, 홍동근의 연보가 담긴 파일을 찾아 열어봐야겠어요. 무언가 찾으면 형에게 말해줄게요.

형, 우리 천국 얘기해요

형에게, 스물세 번째
2017년 10월 22일

형!

지금은 10월 21일(토) 오후 5시 10분입니다.

내 친구 짱구와 아침 일찍 서둘러, 오전 6시 30분에 집에서 떠나 일곱시 조금 지나서 신촌 세브란스에 도착하여, 본관 3층 채혈실에서 식전 혈당과 더불어 여러 가지 검사를 위한 채혈을 하였습니다. 아침 식사를 그녀와 나눈 후, 조용한 커피숍에서 아내의 카푸치노를 한 모금 얻어 마시고, 아내가 실비보험 청구에 필요한 병원발급 증빙서들을 받으러 간 사이에 저 홀로 멍한 시간을 즐기던 중 그녀가 돌아와 살살 같이 걸으며 연희전문과 세브란스에 관한 초창기 얘기들도 나누었습니다.

참 좋았습니다.

제가 늘 꿈꾸어 오던 바로 그 시간, 그 느낌, 천국 같은. 이렇게 몇 시간의 그 행복한 기억을 생각 속에서 가져와 지금 음미하는데, 갑자기 형에게 묻고 싶어졌어요.

형, 형이 지금 있는, 아니, 내가 지금 형이 있다고 믿는 그 천국에 대해서.

형, 나는 내가 사모하는 천국이 그 어디에 있든, 내 아내 짱구는 꼭 지금처럼 같이 있어야 해요.

형도 그렇지 않나요?

내가 아는 형은 저보다 더 그럴 것 같은데. 저의 아이들 상인과 인영도 함께라면 더 좋고, 그리고 내가 사랑하고 즐거워하는 가족들, 친구들, 교회, 이웃들, 저 나무들과 오늘 같은 가을 하늘과, 아직 내가 만나보지 못한 상인의 여친과 인영의 남친도 다같이 있으면 더 좋겠어요. 이렇게 한참 얘기하고 나니, 마치 내가 천국에 갈 생각이 없는 사람 같으네요.

나는 이 모든 사람들과 오늘 여기서 맛보고 누리는 이 행복이 있어야 천국인데, 형이, 이 모든 관계와 삶을 여기 남겨 두고 이 곳을 떠난 형이, 천국에 있다고 하는 것이 영 이상합니다. 저도 이런 생각 처음 해봐요.

형수님과, 형이 형 자신보다 아끼고 사랑한 인하와 인성이가 여기에 있는데, 형은 천국에 있다는, 그 천국은 도대체 어디에 있는 거예요?

그런데 형, 저는 이런 생각도 해요. 사실 오늘 오전에 아내와 단둘이 그 천국 같은 행복을 누렸지만, 그것도 이미 지나갔어요. 다시 그 시간 그 공간으로 돌아갈 수가 없고, 갈 이유도 없죠. 설령 갈 수 있다고 해도, 그 똑같은 천국을 다시 만날 수 없음을 생각해요. 그래요, 그것은 이미 과거이고 기억입니다. 아내가 미장원 간 사이에, 이렇게 홀로 앉아 있는데도, 저는 얼마든지 생각 속에서 그 시간과 공간과, 그 느낌과 행복을 누리면서 지낼 수 있네요.

그래요, 이 홀로 있음도 천국입니다.

그러니 형이 그곳에서 홀로 있지만, 그리고 형수님이 이 곳에서 형없이 홀로 있을지라도, 두 사람이 함께 천국을 누릴 수 있겠다는 생각이 듭니다. 우리는 그런 삶을 살 수 있을 거예요.

이러하니, 형이 지금 어디에 있든지, 홀로 있든 누구 누구와 같이 있든, 여기 있든 그 곳에 있든, 천국에 있지 않다고 말할 수가 없겠어요. 게다가 우리가 믿는 천국은, 과거와 현재와 미래를 다 품고, 또한 이 모든 것을 초월한 영원이겠으니 제가 형이 있는 천국에 대해 쉽게 단언하거나, 뭘 조금 아는 듯이 말할 수가 없습니다.

형, 형은 어땠었는지요? 저는 한 주일에 몇 번씩 교우들과 성경 말씀을 함께 읽고, 또 이 말씀을 믿으라고 외치는 설교자로 살아 오면서, 천국에 대해서 설교하는 것이 늘 어려웠어요.

제 생각에, 특별히 우리나라에서 천국은, 이 땅에 살면서 나쁜 짓을 많이 한 사람들이 죽어서 간다고 하는 '지옥이 아닌 곳'이었을 것입니다. 그러니까 지옥이 보다 더 적극적인 개념이고, 천국에 대한 얘기는 거의 하지 않았어요. 특별히 우리 민족의 정신세계를 형성해준 불교의 서적들에는 지옥에 대한 무시무시한 표현들이 많이 있는데, 천국이 어떻다는 언급은 거의 찾아볼 수가 없어요. 불교는 천국 보다는 윤회를 말하고, 그 굴레를 벗어나는 해탈을 말하죠. 하지만 불교의 해탈은 최고의 엘리트 수도자에게만 주어지는 것이지, 보통으로 선한 사람들에게는 불가능 하잖아요. 천국에 이르는 은혜는 없습니다.

그래서 예수 믿으면 천국간다는 말이 보통사람들에게 희망이 되었을 거예요. 이 땅에서 마치 지옥과 같은 고통스런 삶을 살고 있는 사람들이, 죽은 후에라도 맛보고 싶고 누리고 싶은 그 삶이 있는 곳을 확실하게 가리켜 주니까요. 그런데 사실, 지금까지 내가 읽거나 들어온 천국에 관한 얘기는 별로 흥미롭지가 않아요. '내가 본 천국'을 얘기하는 간증 설교와 책들이 있긴 한데, 그것들을 읽어도 별 매력이 없었어요.

형도 일평생 성경을 읽으며 살았지만, 형이 제가 읽고 있는 것과 특별히 다른 천국에 관한 내용을 읽었을 것 같지는 않아요. 아마 그런 것이 있었다면 얼른 저에게 알려 주었겠죠. 우리가 솔직하게 얘기할 때, 성경에서는, 이 세상에는 없는 어떤 다른 삶으로서의 천국이 있는데 그 곳이 어떠 어떠하다고 하는 얘기를 하지 않잖아요. 지옥에 대한 얘기도, 이 세상 어딘가에 있는 그 무엇에 빗대어 그와 같은 지옥을 말할 뿐, '이글 이글' 온갖 추악하고 더러운 것들이 불살라지는 예루살렘 옆 깊은 계곡의 쓰레기 소각장을 떠올리게 하며 말하는 '꺼지지 않는 불' 같은, 얘기일 뿐이잖아요.

이렇게 얘기하다 보니, 형에게 상당히 미안한 마음이 드네요. 형은 분명히 천국에 있는데, 그 천국을 전혀 모르는 내가 너무 쉽게 함부로 말하는 것 같아요.

미안해요, 형.
그런데 형이니까, 무슨 얘기든 할 수 있으니까, 이렇게 합니다. 저도 이런 얘기 처음이에요. 예전에 생각하며 누군가와 나누었던 것이 아니고, 그냥 생각나는대로 말하면서, 저 자신도 처음 듣게 되는 것 말입니다. 형이 아닌 누군가가 이러한 저의 생각을 들으면,

제가 "천국에 대한 믿음이 없는 사람"이라는 판단을 받을 수도 있을 거예요.

그런데 천국이 있음을 믿지 않겠다는 얘기가 아니라, 천국에 대해 설교하며 살아갈 수밖에 없는 설교자로서, 우리가 정말 진지하게 이 '교리'(기독교가 전통적으로 가르쳐온 믿음의 핵심 내용)에 대해서 어떤 생각을 하는지, 자문해 보는 것입니다. 그래서 형하고 얘기할 수밖에 없어요.

방금 머리카락을 자르고 온 아내가 "또, 뭐하냐"고 하며, 그만하고 밥 먹자네요. 그녀는 제가 무언가에 또 몰입할까봐 늘 걱정해요.

형, 형도 천국에서 뭘 드시나요? 저는 먹는 기쁨이 없는 천국을 상상할 수가 없어요.

형, 다시 펜을 들었어요.
지금은 22일(주일)이 막 시작된 00시 45분입니다.
두 시간 잤는데, 더 잠들 수가 없네요.

우리 천국 얘기 다시 해요. 하지만 이제는 세례 요한과 예수님이 말씀하시기 시작한 그 천국 얘기해요. "회개하라, 천국이 가까이 왔다"로 시작되는 천국 얘기. 아니, 복음 얘기 말입니다. 이렇게 말하고 보니, 복음의 시작이 천국 얘기네요. 그리고 예수 복음의 핵심도 천국이고요.

제 생각에, 예수님이 이렇게 말씀하시기 전까지, 대개 사람들이 그들의 조상으로부터 들어온 천국 얘기는, 이 세상을 살아가기가 너무 고통스러워서, 자신이 죽기 전에는 도저히 헤어나지 못할 지옥같은 현실을 사는 이들이, 죽어서라도 살아보고 싶은 그 나라였을 거예요.

하지만 예수님은 이 천국이란 말 대신에, '하나님의 나라' 라는 말을 사용하면서 천국 얘기를 새롭게 들려주기 시작했습니다. 그 말씀은 매우 충격적이었는데, 주님이 "천국이 가까이 왔다"라고 말씀하신 것입니다. 천국은 죽은 뒤에나 가는 곳인 줄 알았는데, 그 천국이 이리로 찾아와서, 이 곳을 천국으로 확 덮어 버릴 것으로 말씀하신 것입니다.

유대인들의 오래된 역사, 이미 구약성서의 시대에도 여러 예언자들이 예수님과 같이 하나님 나라의 도래에 대한 설교를 해 왔지만. 이 세상의 다른 지역들에 살던 사람들에게는 이런 천국 이야기가 너무나 이해하기 힘든 얘기였을 것입니다.

그래서 저는 우리 나라에 처음 복음이 전해졌을 때, 처음부터 왜곡되어 받아들여졌던 가장 심각한 문제가 바로 이 복음의 핵심인 '천국'을 '하나님의 나라'라는 예수님의 말씀으로 새롭게 이해하지 못한 것이라고 생각합니다. 아주 먼 이 땅의 조상들 때부터 깊이 심겨진 그 '천국 개념'이 성경의 '하나님나라'(천국)를 삼켜버린 것입니다. 대다수 민중과, 그리고 성경말씀에 대한 깊은 고민과 이해가 부족했지만 가슴은 뜨거웠던 성경공부 리더들과, 길선주 김익두 최권능 같은 부흥회 인도자들과, 초창기 목회자들이 그 옛날의 '천국' 개념으로 예수님이 말씀하신 '하나님의 나라'로서의 천국에 대한 생각을 덮어 씌워 버린 것입니다.

"예수 천당, 불신 지옥"을 전도용 사자성어로 만들어, "우리 모두 예수 믿고 천국갑시다". "예수 안 믿으면 지옥가요"라는 매우 단순한 메세지가, 마치 이것이 예수 복음의 핵심인 것처럼, 사람들의 마음에 깊이 박혀버리게 한 것이라는 생각이 듭니다.

형, 어떻게 생각해요?
저의 판단이 맞지 않나요?

예수 믿으면 천국간다는 말은 분명한 진리이고 복음입니다. 그 무엇이라고 분명하게 얘기할 수는 없지만, 천국은 반드시 있는 것이고, 형은 지금 천국에서 영원히 살고 있고, 저 또한 그 곳에서 영원히 살아갈 것을 믿습니다.

그런데, 더욱 중요한 천국 얘기의 핵심은 "천국이 예수님과 함께 이 세상에 임하였다" "천국이 가까이 왔다" "천국이 지금 여기에" 라는 말씀입니다. 이제는 예수님이 더 많이 사용하신 말인 '하나님의 나라'라고 말할게요.

그게 좋겠죠?

형,
저는 형이 이 세상을 떠나기 전, 그 한 달 전에 병원에 입원할 수밖에 없었던 그 때, 마지막 광주제일교회 주일설교 말씀이 '하나님의 나라(천국)'라는 주제로 몇 달째 이어지는 연속 설교였다고 인하에게 들었어요. 조만간 그 말씀 설교 원고와 영상을 찾아서 읽어보고 들어보고, 그 말씀 속으로 들어가 볼게요. 그런 다음에 다시 묻겠습니다. 하지만 아마도 저와 같은 눈으로 읽었을 거예요.

오늘 밤에는 그냥 저의 생각을 들어주세요. 그런데 형, 제 아내 때문에 미안해서 더 이상은 안되겠어요. 자꾸 이렇게 한 밤 중에 불을 켜니, 작은 스텐드를 하나 마련해야 겠어요. 이렇게 잠자다가 일어나 생각을 이어가는 일들을 멈출 수는 없을 것 같아요.

형, 그래요.
우리가 함께 읽은 성경은, 그리고 형과 제가 우리에게 위탁된 설교단에서 증언했던 그 말씀은, 예수님이 이 땅에 오심으로 "하나님의 나라"가 주님을 만나서 함께 살아가기 시작하는 사람들에게서 새롭게 시작되었다는 것입니다.

하지만 하나님의 나라가 예수님의 복음 선포 이전에는 이 땅에 없었다는 얘기가 아니예요. 하나님은 이미 온 우주만물을 창조하시고 다스리시기에 그 어디나 '하나님의 나라'가 아닌 곳이 없으니, 당연히 우리의 먼 조상 때부터 살아온 이 땅도 하나님의 나라인 것이죠. 그런데 사람들이 그런 줄 모르고 살면서, 더 이상 이 더럽고 치사하고 억울하고 비참한 이 곳에서 살 수 없다고 괴로워 하며 다른 나라(천국)를 소망하게 된 것이겠지요. 그래서 이 땅에 오신 '하나님'(하나님의 아들)이 이 곳도 하나님의 나라이니, 이 세상을 포기하지 말고, 지금부터 여기서 그 나라의 백성으로 잘 살아보자고 말씀하신 것입니다.

이 세상이, 너의 마음과, 너희의 가정과, 교회와 세상 어디든지, 다 하나님의 나라에 속한 것이니 두려워하지 말고 죄로 가득한 이 곳에서도 '하나님의 나라'(천국)를 살아가라고 말씀하신 것입니다.

형,
두 시가 다 되었어요.
눈을 다시 감아야겠습니다.

저는 그냥 환자일 뿐

형에게, 스물네 번째
2017년 12월 18일

형!

참 오래간만에 제가 형 앞에 앉아 있습니다.

사람들은 보통 형이 죽었다고 생각하겠지만, 그리고 저도 그 생각을 하지 않는 것이 아니지만, 저는 오늘 좀 다르게 생각해 보고 있어요. 예수님이 이 땅에 참 사람으로 오셔서 해주신 말씀 때문에 그래요.

예수 이야기를 입에서 입으로 전해듣다가 거의 100년쯤 흐른 뒤에 지금 우리가 읽는 요한복음이 만들어졌을 것인데, 그 속에서 예수를 만난 어떤 이는, "예수님은 자기 자신의 죽음을 '영광'(요 12장 23절)이라고 말했다 하고, 또 '완성'(다 이루었다, 요 19장 30절)이라고 하였고, 그리고 '영생'(요 20장 17절)이라고 말했다"고 했잖아요. 저는 그래서 오늘도 하나님이 완전한 인간으로서 이 땅에 오신 분, 곧 예수 안에서, 그 분이 자기 자신(인간 존재)에 대해서 말씀하신 것을 진리로 믿으며, 그 기초 위에서 생각을 하며 살아요.

그렇기 때문에, 저는 제가 사랑하는 형과 다른 모든 이들의 '죽음'을 영광, 완성, 영생으로 생각합니다. 이 땅에 하나의 생명으로 보내어진 그 생명, 생명들은 모두 하나님의 영광이고, 그 삶이 사람들에게 어떻게 보여졌든, 그 생명의 이 땅에서의 마침은 완성이라고 여기고, 그 생명을 창조하시고 이 땅에 보내시고 다시 불러가신 하나님의 마음으로 존중하려 합니다.

그래서 저는 지금 형을 이렇게 생각하며 얘기하는 거예요.

형은, 하나님께서 저와 이 곳에서 살고 있는 모든 이들의 삶 속에 하늘로부터 보내주신 사람(천사)입니다. 형의 죽음은 저에게 한 때의 기억이지만, 형의 생명(영생)은 지금도 내 삶의 현실 속에 살아 있어요. 그리고 하나님은 형의 삶과 죽음과 영생의 생명 속에 부어주신 모든 뜻과 계획을 완성하셨습니다. 물론 저와 많은 이들에게는 너무나 아쉬운 짧은 교제였지만요. 저는 지금도 형과 나눈 대화와 즐거운 시간들을 생각하며 하나님의 영광(밝은 빛) 속에 머물곤 합니다. 저는 지금도 그 호숫가에 앉아서 형과 소리치며 불렀던 "자 떠나자 동해 바다로"를 흥얼대고 "주 하나님 지으신 모든 세계"도 노래해요.

저도 형처럼 살고 싶어요. 형이 저의 기억 속에 영원히 머물러 있는 것처럼 그렇게 하나님의 영광의 아들, 하나님이 이 땅에 보내주신 천사의 삶을 완성하는 자로서 살고 싶어요. 예수님처럼 마지막에 '다 이루었다'고 말하고 싶어요. 아니, 나는 결코 그렇게 말할 수 없겠지만 하나님은 나를 그렇게 살도록 인도하시고 사랑하셨음을 고백하고 싶어요. 이러한 생명을 주님께서는 '영생'이라고 부르셨음을 제가 알기에 꼭, 그렇게 살아가고 싶어요.

지금은 2017년 12월 16일 토요일, 새벽 세시 오십 분입니다. 이제야 정신이 좀 듭니다. 요 며칠 간 저는 정신을 빼앗긴 듯 지냈어요. 저의 바이탈 수치를 보여주는 기계의 모니터만을 주시해야 했죠. 이제는 그 모니터가 보여주는 여러 가지 숫자들의 의미를 거의 다 이해하게 되었어요. 지금도 저는 그 화면의 숫자들을 보면서 이 글을 씁니다. 호흡기 환자로 살면서 저에게 가장 빨리 찾아온 것은 '산소포화도'를 가리키는 숫자였어요. 건강한 분들이 보통 97-100의 숫자를 보여주는데, 저는 최근에 '산소발생기'의 도움을 받아 90 아래로 내려가지 않으려고 많이 노력하며 지냈어요. 그런데 지금 제 앞의 화면에 저의 산소포화도가 100이라고 보여집니다. 참 놀라운 일입니다. 어떻게 그렇게 되었는지 궁금하죠? 조금 뒤에 얘기해 줄게요.

두 번째로 저에게 다가온 숫자는 저의 '심장박동수'(맥박)를 알려주는 것이었어요. 보통 건강한 어른들이 60-80 정도 보여주는 것 같은데, 저는 저의 산소포화도를 높여주기 위한 '산소발생기'의 도움을 받으면서 저의 심장박동수가 100을 넘지 않게만 유지되어도, 아주 만족하며 지내왔었죠. 하지만 지난 주일부터 점점 더 힘들어지더니, 수요일 오후 점심식사 후에는 아무리 침대 위에 앉아서 안정을 취하고, 저의 침대 옆에 설치한 산소발생기의 최대용량 5리터를 사용하여도 맥박수가 120 아래로 떨어지지 않았습니다. 보통사람들 보다 저의 심장이 두 배나 힘들게 뛰어야 했던 것입니다. 이미 거의 못쓰게된 폐 뿐만 아니라, 심장까지 위험해진 것입니다.

3주 전에 담당 의사 선생님의 외래 진료를 받으면서, "제가 얼마나 안 좋아지면 다시 응급실로 올까요?"하고 물었을 때, 그 선생님이 산소발생기의 최대 용량을 사용해도 120 아래로 심장박동수가 내려오지 않으면, 저의 우측 심장의 심부전이 심각한 상태로 악화될 수 있다고 했기에, 마침 집에서 머물고 있던 딸 백인영을 불러서 119에 요청하여 응급실로 가자고 했습니다. 119 구급대원은 현행법에 따라서 가장 가까운 병원(일산병원) 응급실로 갈 수밖에 없다고 했지만, 저의 상태가 워낙 다급한 것을 보고는 서울 신촌 세브란스까지 달려와 주었습니다. 다음에 또 이렇게 하려면 사설 구급차를 이용해야 한다는 것도 알게 되었죠. 어쨌든 제가 백인영과 함께 신촌 세브란스 응급실에 도착한 조금 후에 아내가 강남의 직장에서 바로 그곳으로 왔습니다. 참 고맙게도 저녁 7시 반이 넘은 그 시간에 CT 촬영을 마치고 응급실로 돌아와보니, 저의 주치의 선생님이 저를 기다려 자신이 내린 매우 중요한 판단을 설명해 주었습니다.

보통 이런 경우에 지금까지는 일단 호흡기내과 병실에 입원하여 필요한 검사와 처치를 하였지만, 최근에 비슷한 환자가 일반 병실에 있다가 급격하게 나빠져서 중환자실로 간 일이 있었다고 하며, 저를 일단 중환자실로 보내서 적극적인 치료를 받게 하겠다고 했습니다. 가장 나빠진 상황에 도달했을 때 중환자실에서만 해줄 수 있는 마지막 최선의 조치를 취하지 않고, 이번에는 그 가장 나쁜 상황이 오기 전에 먼저 중환자실에서 특별한 기계와 집중 훈련된 의료진의 도움을 받은 후, 위급한 상황을 넘겨서 일반병실에서 치료해 보겠다는 것입니다.

제 아내는 저에게 "하나님의 은혜가 우리에게 임했다"고 말했어요. 아마도 이렇게까지 적절한 시기에 담당의사 선생님이 오셔서 빨리 판단하고, 게다가 이미 중환자실을 확보해 놓고 기다리고 있는 것은 너무나 놀라운 일이었기에 그렇게 말한 것입니다.

중환자실 안에서 호흡기 환자를 위한 격리 치료실에 들어가, 그 곳에서 우리말로 '고유량 산소치료기(AIRVO 2)'라고 부르는 기계를 만났습니다. 제 아내이며 저의 가장 친한 친구인 짱구 조윤희 씨는 중환자실 옆의 보호자 대기실에서 맘 졸이며 그 밤을 지샜습니다.

그 '고유량 산소치료기'가, 몇 년 전부터 병원에 들어와 쓰여지고 있는 것을 제 아내도 알았었고, 그 기계 덕분에 위기에 처한 호흡기 환자들이 '기도 삽관'을 하지 않아도 치료를 진행할 수 있게 되었다는 말은 들었지만, 이렇게 실제로 사용하는 것을 보지는 못했다고 했어요. 최근 몇 년 사이에 이 기계가 병원에 들어온 것이 저에게는 너무 감사한 일입니다.

어쨌든 형, 저는 그 기계에서 뿜어주는 강력한 산소를 몸 안에 받아들이게 되면서 저의 몸상태를 보여주는 모니터의 숫자 변화에서 눈을 떼지 못하고 그 밤을 지새웠습니다. 위급상황에서 벗어나자, 다음날 오후에 저는 그 기계를 의지하여서 일반병실로 나오게 되었습니다.

그런데 일반병실에 오자 이번에는 혈압에 문제가 생겼습니다. 그동안 집에서 적은 용량의 혈압약의 도움을 받아 고혈압이 되지 못하도록 억제해왔는데, 이번에는 혈압이 90 아래로 떨어지는 저혈압의 수치를 보여준 것입니다. 의료진은 저에게 어떤 증상이 있느냐고 묻지만 저는 괜찮다고 했어요. 괜찮을 리가 없는데 말해보라고 해도 잘 모르겠다고, 괜찮다고 했죠. 실제로 별로 다른 느낌이 없었어요. 어쨌든 저는 제 인생에서 처음으로 혈압의 높은 수치가 90 아래, 80 대에 머무는 저혈압 수치를 경험하였습니다. 목요일과 금요일 그리고 지금 토요일 새벽 다섯시에 이르도록 저는 그 바이탈 모니터의 혈압 수치를 보고 있습니다.

새벽 세 시경에 호흡기 환자를 돌보는 일에 매우 전문화된 간호사 선생님이 제가 너무 더워서 잠들기가 어렵다고 한 말을 들어주어, 이 '고유량 산소투여기'에서 공급하는 가습 온도를 37도에서 34도로 낮추어 주었는데, 그 이후로 저는 매우 편안해져서 잠들 수 있게 되었어요. 하지만 저는 지금 방금 선사받은 이 평안함을 가지고 아내의 구박을 받으며 이 글을 쓰고 있습니다. 참 철없는 남편입니다.

더 이상은 못 쓰겠어요. 제 아내 때문에…

지금은 토요일 오전 9시 30분입니다. 저의 낮아진 혈압을 올리기 위해서 주치의 선생님은 어제 오후부터 강한 항생제와 혈압상승제(Levo)를 쓰다가, 심장에 직접 영향을 주어 저의 혈압을 올리는데 도움이 되는 약(Dobutamine)을 함께 사용하였는데, 지난 밤에 다행스럽게도 조금씩 조절이 되어서 이제는 혈압상승제를 줄이고 있고, 이번 주일까지 지켜보면서 다른 약도 조절하겠다고 하였습니다.

이 곳의 의료진은 매우 젊고 겸손하고 대화적입니다. 제가 볼 때에는 아주 적극적으로 환자와 소통하면서 환자의 의견을 충분히 듣고 치료에 환자가 적극적으로 동참하게 하고 있습니다.

저는 병원에 온 지 4일째이지만 아직 침대 아래로 발을 내려놓지 못했습니다. 소변줄을 통해서 언제 저의 소변이 빠져나가는 지도 모르게 지내고 있고, 대변은 뭐라고 얘기할 수 없는 방법으로 침대 위에서 해결하였습니다. 하지만 아직 기저귀를 사용하고 싶지는 않습니다. 소변줄도 처음 사용하게 되었는데, 중환자실에서 여러 기계를 사용해야 하니 그럴 수밖에 없었어요. 소변줄을 끼우는 젊은 여성 의사에게 제 몸을 맡긴 후에, 저는 이제 새로운 삶의 단계로 들어왔음을 인정해야 했습니다. 저는 그냥 환자일 뿐이고, 환자는 치료를 위해서 자신의 몸을 완전히 그 치료하는 분에게 맡기는 것이 최선의 삶임을 깨닫게 된 것입니다.

그래요,
완전히 맡기고 의지하는 것이 최선입니다.

형! 제가 폐이식 대기자로 판정 받고 기다린지 이제 거의 8개월이 흘렀습니다. 저를 사랑하는 어떤 이들은 하나님의 기적적인 치유가 임하여 수술을 받지 않아도 제가 건강해지기를 위해서 기도한답니다. 그리고 저를 좀 더 가까이에서 보고 만나는 분들은 폐이식 수술을 빨리 받을 수 있게 해달라고 주님께 기도합니다. 하지만 저는 지금도 그렇게 기도하지 못해요. 하나님은 '모든 이들'의 생명을 다 사랑하고 살리기를 기뻐하는 분이심을 알기에, 단지 믿고 의지하며 기다릴 뿐입니다. 그리고 저는 이미 어떤 죽음이 저에게 주어진다해도 그것은 '하나님의 온전하심을 드러내는 작품'(다 이루심)임을 알고 있습니다.

형!

저는 이렇게 펜을 들고 형 앞에 앉아 있으면, 제가 처해 있는 상황을 완전히 떠나게 되는 듯합니다. 조금 전에 옆 환자가 퇴원하는 것을 기다려 제가 아내의 도움을 받아 침대 아래 의자에서 대변을 보다가, 소변 줄에 힘이 가해졌는데, 피가 흘러서 바지에 붉게 비쳤어요. 누군가 소독하러 와줄 때를 기다리면서 다시 펜을 들고 있습니다. 그래요, 이렇게 볼펜을 들고 앉으면 또 현실을 잊어요.

저는 이제 어떻게 살아가면 좋을까요?

형과 저의 동생인 백경삼 목사는 어제(금요일) 박사학위논문 2차 심사를 받는다고 했어요. 아마도 조직신학 전공자로서 '한반도 평화신학'에 관련된 논문을 써온 듯 합니다. 저도 최근 3개월 동안 한반도 평화통일신학 선행 연구를 정리해 보겠다는 마음으로 책들을 읽으면서 간간이 글을 쓰고 있는데, 이제는 우리 셋이서 늘 나누어 온 그 신학이야기들을 좀 더 예리하게 만들어갈 수 있을 것 같아요.

생각해보면, 삶이 별로 어렵지 않게 보입니다. 제가 할 수 있는 것은 꼼꼼하게 생각하고 성실하게 감당하면 될 것이고, 제가 간절히 원하지만 할 수 없는 것들은 하나님이 어떻게든 이루어 가시기를 소망하며 살아가면 되겠지요. 한반도 땅에서 살아가는 사람들과 이웃 나라들과의 평화에 관한 것도 그래요.

백경삼과 또 주변의 친구들과 자주 대화하며 남쪽의 그리스도인들이 북쪽 사람들을 어떻게 인격적으로 존중하고 겸손하게 그들의 얘기에 귀 기울일 수 있을지 길을 찾아 보려 합니다.

최근에 저는, 어머니와 형제 자매들을 북에 두고 떠나온 지 34년 만인 1981년에 북한을 방문하여 그들을 부둥켜 안았던 홍동근 목사의 삶의 여정을 찾아내어 따라 걷는 '생각 여행'을 하고 있습니다. 형하고도 같이 이 길을 가고 싶어요. 이 길은 목표 지점에 도달하기 위해서만 가는 여정이 아닙니다. 그냥 막연하게 그리워하며 걷다가, 앞서 걷는 참 좋은 다른 이들도 만나가면서 하나님이 준비하실 그 어느 때엔가 그 곳에 닿아 있고 싶어요. 형과도 주님과도 그렇게 만날 것을 기대할게요. 제가 아무리 힘쓰고 애쓴다고 해도 그 나라에 도달할 수는 없잖아요. 그 나라는 언제나 저에게 찾아오는 것이잖아요.

기다릴게요.

그래요, 기다리는 마음으로 걸어갈게요.

설교하고 싶지 않아요. 그냥 살고 싶어요

형에게, 스물다섯 번째
2017년 12월 28일

兄!

지금은 2017년 12월 27일(수) 새벽 4시입니다.

형과 나의 누이 백영숙은 아주 예쁘게 자고 있어요. 누나는 형을 떠나보낸 후에, 형처럼 숨차는 삶을 살아가는 저를 안타까워하며 매형과 번갈아 일주일에 몇 번씩 저에게 안부전화하며 살아요. 누나는 지금도 귀엽고 예뻐요. 작고 오동통하고 밝고 맑고, 환하게 웃다가도 눈물을 뚝뚝 흘리며 슬퍼하죠. 여전히 누난 그래요. 이미 머리는 하얗게 다 변했는데, 매형의 머리가 여전히 까매서 염색을 하지 않을 수 없다네요. 이 부부는 그 반려의 긴 세월만큼 그들의 사랑이 깊고 고요하게 느껴져요.

그 누이와 3일째 지내고 있습니다.
2017년 성탄절 선물을 받고 있는 것 같습니다.

그래요. 가만히 생각해 보니, 모든 선물은 결국 사람이었네요. 때때로 먹을 것이나 옷이나 편지글이나 돈이 선물로 전해지지만, 실제로 가고 오는 것은 사람인 것이지요. 아무리 좋아보이고 대단한 것이라도 누가 보내준 것이냐 하는 것이 중요하잖아요.

대개는 선물이 크고 화려할수록, 아무런 관계가 아닐 수도 있어요. 아주 작은 것일지라도 그이가 보내준 것은 그이가 내게 와준 것과 같이 느껴지기에 가장 크게 보이고 소중하게 간직되는 것이죠. 그런데 지금 저에게는 우리가 그렇게 좋아하고 보고 싶어하는 누이가 몸으로 왔어요.

형도 여기로 와요!
우리 누이를 좀 보세요.

누나와 있으면 삶이 축제로 변해요. 내 아내 윤희도 우리 애들이 보지 않을 때는 당뇨인인 내게 이것저것 맛난 것을 조금씩 슬쩍 주는데, 내 누이는 어떻겠어요? 어제 낮에는 카푸치노 한 잔에 크로아상 빵 조금을 제가 원하는 대로 사다 주었어요. 마치 어렸을 때 운동장에서 체육하는 선생님과 친구들로부터 슬쩍 빠져나와 학교 담 넘어 빵집 아저씨에게 고로께 하나 얻어 키득대며 재빠르게 먹던 느낌이었죠. 이 글을 쓰는 공책도 누나가 사다준 거예요.

무언가 써 보려고 이 새벽시간을 기다렸습니다.

그래요.
가만히 생각해 보니,
모든 선물은 결국 사람이었네요.

형도 여기로 와요!
우리 누이를 좀 보세요.

형,

이제는 집에 가고 싶어요. 제가 15일째 여기에 있잖아요. 그런데 언젠가 저를 수술할 폐이식 팀이 더 두고보자고 상의했답니다. 스테로이드를 강하게 주고, 여러 가지 약을 사용하여 좀 더 나빠진 저의 우측 심장 기능을 조절해 이제 안정을 찾았지만, 막상 집으로 갔을 때 또 다시 저혈압이 되면, 저 같은 환자는 급격하게 혈압이 떨어질 가능성이 높다는 것입니다. 빨리 응급실로 다시 온다 해도, 그래서 또 다시 급박하게 그 위기 상황을 감당하려면 기도삽관을 하고 에크모란 기계를 사용할 수밖에 없답니다.

언제 폐이식이 가능할지 알 수 없는 상황에서 제가 에크모(몸 밖에서 심장과 폐기능을 대신해 주는 기계)를 달고 중환자실에 오래 있게 되면, 설령 폐이식을 한다해도 이미 제 몸이 아주 나빠진 상태이기에 그만큼 회복하기가 훨씬 더 어려워진다는 것이죠. 지금의 제 상태가 그렇다고 하네요.

누나와의 대화에서, 궁극적으로 할 수밖에 없었던 얘기는 '믿음'에 대한 우리의 생각이었어요. 우리는 어떤 믿음을 갖고 인생을 살아온 것일까? 그리고 우리의 자녀들에게 무엇이 믿음이라고 삶으로 보여준 것일까? 결국 우리 삶의 가장 밑바닥을 지탱하는 것은 믿음인데, 그 믿음이 과연 하나님이 우리 안에 넣어주신 그 믿음인가? 제가 아무리 우리 자녀들에게 믿음을 강조하여 말한다 해도, 그들은 결국 제 말이 아니라 나의 일상적인 삶 속에서 자연스럽게 흘러나오는 제 믿음의 진실을 만나겠죠. 말은 '그 믿음'을 말하였지만 결국은 언어와 행동으로 드러난 '저의 믿음'이 그이들에게 전달되었을 거예요. 그래서 제 아내와 아들 딸이 저에게는 가장 어려운 사람들이에요. 그들은 제가 가진 믿음의 실체를 날마다 만나며 살고 있으니까, 제가 변명하면 할수록 더 어려워질 수 있는 것이죠.

그런데 제가 만일 '저의 믿음'(제가 포장한)을 강요한다면, 어떻게 되겠어요. 그래서 이렇게 다 속을 드러내 보일 수밖에 없어요. 어차피 그들이 다 아는데, 제가 무슨 다른 말을 하겠어요.

형, 어떤 이들은 제가 이렇게 저 자신을 다 드러내 놓으니 좋다고 해요. 형과 나누는 이 얘기를 특히 누나가 가장 좋아하는 듯 해요. 누나가 그랬어요, 믿음은 하나님을 경외하는 것이라고. '경외'는 '두려움'과 '신비'잖아요. 우리들의 누나는 신학자예요.

저는 그의 언어를 소중하게 받아씁니다. 우리의 믿음은 하나님을 경외하게 하는 믿음이어야 하는데, 우리는 언제부턴가 사람들에게 자신의 말을 믿게 하려고 애쓰고, 아주 짧게 말하면서 자신을 신비롭게 만들어가고, 자신의 권위를 스스로 세우려하고, 누군가에게 위엄을 부려서 자신을 두려워하게 합니다. 입으로는 하나님에 대한 믿음을 얘기하지만, 결국은 그 믿음에 대해서 말하는 자신의 말을 믿으라고 하고 있어요. 제가 그랬을 거예요. 아니, 제가 그랬어요.

형!

이제는 정말 설교하고 싶지 않아요.
그냥 살고 싶어요.

하나님을 경외하는 믿음을 가지라고 말할 수도 없어요. 그들은 이미 저에게서 모든 것을 보았기 때문입니다. 잘 되었어요. 이제는 모두가 저를 환자로 알고 있으니, 저에게서 무엇을 기대하겠어요. 우리집 식구들도 그냥 옆에서 같이 살아있어만 달라고 해요. 이제야 진정 제가 무력한 자가 되었어요.

설교를 하지 않아도 살 수 있게 된 것입니다.

누나는 깊이 잠들었어요. 누나가 이 곳에 있으며 푹 쉬었으면 좋겠습니다. 누나가 저렇게 마치 죽은 자처럼 잠들어서 제가 행복해요. 우리가 잠들었을 때, 하나님이 우리를 치유하시고 또 우리를 성장시키시는 것을 저는 알아요.

저는 요즘 이 곳 15층 병실에서 저 아래의 연세대와 이화대학교와 그 너머 뒷산을 바라보며 오줌통에 쉬를 합니다.

은근히 좋아요.

그동안 엑스레이 기사가 제 병실로 와서 아침마다 저의 가슴사
진을 찍었는데, 오늘은 침대 채로 내려간답니다. 15일 만에 병실을
벗어나 복도로 나갈 수 있겠네요.

아주 좋아요!

저의 죽음 속으로 걸어가려 합니다

형에게, 스물여섯 번째
2017년 12월 28일

兄!

지금은 2017년 12월 28일(목) 새벽 3시입니다.

어제까지 자신이 제출해야 할 모든 과제를 마치고, 그 일이 얼마나 피곤하였던지 얼굴에 온통 붉은색 피부돌기로 꽃피운 딸 백인영이 잠들어있어요. 이 아이는 많이 피곤하고 힘들면 저렇게 마치 여드름처럼 분출을 해요. 아침까지 푹 자고 나면 좀 좋아지겠죠.

누나는 어제 오후에 이 아이가 오는 것을 기다렸다가 청주 집으로 갔어요. 누나와 지낸 2박 3일도 꿀맛 같은 휴가였다는 생각이 들어요. 누이는 처음에 안타까운 마음으로 올라왔지만 그냥 저냥 지내면서 우리가 지금 어떤 형편에서 만났는지는 다 잊은 듯이 옛 이야기와 오늘 내일의 삶에 대해서 쉬지 않고 얘기 나누었죠. 그래요, 누나는 언제나 저에게 아주 유쾌한 축제입니다.

형도 그런 누이를 참 좋아했잖아요.

누나는 형과의 마지막 시간들을 생각하며, 여기에 꼭 오겠다고 했을 거예요. 그렇게 떠나보낼 수는 없었던 것이죠. 그래서 이번에는 그 섭섭함과 아쉬움을 달래보려고 더 적극적으로 오시겠다고 한 것 같아요.

이런 얘기는 안하는 게 좋겠다는 생각도 하지만 그래도 저는 이렇게 얘기하며 저 자신의 진실과 마주하고 싶고, 우리 삶의 한 단면도 제대로 살펴보고 싶습니다.

형,
저는 결코 쉽게 생명을 놓아버리려는 것이 아닙니다. 다만 죽음을 꺼리거나 두려워하지 않겠다는 것이고, 나의 죽음과 모든 사람의 현실인 죽음을 삶의 한 과정으로 맞이하고 싶을 뿐입니다.

그래요, 산다는 것도 그 단면을 잘라보면 매일매일의 죽음을 통하여 가는 것이라는 생각이 들어요. 그래서 예수님은 죽음에 대해 '잔다'고 말하셨을 거예요. 결국 죽음은 죽은 자의 문제가 아니라, 살아남은 자의 문제인 것 같습니다. 그래요, 어떤 한 사람의 죽음은 '남겨진 자들'의 기억입니다. 그래서 내가 깊이 관심을 갖고 노력하는 것은 누군가의 기억 속에서 나는 무엇으로 기억될까 하는 것입니다.

형!

이런 생각을 하고 글을 짓는 저는 얼마나 좋겠어요? 여기 의료진들은 저에 대한 고민이 많아요. 폐는 이제 다 못 쓰게 되었으니, 그렇다 하고, 그 폐와 연결된 우측 심장이 아직은 크게 손상되지 않았는데, 이번에 병원에 있는 동안에 두 번이나 저혈압이 와서 집에 보낼 수가 없는 것입니다.

일반 가정에서 산소발생기로 공급받을 수 있는 산소가 병원에서 지금 사용하는 용량보다 적어서, 혹시 갑자기 혈압이 떨어지면 걷잡을 수 없는 상태로 진행될 수 있다는 것입니다. 그래서 산소발생기 두 대를 연결하여 병원에서 주는 산소만큼 집에서도 사용할 수 있는지 시험해보고 퇴원여부를 결정하겠답니다.

兄!

폐이식 대기자로 등록된 후 8개월이 지났습니다. 지금은 폐이식만 받으면 좋겠다고 생각하며 기다리지만, 이미 그 수술을 받고 난 분들의 얘기로는 결코 만만치 않은 고통의 삶이 이어진답니다. 그래도 가야만 하는 길이잖아요. 그런데 기다리는 시간이 길어지니, 마치 예수재림을 기다리던 초기 크리스천들의 모습처럼 이럴까 저럴까 하는 생각이 많아져요.

어떤 이들은 당장의 즐거움을 찾아 그 시기를 살기도 하고, 어떤 이들은 그 날을 기다리며 철저하게 금욕적으로 살기도 하고, 또 어떤 이들은 그 날에 개의치 않고 일상적인 삶을 묵묵히 이어갔겠죠. 주님과 사도 바울은 "그 날이 도적 같이 오리니 깨어있으라"고 했어요. "두 눈을 똑바로 뜨고 그 날이 오는 것을 정면으로 바라보며 맞이하라"는 의미일 거예요.

형과 내가 함께 걱정했듯이 이 곳에서는 마침내 터질 것이 터지고 말았습니다. 김삼환 목사 부자와 명성교회의 문제예요. 다른 교회가 아니잖아요, 우리교회이고 하나님의 교회인데, 이땅의 교회가 마치 죽음을 마주한 듯한 위기감이 듭니다. 서양의 교회 어떤 신학자가 "신의 죽음"이라고 선언했던 것처럼, 이제 이 땅의 교회도 이 땅의 교회들이 생각하며 신앙했던 '그 신'은 없다고 말할 때가 되었음을 느낍니다. 예루살렘과 그 성전을 바라보며 우시던 예수님이 생각납니다. 그 화려한 성채와 성전 건물이 다 허물어져서 돌 위에 돌이 남지 않을 것을 이미 아신 주님이, 그들의 눈에는 감탄스럽기만한 그 도시와 성전의 화려함에 제자들이 경탄하는 것을 보고 계셨어요. 주님의 마음은 이 세상의 가난한 사람들을 바라보고 있는데, 주님의 이름으로 모인 교회는 이 세상의 가장 부유함 보다 더 높고 더 고상하게 보이는 건물과 음악과 세련됨에 초점을 맞추고 있었습니다.

주님은 군중을 피하시고 고민하고 슬퍼하는 한 사람에게 찾아가 그 삶에 불을 밝히려 하시는데, 이 땅의 교회 지도자들은 더 많은 군중을 모으는 일에 몰두하고 큰 화면 속에서 스스로 스타가 되어가고, 그 스타의 팬이된 열광주의자들을 모았어요. 그들은 '우리 교회', '우리 당회장 목사님'이라고 부르며 자신들이 합의하여 이룬 성취를 자랑스러워했지만, 지금은 자기 죽음 속으로 들어가야만 할 때입니다. 지금 죽지 않으면 소망이 없는 것입니다.

그래서 저도 지금 다시 저의 죽음 속으로 걸어가려 합니다. '나의 죽음'이란 내가 없는 세상을, 내가 없어진 후의 교회 공동체를 마주하는 것입니다. 내가 없는 내 아내와 내가 없는 내 자녀들도 생각하며 오늘을 살고자 하는 것입니다.

그런데 아직 저는 이 글만큼은 놓지 못하겠어요. 어쩌면 이 글이 저의 살아있음의 마지막일 수가 있겠네요.

16일 전 그 수요일에, 제가 119 응급차에 실려 집을 떠나올 때 어머님(장모)이 우셨어요. 치매이신 아버지께는 출장갔다고 했답니다. 그렇게 이별하고 그렇게 잊혀지는 것이 인생이겠지요.

다시 집으로 가야겠어요,
출장 갔다가 돌아오듯이 그렇게.
제가 사위인지도 알지 못하시지만, 늘 제가 누워있던 그 자리를 보면서 보고싶어 하시는 그 93세 아버지에게 돌아가야겠어요.

형도, 어느 날 그렇게 우리에게로 걸어오시겠지요.
그날이 오면 주님과 함께 내 엄마 아빠 손 잡고 우리에게로 찾아오시겠지요. 이러하니 삶과 죽음은 거의 같은 것이네요.

지금은 4시 40분입니다.
여기는 신촌 세브란스 병원 15층 15호이구요,
같은 방 옆 침대에는 75세 어른이 누워 신음합니다. 몇 년 전에 심장 수술을 받았는데, 이번에는 폐암 수술을 하셨어요.

그렇게 살아가는 거예요.

우리 방의 불은 켤 수가 없습니다. 하지만 저 아래 가로등 불빛이 얼마나 밝은지, 그 불빛 어스름 속에서 이 글을 쓰고 있습니다. 저는 껌껌한 어둠을 더 좋아하지만, 오늘 저 불빛들은 오로지 저 한 사람을 위한 빛으로 느껴집니다.

좀 쉴게요.

우리 방의 불은 켤 수가 없습니다.
하지만 저 아래 가로등 불빛이 얼마나 밝은지,
그 불빛 어스름 속에서 이 글을 쓰고 있습니다.
저는 껌껌한 어둠을 더 좋아하지만, 오늘 저 불빛들은
오로지 저 한 사람을 위한 빛으로 느껴집니다.

저의 '생각친구', 백인영

형에게, 스물일곱 번째
2017년 12월 29일

兄!

지금은 2017년 12월 29일(금) 새벽 3시입니다. 이 곳에서 머문 지 17번째 날을 맞이하고 있어요. 내일이나 모레, 집에서 제가 지낼 수 있는 조건이 구비되는 대로 퇴원할 것으로 생각됩니다. 저에게는 지금 최소 6리터 산소 공급이 필요한데, 집에 있는 산소 발생기로는 5리터 밖에 공급받을 수 없으니, 그 산소발생기를 한 대 더 구비하여 연결하면 7리터 정도 사용 가능하다고 하여, 제 아내가 그 대여하는 업체와 상의하고 있습니다.

병원에서는 이렇게 집에 준비되지 못한다면 저를 보낼 수가 없다고 해요. 참 고맙고 사랑스러운 의료진입니다. 하나님께서 그들을 통해 저에게 많은 사랑을 베푸셨어요. 여기도 저에게는 천국입니다. 지금 제가 여기서 담당하는 역할은 환자입니다. 조금 더 이 상황이 진행되면, 어느 날엔가 폐이식 수술을 받고 중환자실에 누워서 저의 폐와 심장의 활동을 에크모라는 외부 기계에 맡긴 채 지내게 될 것입니다.

네, 그렇게 기대하고 있어요.
주님이 저에게 새롭게 허락하시는 생명을 누리게 될 거예요.

그 생명은 바로 하나님의 교회와 같아서, 다른 이의 생명을 숨쉬게 했던 폐가 제 안에 들어와 저와 완전히 하나가 되어 한 몸으로 살아가는 것입니다.

우리는 하나님의 교회가 되면서, 서로서로에게 우리 생명을 나누어 주고 나누어 받기도 합니다. 나의 폐가 그의 것이 되고, 그의 심장이 나의 심장이 되고, 어떤 한 부분만이 아니라 우리의 생명 전부가 서로서로에게 나누어지고 공급받으며 하나가 되는 것입니다. 그래서 사도 바울은 우리가 단지 한 형제 자매가 아니라, 교회인 너희는 그리스도의 몸을 이룬 한 몸이라고 말했을 거예요.

하나님의 교회, 하나님의 나라는 우리의 생각 속에서 결코 제한될 수 없습니다. 우리의 생각은 늘 나 자신에게서 시작되잖아요. 나로부터 내 가족, 내 고향, 내 동창, 내 나라. 그래서 자기편을 응원하고 자기편을 지키기 위해서 목숨 바쳐 싸우기까지 하잖아요. 이웃 나라와의 전쟁이 있었고, 남과 북의 전쟁도 있었고, 여전히 한 나라 안에서 당 대 당으로 맞서 싸우면서, 또 그 당 안에서 무슨 계와 무슨 계파로 나뉘어 싸움을 하는 것이 우리의 일상이 되어 있는 듯합니다.

형,

진정 하나님의 나라, 하나님의 교회는 늘 하나님 아버지의 마음과 뜻과 계획 속에서 생각되어야 하잖아요. 그래서 저는 모든 사람들에 대해서 연민을 가지고 이해하려 하고 끝까지 사랑하려고 해요.

저는 요즘 지금 이 땅에서 살아가는 우리 시대를 "남한국 북조선 시대"라고 부르기 시작했습니다. 남한과 북조선을 함께 하나님의 나라로 인정하며 생각하기를 시작한 것입니다. 김일성과 한경직과 박정희를 다 존중하면서, 다시 이해하고 사랑하는 법을 배우려합니다. 그 누구 그 무엇이든지 그의 창조자이며 구원자이신 하나님의 마음을 구하면서 사랑하며 살고 싶습니다.

형, 하나님이 저에게 어느 정도의 시간을 더 주실까요?

지금 이 상태로 살더라도 저는 지낼 만 해요. 이 병원에서는 다들 이렇게 살고 있어요. 저는 예전에는 이런 삶이 저에게도 주어질지 몰랐었지만, 이제는 많이 익숙해졌어요. 몇 년 전만 해도 아내가 나에게 가끔 '당뇨 환자'가 그러면 되느냐고 할 때, 왜 나를 환자라고 하느냐고 못마땅해하며 나를 그냥 '당나라 사람'이라고 부르라고 했었는데, 지금은 그냥 괜찮아요. 나를 변명하고 싶지도 않고, 뭔가 그럴 듯한 논리를 지어내어 나의 자존심을 지켜내고 싶은 마음도 없어졌어요. 그가 환자라고 부르면 그럴 이유가 있겠지하고 생각하게 되었나 봅니다.

그런데 '환자'라는 말이 나를 부르는 말로 내게 용인되면서 이제는 저와 같은 '환자'들이 더 친밀하게 보이기 시작하였고, 그 신분에서 벗어나기 보다는 더 근사한 환자가 되고 싶어지는 것 같습니다. 저는 하나님 앞에 설 때마다 내가 '죄인'이라고 고백하기를 참 좋아했었어요. 지금도 그래요. 이제는 죄인이기도 하고 '병든자'이기도 해요. 몸과 마음이 건강하게 살게 해달라고 나를 위해 기도하고, 또 함께 살아가는 이들을 위해 그렇게 축복하며 살아왔는데, 이제는 제가 지금 환자가 되어 살게 해주신 것에도 감사하고 있어요.

제가 철없는 낭만주의자인가요?
'무책임한 한량'일까요?

빨리 이 환자로서의 삶을 극복하고 건강함을 회복하여 누군가 더 연약한 사람을 도울 자리로 돌아가야 할 것 같은데, 그래야 인생을 제대로 사는 것 같은데, 그런데, 저는 지금 이렇게 환자로 살아도 괜찮다고 생각하고 있으니 어찌 합니까?

어제는 나의 둘째 아이 백인영과 '한글'에 대한 얘기를 나누었어요. 세종대왕은 정말 대단한 사람이었잖아요. 그는 진짜 임금이었던 것 같습니다. 백성들에 대해서 참 많은 생각을 하고 그들을 유익하게 하는 연구를 열심히 해서 우리 '말'을 가장 잘 담아서 전할 수 있는 '글자'를 만들어 일반 서민들(여자와 종과 아이들)에게 주었어요.

가만히 생각해 보면, 그는 참 예수님을 닮았어요. 어떤 '복음주의자'라고 자처하는 이들은 그가 예수에 대해서 들어본 적이 없으니 예수를 닮을 수가 없을뿐더러, 그에게는 구원이 없다고 시비할수도 있겠지만, 저는 그가 그 시대에 하나님의 사람으로 예수님처럼 이 곳에 살고 있었다고 생각해요. 그런데 그도 저처럼 당뇨가 있었고 많이 뚱뚱했다고 하더군요. 정약용의 〈목민심서〉에 대해서도 얘기했어요. 정조대왕이 그렇게 총애했던 학자였는데, 매우 억울하게도 18년 동안 전남 강진에 유배되어 살았고, 그는 그곳에서 그 인근에 사는 외가 해남 윤씨 가문의 장서들을 이용하며 여러 후배학자들과 함께 많은 책을 저술하여 남겼다는 얘기를 나누었죠. 예전에 그의 책을 읽을 때는 그의 글에서 목회자의 심정과 같은 것이 느껴지곤 했었어요.

그가 세상을 떠난지 100년이 흐른 뒤에야 그가 지은 책들이 새롭게 주목을 받게 되었고 지금은 그가 우리 민족이 함께 자부심을 느낄만한 선각자요, 충직한 학자로 인정받고 있어요.

형도 다산 정약용을 좋아하며 해남과 강진에 찾아가기를 좋아했었잖아요. 저는 한 번도 가보지 못했어요. 언젠가 그가 지은 책을 들고 양수리 두물머리와 해남 강진을 걷기도 하고 그곳에 긴 시간 머물고 싶기도 해요. 제가 그럴 수 있으면 참 좋겠습니다.

형, 인영이에게 북의 김일성을 새롭게 생각하고 싶다는 얘기도 했어요. 남쪽에서는 그 이를 6.25전쟁을 일으킨 장본인이며 이 세상 누구보다도 더 미움 받을 만한 독재자로 여겨왔어요.

저는 사실 그 이상, 그에 대해서 아는 것이 별로 없습니다. 하지만 이제는 북의 사람들이 그 사람을 왜 그렇게까지 존경하다못해 숭배하는지 이해하도록 노력해 보려 합니다. 아마도 그가 했던 가장 분명한 객관적이고 역사적인 사실은, 1946년에 '토지개혁'을 단행하여, 강제로 부자들의 재산을 몰수하여 가난한 백성들에게 댓가 없이 나누어주고 협동농장 협동사회를 이룩해 내는 꿈을 꾸고 현실화했다는 것입니다. 우리 민족의 역사 속에서 이런 지도자, 이런 혁명가는 없었을 거예요.

아니, 결단코 없었습니다.

그의 삶에 있었던 다른 면은 제가 모르겠지만, 그가 북의 백성들로부터 진심으로 사랑 받은 지도자였던 것은 인정해야 할 것입니다.

형, 저는 우리 한국교회가 독일의 칼 바르트와 미국의 라우쉔부쉬가 외쳤던 〈기독교 사회주의〉를 적극적으로 생각하기를 바래요. 이미 지금 문재인 정부는 그런 말로 표현은 하지 않지만, 독일과 스웨덴, 핀란드 같은 개신교국가들이 이루어 온 기독교 사회주의 정당 정책과 그 현실 정치와 문화를 우리가 따라가야 할 모델로 바라보고 있는 것 같습니다. 이제는 이 나라의 백성들이 '사회주의'란 말을 너무 이념적이거나 감성적으로 생각하지 말고, '기독교 사회주의'나 '복음적 사회주의' 또는 새로운 하나님 나라 운동으로 생각하길 바래요.

형,
또 너무 길어졌어요.

백인영이 아침 식사 후에 노트북 컴퓨터로 쳐서 저의 다음 블로그에 올려 임시저장하면, 제가 수정하면서 또 더 많은 얘기를 나누게 될 거예요. 이 아이는 언제부턴가 저의 '생각친구'가 되어 있어요. 요 며칠 제 옆에서 먹고 자고 합니다.

저를 간병하러 와 있는데, 저를 너무 챙기지 않아서 참 좋아요. 저는 저 친구의 저렇게 푹 떨어져 잠자는 것이 아주 좋습니다. 지금은 다섯 시 오분 전이예요. 저의 바이탈 체크를 위해서 간호사가 오는 시간입니다.

아무 것도 하지 않았다는 듯이 그에게 내 몸을 맡기고 누워있으렵니다.

제 안에 영생이 주어져 있음을

형에게, 스물 여덟번째
2017년 12월 30일

형!

지금은 2017년 12월 30일(토) 5시입니다.

한참 일찍 깨어 있었지만, 어제 저녁밥 시간에 새롭게 저의 '방 친구'가 되어 올라오신 목 부위 수술환자에게 어려움을 줄까하여 가만히 누워 있었습니다. 큰 수술을 하고 한 달 간 계시다가 퇴원 했는데, 그 다음 날에 다시 이렇게 돌아와야 했답니다. 이번에는 양 쪽 폐에 '기흉'이 두 개 생겼답니다. 170cm 키에 40kg이라니 얼마 나 힘드시겠어요?

아직 눈 인사도 못하였는데, 그 부인께서 다른 병실의 보호자 와 하시는 얘기를 들었을 뿐입니다. 여기서 큰 수술을 받으며 한 달 정도 계신 분들은 그만큼 교제의 범위도 넓어집니다. 여기도 역시 삶의 현장인 것이죠.

형,

저는 오늘 오후 3시 경에 엠뷸런스를 타고 집으로 가려 합니다. 그동안 별로 그렇지 않은 듯, 동네에서 움직였지만, 오늘 엠뷸런스를 타고 집으로 가면 이웃들이 저에 대해서 좀 더 심각하고 측은해 하는 눈으로 볼 수도 있겠다는 생각이 듭니다. 집에 간다 생각하니 갑자기 또 이런 생각이 제 마음에 찾아오네요.

집으로 돌아가는 길에도 엠뷸런스를 이용하게 될 줄은 몰랐어요. 병원에서 사용하던 산소의 양 만큼 집에서 공급받을 준비가 오늘 오전에 되어지는데, 병원에서 집까지 가는 동안에 저에게 필요한 산소가 공급되려면 이 방법 밖에 없어요. 매우 드물게 저와 같은 경우가 있는가 봅니다.

형,

또 한 번 건너가야 할 다리 하나를 건넌 기분입니다. 이 다음의 다리를 건너가려면 또 무슨 일을 만나게 될지요? 사람들은 지금 살아가는 걸까요, 죽어가는 걸까요? 사람들은 이 세상에서 늙고, 병들고, 죽어가는데, 더 고통스러운 것은 이런 세상에 다시 태어나야 하는 것이라고 석가모니가 말합니다. 우리 인생에 담긴 '네 가지 고통'(四苦)이라고 부르죠. 우리의 일생을 아주 간결하게 정리했어요. 그래요, 그렇습니다. 하지만 그 고통스러운 삶의 매순간마다, 우리 주님께서는 당신의 자녀들에게 항상 기뻐하고 모든 일에 감사하며 살라고 하셨어요. 이것이 바로 기도하는 일상의 삶 속에서 가능한 것이라고도.

저는 이제 겨우 한 1년쯤,
설교하는 목사가 아닌, 그리고 상처입고 연약해진 이들을 돌보는 이가 아닌, 그냥 연약한 사람으로 그리고 누구나 인정할만한 환자로 살고 있습니다.

사람들이 살아가기 위해서 여러 단계의 성장과정을 거치듯이, 죽음으로 가는 길에도 건너가야 할 강들이 많은 것 같습니다. 그래도 저는 옛 사람들이 생각했던 것과는 다르게 그 강을 흔들리는 쪽배에 실려 가지 않고, 앰뷸런스를 타고 그 다리를 건너 가고 있다는 생각이 드네요.

이런 얘기를 자꾸 하게 되어서 미안해요. 하지만 지금 저는 그냥 솔직하게 제 심정을 얘기합니다. 며칠 전에 누나와 얘기하듯이 형과도 얘기해요. 우리가 살아오면서 한 번도 하지 못했던 얘기요. 여기까지 오지 않으면 결코 하지 못할 삶과 죽음의 기로에 선 그 이야기.

저를 담당한 의료진들은 저를 여기서 보내주고 싶어하지 않습니다. 하지만 이 곳에서 언제까지나 이런 상태로 머물러 있을 수도 없어요. 이 곳에는 늘 시간을 다투어 치료받아야 할 환자들로 가득합니다. 제가 두 주일 전 그 날 밤에 그랬듯이, 그 몇 시간, 그 하루를 잘 견디어주면 또 다음 치료의 단계를 거쳐 소생할 수 있는데, 그 시기에 받아야 할 도움을 받지 못하거나 그 환자의 몸과 마음이 견뎌주지 못한다면 아주 깊고 깊은 잠 속으로 빠져버릴 수밖에 없는, 그 갈림길에 선 사람들이 여기에 있습니다.

치료를 담당하는 의료진은 환자가 아니고, 환자는 또 의료인이 아닙니다. 그런데 이들은 모두 같은 사람들이고 함께 협력하여 살아가야 합니다. 의료진은 환자의 현실을 몸으로 알지 못하고 환자는 또한 자신이 지금 의학적으로 어떤 위험에 처해 있는지 모르는 듯 합니다.

그래서 여기서도 정직한 소통이 참 중요해요.

삶과 죽음은 언제나 같이 어울려 있고, 같이 협력하여 이루는 것입니다. 그러니 우리는 우리 인생의 어느 순간을 살아간다고도 하고, 죽어간다고도 말할 수 있는 거예요.

그런데요 형,
지금 저에게 보다 진실되게 다가오는 것은 '스스로 죽음을 맞이해야 잘 살 수 있겠다'는 생각입니다. 실패를 생각하지 않는 성공은 매우 위험해요. 자신의 연약해짐을 인정하고 받아들이지 않아도 위험하죠. 어떤 부모는 자식이 약한 모습을 보이거나, 누군가와의 경쟁에서 밀릴 때에 못 견뎌하고, 또 자식이 늘 강한 사람으로 살아가길 원해요. 어떤 이들은 물론 스스로 그런 마음을 품고 인생을 살아가기도 하죠. 그런데 어느날 연약해진 자신의 모습을 마주하였을 때 그 삶을 지탱하려면, 결국 자신이 마주해야할 그 연약함에 어느 정도 준비가 되어 있어야 할 거예요.

형,

제가 다시 다음에 이곳에 오게 되면, 아니 반드시 이곳으로 와야할 텐데, 그 때는 또 다시 더 큰 항복, 복종, 포기, 완전한 헌신을 요구받게 되겠죠. 저의 폐기능과 심장기능을 외부기계에 의지하여 유지하며 생명을 연장하거나 치료하는 단계로 들어갈 거예요. 제 힘으로 먹고 내보내고 호흡하고 몸 안에서 피를 순환시키는 그 몸을, 그 몸을 완전히 포기해야만 생명을 지탱할 수 있는 시간이 기다리고 있어요.

눈을 똑바로 뜨고 그 다가올 현실을 직면할 거예요. 그 큰 물고기 뱃속에서 죽은 자처럼 며칠을 지내고 나온 요나처럼, 십자가 위에서 물과 피를 다 쏟고나서 죽음의 깊음에 들어갔다가, 하나님이 늘 새롭게 공급하시는 부활의 생명이 당신 안에 있음을 우리에게 알려준 예수님처럼. 그렇게 죽음을 마주하며, 그 죽음 앞에서 먼저 나 자신을 죽이고 "내 뜻대로 마옵시고 아버지의 뜻대로 되어지기를 원한다"는 기도를 할 때가 내게로 가까이 오고 있습니다.

형,

저는 지금도 이 순간을 형과 이렇게 얘기하듯이 내가 사랑하는 모든 이들과 나누고 싶습니다. 그리고 이런 생각을 하는 것이 결코 슬프거나 고통스럽지 않음도 말해주고 싶어요. 하나님께서는 참 좋은 분들을 저에게 보내주셔서 제가 기쁨과 감사로 살아가게 해 주셨어요. 그런데 그렇게 살다보니 그 삶의 길은 마침내 죽음으로 가는 길임을 알겠네요. 여기까지 오니 그게 보여요. 그 죽음을 통과하여 또 계속 이어져야 할 생명의 길이 있다고 주님이 말씀해 주셨는데, 그 생명의 길, '영생'을 이미 내게 주었다고 말씀하셨는데, 그 얘기는 형이 저에게 말해주어야 해요.

하지만 형, 꼭 형이 말해주지 않아도 저는 이미 알고 있습니다. 제 안에 영생이 주어져 있음을. 지금 제 안에 있는 생명이 바로 영생이기에 이런 대화를 형과 나눌 수 있는 것이겠지요.

영생의 현실은, 본회퍼가 이미 말했듯이 저의 믿음과 확신 이전입니다. 그 영생이 제 안에 있기에 그 믿음이 제 안에 있는 것이고, 그 믿음을 확신한다고 지금 말할 수 있는 것이라는 생각을 해요. 영생은 예수님 안에 영원히 있는 바로 '그 생명'입니다. 이 세상의 언어로는 결코 설명할 수 없을 거예요. 왜냐하면 사람들이 유추하거나 경험해 낼 수 있는 것이 아니라, 내가 알 수 없는 때에 내 안에 들어온 하늘 아버지의 '신비'요, '선물'이기 때문입니다.

형,

보고 싶어요.

    2017년 겨울, 저는 성탄을 간절함으로 기다렸습니다. 참
간절했습니다. 집에서 성탄을 맞고 싶었지만, 결국 병원에
서 성탄을 맞아야 했습니다. 저의 누이는 성탄일에 제게 와
서 간병을 맡아주겠다고 했습니다. 누이가 제게 오는 건, 마
치 마리아가 엘리사벳을 찾아갔듯, '마리아가 제게 오는 것'
과 같았습니다. 〈형에게〉와 〈우성에게〉 중간에 들어간 두 개
의 글 〈성탄을 기다리며〉와 〈내 누이가 오신다네〉는 그러한
상황 속에서 써내려간 글입니다.

기다림

- 성탄을 기다리며
- 내 누이가 오신다네

성탄을 기다리며

2017년 12월 23일

지난 주 수요일(12월 13일)에 제가 갑자기 병원응급실로 가야 겠다는 생각을 하게 된 것이 참 감사해요. 제가 그렇게 생각하고 결단하여 실행에 옮겼지만, 왠지 제 생각과 결단이 아닌 것 같아요. 바울이 여러 번 경험하고 간증하고 빌립보교회에 보낸 편지에서 글로 표현한 그 '성령'의 도우심을 생각합니다.

참 절묘했어요. 시의적절한 결단이었습니다.

위기를 넘겨서 좀 안정과 여유를 갖게 되자, 저는 금방 홍동근과 한국신학(평화와 통일신학)을 생각하게 됩니다. 며칠 전에는 펜과 종이를 얻어 '형에게'를 썼는데, 오늘 지금 새벽시간에는 옆침대 환우에게 미안하여 이렇게 여기에 글을 적습니다.

오늘이나 내일은 집에 가서 성탄예배에 참여하고 싶었는데, 그럴 수 있을 것 같지가 않습니다. 가고 싶다고 말해보면 될 수 있겠지만, 그렇게 할 수가 없어요. 제 아내와 아이들, 그리고 여기서 계속 만나며 나를 걱정하고 돌보는 의사와 간호사들의 마음을 생각하면 그럴 수가 없게 됩니다.

그들은 그래요, 제가 제일 저 자신에 대해서 모르는 것 같답니다. 자신들은 얼마나 긴장이 되고 아슬아슬한데, 저는 늘 괜찮다고만 하고 또 책만 보고 있고… 어쨌든 저는 제가 선택할 수가 없고 간절히 원한다고 말할 수도 없는 내일과 그 다음을 기다립니다.

이 세상에 살면서 새로운 세상으로서의 내일을 기다리는 사람들이 있습니다. 우리도 그런 사람이지요. 하나님을 믿는 믿음 중에 가장 중요한 믿음이 바로 '하나님의 구원'을 기다리는 것이겠지요. 나에게 지금 이 믿음이 있는지 생각해 봅니다. 나는 지금 하나님을 간절히 소원하며 기다리고 있는 것인지.

지금 내가 소원하는 것, 내 희망은 무엇인가요?

의료진은 제 생명을 안타까워하며 지금 자칫 작은 순간적 판단을 놓치면 중환자실로 다시 가야하고 그 곳에서 기도삽관을 하는 단계로 넘어갈 수 있기에 아슬아슬하게 좁다란 경계선 위를 걷는 것처럼 긴장하고 조마조마해야 한다고 생각합니다.

그런데 저는 그들처럼 그 심각성을 갖지 못하고 있어요. 왜 그런지.

오직 제 마음 속에는 이 한반도 땅에 세워질 새나라에 대한 희망뿐입니다. 70년 바벨론 포로의 삶을 이어온 이스라엘 백성 중 어떤 이도 저와 같은 마음이었을까요? 제 마음이 이런 것을 어떻게 합니까?

칼 맑스도 이런 마음으로 그에게 주어진 삶을 살았을까요? 그는 자신의 생각에 과학을 도입했습니다. 단지 다른 예언자들이 말했던 꿈이야기가 아니라, 그는 미래를 맞이하기 위한 혁명적 행동을 위한 프로그램을 상상하게 했죠. 그리고 레닌은 그 상상을 현실로 만들려고 러시아 혁명의 길을 걸었습니다. 많은 기독교인들은 그들을 무신론자라고 불렀습니다.

제가 볼 때, 그들은 자신들이 믿는 하나님은 당신들이 가르쳐온 그 하나님일 수가 없다고 외친 것인데, 그 시대의 교회지도자들이 구축한 교회에는 하나님이 없다고 외친 것인데, 이들의 외침을 하나님의 예언으로 겸손히 듣지 못한 주류교회가 이들을 '무신론자'라고 판단하고 교회의 적으로 선언한 것입니다.

한반도의 남북분단과 이 땅에서의 전쟁의 씨앗은 이 때 심겨진 것입니다. 그 때 교회는 가난한 사람들, 민중, 인민을 잃었습니다. 아니 예수님이 그토록 사랑하여 이 땅에 오셔서, 그 가난함 속으로 들

어가 가난한 이가 되어서 그들의 손을 잡고 세상 구원의 길로 걸어
가신 그 복음을 저버린 것입니다.

저는 공산주의나 사회주의의 편을 들거나 그들의 사상을 흠모
하는 것이 결코 아닙니다. 저는 복음에 대해 말하는 것입니다. 한국
교회가 예수복음을 따르기를 간절히 바랍니다. 지금이 바로 그 때
입니다. 지금 우리는 아슬아슬한 경계선 위를 걷고 있습니다. 이 땅
의 교회는 이 땅에 살아가는 가난한 사람들에게 찾아오시는 주님
을 찾아가야 합니다. 오시는 그 분께 경배하기 위해서 모든 것을 팔
아야 합니다.

그리고 입고 있는 옷 하나로 만족하며 그가 오시는 곳을 향해
걸어가야 합니다. 그 아기 앞에 무릎을 꿇고 경배하고 싶습니다. 자
본주의도 신자유주의도, 사회주의와 공산주의도 다 이 한반도 땅에
찾아온 손님이었습니다. 복음을 받은 우리가 바로 이 땅의 사람, 이
땅의 가난한 자들입니다.

남과 북의 가난한 씨앗들이 만나서 복음을 얘기하는 꿈, "가난
한 자가 복이 있다"고 노래하면서 내가 바로 하나님의 아들 딸이며
하나님의 영광이라고 겸손하지만 확신에 차서 선언하는 꿈을 나는
오늘 꿈니다. 내가 홍동근과 북한 인민들의 생각을 이해하려 하는
것은 그들을 사랑하기 때문입니다. 그 사랑이 나로 하여금 오늘을

살게 하네요.

　살아 보겠습니다.

　이제 내 눈 앞에 펼쳐질 하나님이 약속한 평화의 나라를 맞이
하기 위해, 믿음과 사랑과 소망과 인내와 평화의 옷을 입고 있겠습
니다. 내 몸은 의사에게 맡기고, 나는 하늘의 일을 생각하며 살아
보겠습니다. 그런데 그 의사선생님이 바로 하나님이 내게 보내어
준 천사라네요. 이 땅에 태어난 모든 사람의 생명이 본래 무엇인지
알려준 아기 예수의 탄생 이야기에서, 천사들이 "하늘엔 영광, 땅
에 평화"라고 선포하는 말씀을 듣습니다. 하나님이 당신의 자녀들
에게 흠뻑 부어주시고, 또 그들에게 기대하시는 삶이라고 저는 듣
고 있습니다.

　"오 주여!

　어서 오시옵소서."

내 누이가 오신다네

2017년 12월 25일

메리 크리스마스!

우리가 성탄일로 생각하는 날, 아침입니다.

오늘은 저의 청주 누님이 저에게로 와서 이틀간 저의 간병을 맡아주시기로 했어요.

내 누이는 1951년생 남편을 인생 반려자로 맞이하여 64살이 되도록 이곳에 살며, 아들 하나 딸 둘을 살림내주고, 손녀 손자 넷을 본 행복한 할머니입니다. 그 조카들 때문에 저도 할아버지로 불릴 때가 있어요.

그녀의 남편은 무녀독남, 외아들로 태어나 전쟁 때 돌아가신 아버지를 만나보지 못하고 성장하였고, 여린 어머니가 큰 시골 살림과 많은 농사일을 책임지고 할아버지 할머니를 홀로 감당하는 것을 보며 살아왔습니다.

매형은 대학공부를 서울에서 마친 후, 영어교사와 학교교장, 교회학교의 교사와 장로직을 마지막까지 충성스럽게 감당하며 살아내었습니다. 이제 청주집에는 두 분만 남았어요. 그 누이가 나를 돌보아주려고 오늘 크리스마스 예배 후에 오겠답니다.

내 누이는 일찍부터 사랑하는 가족들을 많이 떠나보내며 살아왔어요. 시아버지는 만난 적이 없지만, 홀로 무거운 짐을 지고 도안 시골집을 지키는 시어머니를 보며 그 자신이 무의식 중에 떠나보낸 분으로 그 아버지를 가슴에 담고 살았을 거예요.

그리고 내 누이는 당신의 시아버지 시어머니를 끝까지 수발하며 그 긴 세월을 살고, 자신의 모든 생명의 가장 밑바닥까지 가족들을 위해 다 소모하시고, 오직 자신만 남은 마지막에는 이미 늙어 거의 10년을 치매환자가 되어 이 세상과 이별해가는 시어머니의 모습도 안스럽게 지켜보며 살았어요.

누나가 온다니 이렇게 누님을 생각해 봅니다.

내 누이 백영숙은 10살쯤 된 어린 소녀 시절에 맏자식으로서 나와 내 동생을 업고 엄마 곁을 맴돌기도 하고 내 동생을 업고 동네 친구들과 고무줄도 했을 거예요. 저의 엄마가 심장병을 견디며 벽에 기대어 방을 떠나지 못하고 사는 15년간 내 누이는 철없는 여고

시절 여대생 시절의 그 발랄함으로 어머니를 위로하고, 그 엄마와 함께 울고 웃으며 맏이의 삶을 살았습니다.

그 누이는 이미 결혼하여 자기 자식을 둘이나 기르는 엄마로서 50이 못되어 15년 환자의 삶을 마치는 자기 엄마의 서서히 약해지다가 스러지는 숨결을 마지막까지 보고 있었습니다.

그리고 또 내 누이는, 자신의 두 살 아래 동생이 너무나 갑작스럽게 병세가 나빠져 아내와 자식들과 섬기던 교회를 두고 홀로 하늘로 가버리는 이별도, 울며, 울지 못하며, 울음을 삼키며 감당해야 했어요.

그랬을 거예요. 그런데 나 또한 이러하니 그 마음이 어떻겠어요. 그 누이가 이 성탄일에 저에게 오시겠답니다.

저의 누이는 이 세상에서 '우는 자'로 살아왔습니다. 우는 자와 함께 하려고 이 곳에 오신 주님을 자신의 가슴에 생명으로 품고 오늘 그녀가 내게로 옵니다. 마리아가 엘리사벳을 찾아 갈릴리에서 오듯이 그렇게 그녀가 내게로 옵니다. 그녀는 가난하지 않았지만, 늘 가난한 자로 살았습니다.

하지만 그가 돌보고 먹여야 할 이들 때문에 가난해진 자신의 그 가난함을 오히려 기쁨과 감사로 살 줄 알았습니다. 그래서 내가 아는 그녀는 늘 누구에게든지 줄 것이 많은 풍요였습니다. 그의 발랄한 웃음과 그 깊은 눈물이 모두 그의 깊은 가난함의 샘물 속에서 나왔습니다.

그는 때때로 많은 눈물을 흘렸지만, 그로 인해서 주변의 사람들을 절망과 슬픔으로 인도하지는 않았습니다. 그는 실로 우는 자와 함께 할 수 있을만한 먼저 우는 자였고, 그 자신을 가난함에 머물게 하여 가난한 이들과 함께 하였고 가난함이 그의 삶과 그 자신이 됨을 감사함으로 용납한 듯하였습니다.

그녀는 오늘 예수생명을 잉태하여, 그 생명이 자신 안에서 하나의 생명, 곧 자기 자신의 생명이 되어 살도록 자신을 내어준 마리아처럼 내게로 옵니다.

저는 그 안에 생명이 있음을 알고 있습니다. 그 생명이 내게로 와서, 나로 하여금 새생명으로 살아가게 할 것을 믿습니다.

*우성에게

〈형에게〉를 쓴다는 것은, 이 글을 씀으로 나 자신이 살아 있음을 느끼고, 이걸 통해 내 아내와 아이들을 만나고, 또 다른 어떤 사람들을 만난다는 의미가 있었습니다. 그렇게 함으로 사람들과 마주하며 '지금 여기' 살아있다고 느끼는 글쓰기였기 때문에 멈출 수 없었습니다.

그런 가운데 형이 아닌 누구를 향해 이 글을 이어갈까 하다가, 내 아들과 같은 '나의 친구' 이우성이 생각났습니다. 30년 전에 제가 처음 신학을 공부할 때의 그 마음과 모습으로 삶을 결단하며 걸어가는 우성이 제 인생의 너무나 좋은 동반자이자 벗으로 느껴졌기 때문입니다.

형은 이미 세상을 떠난 사람이었습니다. 하지만 형을 생각하며 '형에게' 하고 싶은 이야기를 진솔하게 털어놓았습니다. 〈형에게〉로부터 이어진 〈우성에게〉의 경우, '한 세대가 다른' 젊은 벗을 제 삶에 초대하여 그와 더불어 다시 푸르른 젊음을 살고 싶은 열망이 담겨있습니다. 그가 나의 '벗'이기에 그를 가르치려고 하기 보다는, 그저 나의 삶을 나누고 싶었습니다.

우성에게

고마워요, 내 친구 우성

우성에게, 첫 번째
2018년 1월 4일

우성, 지금 미국의 어딘가를 걷고 있는가요?

내가 이래도 될지 모르지만 누군가에게 얘기하고 싶을 때 요즘 저는 내 친구 우성을 생각해요.

오늘 이렇게 편지를 써보고, 허락하시면, 몇 번 더 내 마음을 벗에게 보내는 이 글에 담고 싶습니다.

깜짝 놀랬죠?
갑자기 내가 친구(벗)라고 불러서.

불편하지 않다면 이렇게 부르며 이 글을 쓰고 싶습니다. 물론 다른 이들과 함께 있을 때나 우리끼리 있을 때도 이렇게 부를 수는 없을 거예요. 하지만 저는 얼마 전부터 마음 속에서 이렇게 부르고 있었습니다.

지금은 2018년 1월 4일(목) 오전 10시 50분입니다. 우리가 처음 만난 때가 언제인지는 정확히 모르겠어요.

2016년 3월 26일(토) 오후에, 저는 그 다음 날인 부활절에 쓸 계란을 예쁘게 덮는 비닐 소품을 사고 싶어하는 아내와 함께 백석동 '예수마을'에 갔었어요. 참 오래간만에 들어섰는데, 데스크에 제가 모르는 예쁜 아가씨가 있어서 늘 계시던 분은 어디 계시냐고 물었더니, 그 여집사님은 얼마 전에 세상을 떠나셨고, 그 남편 집사님은 지금 안계시다고 했어요.

참 아쉽고 안타깝게 생각하며 볼 일을 보고 나오려다가 좀 더물어보니 자신은 저 안쪽에 서 있는 김혁 목사님의 큰 딸인데 그 목사님이 이 예수마을 집사님을 돕고 있다고 했어요. 그 날 우성이 그 안쪽에서 김혁 목사님과 함께 있었을 지는 모르겠네요. 어쨌든 우리는 그 날 만나지 못했어요. 저는 나중에 김 목사님과 그 집사님(이영환)을 한 번 뵙고 싶다고 하며 전화번호를 가져왔습니다. 아마 몇일 못 되어 제가 다시 찾아 갔을 거예요.

그 때 김혁 목사님이 저에게 지난 해에 있었던 이야기를 길게 들려 주었습니다. 이영환 집사 아내의 투병과 죽음, 그 후에 목사님과 몇몇 분이 같이 협력하여 이영환 집사님이 다시 힘을 얻어 일어설 수 있도록 함께 하며, '쿰'이라는 이름으로 작은 교회가 스스로 설 수 있도록 돕는 선교회 활동을 시작한다는 얘기도 들었습니다.

얼마 후에, 내가 같은 아파트에 사는 동네형 류태선 목사님이 제안하고 이끌어주신 '일산성서정과모임'을 시작할 생각을 하게 되었을 때, 금방 예수마을에 계시는 분들과 함께 하면 어떻겠느냐고 류목사님께 말씀드렸습니다.

전화로 김혁 목사님과 상의하고 류 목사님과 같이 첫 모임을 하러 갔는데, 그 때 그 곳 예수마을 안의 작은 세미나실에서 우성을 처음 만났습니다. 달력을 확인해 보니. 그 날은 4월 5일 화요일이었습니다.

그래요, 우리의 만남이 그렇게 시작되었습니다.

김혁 이영환 이우성 류태선 백경천, 이렇게 다섯이 만나서 성경을 읽기 시작했죠.

불과 몇 달 지나지 않아서, 류 목사님과 나는 우성과 같은 이가 신학을 공부하면 참 좋겠다는 얘기를 나누었어요. 조심스럽게 우리는 그 생각을 전했고 우성은 한 달이 못되어 시험 공부를 시작하겠다고 했어요. 그런데 저는 사실 제 인생에서 처음으로 누군가에게 신학을 공부해보면 좋겠다는 말을 했어요. 우성과 같은 나이인 제 아들이나, 그 누구에게도 그렇게 한 적이 없습니다.

저는 신학을 공부하고 목회자가 되는 것이 다른 삶보다 더 좋다고 생각지는 않습니다. 하지만 저 자신은 목회자로 사는 것이 참 좋았어요. 그리고 내 아들이나 딸이 목회자가 되고 싶다고 하면 참 좋겠다고도 생각하곤 했죠. 하지만 그들에게 권할 수는 없었습니다. 그런데 몇 달간 같이 성경을 읽고 소감을 나누면서 우성에게 그 말을 하게 되었어요.

왜 그런 것인지 이유를 찾고 싶지는 않습니다.
그냥 그렇게 되었어요.
우리의 만남과 이런 사귐이 우연은 아닐 거예요.

우성이 신학교에서 공부를 시작하는 2017년이 시작될 때, 나는 건강 때문에 교회에서 설교하며 목회하던 삶을 내려놓았습니다. 그때 나에게 많은 위로가 되었던 것은 우성이 신학공부를 시작한 것이었어요. 내가 신학교에 입학하던 1987년에서 꼭 30년이 지난 때에 우성이 같은 학교에서 공부하기를 시작한 것입니다.

지금은 나의 신학교 동기 목사들 여럿이 그 학교에서 교수로 있어요. 나는 우성을 만날 때마다 학교에서 누가 무엇을 어떻게 강의하는지, 어떤 교수가 가르치는 과목을 좋아하는지, 그 과목에서는 어떤 텍스트를 사용하는지 묻곤 했죠. 우성은 공부하는 것이 재미있다고 하며 참 많은 얘기를 저에게 들려 주었습니다. 나도 학교에 가서 공부하고 싶었어요. 숨이 차서 그럴 수 없기에, 더욱 더 궁금해하며 마음으로는 우성이 학교에 갈 때 나도 따라갔죠.

고마워요,
나에게 친절하게 대해 주어서.

내 친구 우성.

우성은 가끔 나에게서 많은 것을 배운다고 말하곤 했어요. 하지만 솔직히 무언가를 가르쳐 줄 것이 내게 없어서 미안했어요. 내가 볼 때 우성은 이미 많은 면에 있어서 준비되었고, 누가 우성을 만나든지 좋아할 만한 사람이기에 어느 교회에서나 환영할 것으로 여겨지는데, 우성은 신학교에 들어간 첫 해에 어린이 교회를 시작해 보겠다고 했어요. 아직 길이 나지 않은 길을 만드는 개척을 하겠다는 것입니다. 개척은 사례를 받기 보다는 내 주머니를 털어서 오는 이들을 섬겨야 하는 것인데, 어떻게 처음부터 그런 생각을 하는 지.(허참)

그냥 보통 다른 이들처럼, 그리고 그 때의 나처럼 장학금을 주거나 생활비를 지급해 줄 수 있는 안정된 교회에 속하여 교육전도

사로 일하면 좋으련만.

그런데 어떻게 그렇게 좋은 여인이 우성 같은 가난한 친구의 청
혼을 받아들였는지요. 그건 나를 닮았나 봅니다. 참 행복했어요. 그
여인을 보내주신 분에게 얼마나 감사했는지요.

우성,
고맙습니다.
그대가 내 친구가 되어 주어서.

내 아내와 아들 딸은 우성이 내 친구인 것을 인정하는 것 같습
니다. 지난 번에 우리 가족 중 아무도 나와 함께 병원에 가줄 형편이
되지 못할 때, 우성이 동행한다고 하니, 모두들 그가 하겠다면 그럴
수 있는 것으로 인정했습니다. 그리고 우연히 카페 '나자르'에서 우
성의 아버지 어머니를 만났을 때, 내가 우성에게 너무 많은 사랑을
받고 있다고 하니, 그분들은 우성이 나와 만나면서 자신이 가는 길
에 확신을 갖게 되었다고 하더군요.

그래요, 우리는 이미 양쪽 집에서 인정받은 친구입니다.
우리는 앞으로 살아가면서 서로에게 배우게 될 거예요. 제가 과
거에 대해서 해 줄 말이 있다면, 우성은 그대의 눈에 담겨진 현재와
미래를 저에게 전해 줄 거예요. 특별히 건강 때문에 내가 집밖에 나

가기가 어려워 책을 찾아 달라고 할 때마다, 내가 원하는 것 이상으로 더 도와 주어서 감사합니다. 우성이 알다시피 나는 지금 홍동근을 찾아가는 생각여행을 하는 중인데, 그 여행에서 발견하고 정리하는 모든 것이 우성에게 주는 선물이 되길 원해요.

우성은 나에게 여러 번 좀 오래 같이 있어달라고 했는데,
저도 꼭 그러고 싶어요.

오늘은 이만 할게요.
혹시 불편하면 말해 주세요. 즉시 그만둘게요.

조심스런 마음을 가지고, 허락하시면 이런 글을 가끔 쓰고 싶습니다.

평화,
백수(白壽) 거북이.

우성,
고맙습니다.
그대가 내 친구가 되어 주어서.

지금 저에게는 아무것도 없어요

우성에게, 두 번째
2018년 1월 11일

우성,

지금은 2018년 1월 11일(목) 새벽 3시가 조금 지난 시간입니다.

한 시간 전부터 깨어 있었는데, 옆의 아내 윤희가 잠을 설칠까 두려워 그냥 있었어요. 그녀가 화장실에 가려고 일어나도 모른 척 잠잠했지만, 아직 잠에 들어가지 않은 것 같아, 이내 좀 춥다고 이불을 하나 더 덮어달라고 하면서 슬쩍 말을 걸었죠.

"잠깐 뭘 좀 써도 될까?"
"안돼요."
(한 5분 뒤에)
"양말 신고, 위에 따뜻하게 입고, 무릎 담요도 해요."
"그럴게요."

우성이 허락하기 전인데, 이렇게 또 우성에게 보내는 글을 씁니다. 서쪽 캘리포니아에는 폭우와 산사태가 크게 났다 하고, 동부 보스턴 위로는 북극의 찬공기가 밀려 내려와 너무 추워서 밖에 나갈 수 없다 하는데, 어디서 어떻게 지내고 있는지.

잘 지내길 바래요.

지난 12월 30일(토) 오후에 나는 병원에서 집으로 18일만에 돌아 왔고, 며칠 후 우성은 허브스쿨 식구들과 미국으로 공부여행을 떠났죠. 집 안에서만 지냈어요. 해가 바뀐 뒤 좀 지난 어제(10일)서야 집 밖으로 나올 수 있었어요.

병원가는 날. 충분한 산소를 공급받아야 하기에 집과 병원에만 있어야 해요. 사설 구급차를 이용하여 다녀왔습니다. 두 번째 이런 방식으로 왕복하다 보니 좀 여유가 생겨서, 동행하는 딸에게 기념사진도 찍어 달라 했어요. 참 특별한 경험이잖아요. 한 달 후에 또 다시 이렇게 다녀와야 하는데, 얼마나 더 이렇게 오가며 한 달 한 달을 살아가게 될 지 모르겠네요.

무언가를 바라고 있지만, 그것을 소망한다고 말할 수가 없어요. 내가 폐이식을 받으려면, 누군가가 엄청난 어려움 속에서 지탱하던 생명이 지속될 수 없다는 것인데, 그 친구와 그 가족들의 슬픔과 기도를 생각하게 되고 저는 그 생각 속에서 그 이들 옆에 그냥 서 있게 됩니다.

우성,

제가 어떻게 하면 좋겠어요?

예수님은 당신의 생명을 주어 나를 살리셨는데, 나는 또 나 자신을 살려고 누군가의 생명을 기다리다니요. 저는 이런 삶을 원하지 않았습니다. 그런데 이런 삶의 모습이 저의 진실임이 드러났습니다.

그렇다고 이 삶을 멈출 수도 없잖아요. 기다리면서, 지금 이 자리에 머물러 이러한 삶이 지금 내게 주어진 하나님의 선물이라고 말해 보겠습니다.

94세 아버지는 방에 계시라 하고, 88세 어머니가 또 우실 것 같아 눈길을 주지 않고, 내 딸 인영과 함께 엠블런스에 올랐습니다. 그 아이는 선생님과의 공부 약속을 못 지키겠다고 했다네요. (아내가 뒤척거려요.)

내 친구 짱구에게 미안해요, 철없이 늘 내가 좋아하는 것만 하겠다고 하니. 아내는 미리 이 날을 위해 휴가했지만, 너무나 중요한 아침 회의가 있어 어제 강남 병원에 갔다가 신촌으로 와 저를 기다렸어요. 저는 소풍처럼 즐거워 했죠.

사도 바울이 데살로니가에서 살던 이들에게 '항상 기뻐하라'고 명령조로 말한 것이 이 때를 위함이 아닐까요? 전체적인 상황은 슬픔과 두려움이지만, 그 소용돌이 속 한가운데 실제로 있어보면 오히려 또 고요하고 웃음이 흐르기도 하고. 그래서 그냥 이렇게 함께 있음을 즐거워하고 감사하게 되는 것은 저의 철없음인가요? 성령이 내 안에 계신 증거인가요?

이 세상의 모든 이들에게 기쁨과 평화가 있기를!

저녁 먹은 후에 아들 백상인이 내 발을 닦아 주었어요. 우리가 병원에 다녀오는 중에 그 친구는 어른들과 함께 해요. 할머니가 저에 대한 걱정과 슬픔과 불안에 휩싸여, 그 얼마남지 않은 기운을 소진할까 두려워.

우리는 지금 함께 성장하고 있어요. 때로는 연약함이 우리를 더 건강하게 하고 서로에 대한 큰 슬픔과 안타까움이 우리를 더욱 단단하게 하죠. 아들에게 내 더럽고 부끄러운 발을 내어 주었습니다.

우성, 나는 오늘 소재웅과 기형도 형제를 집으로 오라 했어요. 김혁 목사님과 우성이 내게 보내어준 사람들. 그들은 한 달 넘게 너무나 조심스러워 하며 나를 기다렸다고 해요. 그렇게까지 조심하지 않아도 되는데, 나를 생각하는 모든 이들이 마음을 꾹꾹 누르며 저를 생각하는 듯 해요. 사실은 저도 그래요. 허브스쿨에서 체육을 담당하는 청년과 함께 오겠답니다. 제가 뭐라고, 그 귀한 젊은 친구들이 시간을 내어 찾아 준다네요. 제가 저 자신 안에 '뭔가' 있는 것처럼 말하게 될까 두려워요. 말하다가 가르치거나 설교가 되면 어떻게 하죠?

정말 두렵습니다.
지금 저에게는 아무 것도 없어요.
정말 그렇습니다.

그래서 그들을 오라 했을 것 같네요. 제 안에 제가 없기에, 제 안에 오신 그 분 얘기를 할 수 있을 것 같긴 해요.
아내가 그만 하래요.

평화,
백수(白壽) 거북이.

정말 두렵습니다.
지금 저에게는 아무 것도 없어요.
정말 그렇습니다.

그래서 그들을 오라 했을 것 같네요.
제 안에 제가 없기에,
제 안에 오신
그 분 애기를 할 수 있을 것 같긴 해요.

그래요, 우성과 나는 교회입니다

우성에게, 세 번째
2018년 1월 18일

우성,

지금은 2018년 1월 18일(목) 5시 30분, 아침을 기다리는 시간인데 그 아침이가 좀 천천히 오면 좋겠습니다. 당신 때문에 그래요. 우성을 생각하는 내가 그 아침에게 쫓기게 될까 하여.

매일 아침 7시에는 '환자'의 일상으로 돌아가야 해요.

환자도 나름 좀 바쁘답니다. 그리고 무엇보다도 흐르는 시간을 잘 지켜 보면서 살아야 해요.

혈압 체크 네 번, 아침 식전 혈당 체크, 당뇨 인슐린 란투스(하루 효과) 1회 주사, 휴말로그(매끼 식전) 인슐린 3회 주사, 현미 밥 오래씹기와 단백질을 고려한 식사를 정해진 시간에 3번 하기, 식후에 먹는 약들 복용, 식후 2시간마다 혈당 체크, 모든 수치를 수첩에 기록하기, 식후에 30분간 자전거 타기, 두 번 이상 서 있거나 운동하기, 정해진 시간에 대변 보려고 노력하기. 하루에 30분은 창밖을 보고 있기.

짬짬이 읽고 생각하고 글쓰기.

지금 어디에 계신가요?
혹시 아주 큰 바다 위의 하늘에서 작은 날개에 몸을 싣고 비몽사몽 하고 있나요? 다음 주 어느 날에는 내게로 와 주세요. 많이 보고 싶습니다.

94세 우리집 할아버지는 조금 전에 당신의 방에서 나와 저를 한참 보고 가셨습니다. 미안하지만 모른 척 했습니다. 나와, 아니 누구와라도 늘 얘기하고 싶어 하시지만 그 어른과 대화를 나누기가 쉽지 않아서 내게 말을 걸어오지 않기를 바랬어요. 그러면서 마음으로 핑계와 변명을 준비하였죠. 아내와 다른 식구들이 깨기에는 너무 이른 시간이라고. 나는 지금 참 오랜만에 우성을 만나고 있으니 양해하시라고. 이런 미안한 마음을 안고 내 친구에게 갑니다.

우리 집 아이들은 제가 우성에게 무언가를 가르치려 할까봐 걱정해요. 저도 그래서 참 조심스럽습니다. 모든 아들들은 늘 자신의 아버지에 대한 부담을 안고 살아갈 거에요. 김일성 수령의 아들과, 김삼환 목사님의 아들과, 그리고 내 아들 상인도 그리고 우성도 그렇겠죠. 내 아버지를 보호하고 싶고 지켜주고 싶은 마음에, 그 아버지들의 간절한 바램을 외면할 수가 없는 것이겠지요.

어떤 아비들은 나를 이어 이 나라를 책임지라 하고 내가 일평생 헌신한 이 교회를 감당하면 좋겠다 하는데, 거의 모든 아비들은 다른 사람은 몰라도 너만은 내 삶을 이해해 달라는 말을 차마 하지 못하고 하루하루 살아가는 듯 보입니다. 아들과 딸들은 그 아버지를 힘들어 합니다.

그런데, 교회와 국가의 책임을 감당하는 것에 대해 어느 가정의 '아버지와 아들' 관계 속에서 생각하고 판단하는 것은 엄청난 잘못입니다. 어이쿠, 제가 지금 무슨 생각을 친구에게 강요하고 있나요? 미안해요. 그런데 겸손이 있어야 해요. 그 동안 쓰임 받은 삶에 대해 감사하고, 조용히 무대를 떠나야 해요. 꼭 그렇게 하면 좋겠습니다. 저도 그런 삶을 많이 생각하고 있어요.

크리스천의 성공은 예수를 얼마나 많이 닮았는가에 있는 것이잖아요. 저는 정말 그 목표에 도달하고 싶어요.

교회는 서로서로 상대방을 나보다 낮게 여기며 낮고 작은 자리로 내려와 '나는 본래 아무 것도 아님'을 고백하는 사람들입니다. 그래요, 우성과 나는 교회입니다. 제가 지금 남에 대한 얘기를 너무 쉽게 하고 있는지 조심스럽습니다. 하지만 결코 남이 아니잖아요.

김삼환 목사님과 그의 아들과, 당신과 내가, 우리의 구원이신 그리스도 예수의 몸을 이룬 교회이기에 우리는 지금 나 자신에게 말하고 있는 것입니다. 모든 교회가 함께 아파하고 있음이 느껴집니다. 내가 아닌 누구를 성토하는 것이 아니라 내 몸을 아파하는 것입니다.

그만 할게요.
정말 많이 아파요!
이 아픔의 이유는 우리가 한 몸이기 때문입니다.

자칫 잘못되면 우리가 우리 몸의 일부를 잘라내야 할 수도 있어요. 그것은 오직 주님만이 하셔야 하는 것입니다. 그런데 그것은 또한, 주님의 몸인 우리가 감당해야 하는 것이기도 합니다.

많이 힘들었죠! 그랬을 거예요. 어떤 이들을 섬기는 일이 늘 힘들잖아요. 그렇게 힘들 것을 알면서도, 우리가 또 다시 그 어려운 삶을 찾아 들어가는 것은 아마도 돌아와 안식할 곳이 우리에게 있기 때문일 거예요.

이제 오세요.

저도 누군가와 함께 그대의 쉼터가 되고 싶습니다.

몇 자 적지 못했는데, 벌써 7시입니다.

평화,
백수(白壽) 거북이.

'봄바람'이 가정에 불어왔어요

우성에게, 네 번째
2018년 1월 22일

우성,

지금은 2018년 1월 22일(월) 아침 5시 50분입니다.

저는 이때쯤 늘 이 시간을 뭐라고 해야 할 지 고민합니다. '오전'이라 하나? 이 말은 너무 사무적이라서 싫고. '아침?', 아침은 왠지 햇빛이 비쳐지거나 그렇지 않더라도 창밖이 환해져야 할 것 같아서… '새벽'이 시간적으로 맞기는 한데, 그 말을 쓰기가 전 좀 미안하고 부끄럽기도 해요.

저는 참 오랫동안 새벽에 집을 나와 예배당에 홀로 앉아 아침을 맞이하며 살았댔습니다. 저에게 있어서 새벽이란 말은 늘 이런 느낌이기에, 그 말을 사용하기가 망설여집니다.

아내가 이미 30분 전에 계란 후라이 먹으며 택시를 불러 출근했기에, 오늘은 지금을 그녀의 시간, 아침으로 부르겠습니다. 해가 떠오르면 아침이 시작된다고 생각했었는데, 그게 아니네요. 제 아내가 잠자리에서 일어나 움직이며 뭔가를 챙겨먹는 걸 보니, 그 먹는 것이 곧 '아침'임을 알겠습니다. 나는 아침을 기다렸는데, 내 아내 윤희는 아침을 열어 제치는군요. 그리고 그녀가 아침을 먹어버렸습니다.

지난 금요일(19일)이 시작되는 한밤 중에, 88세, 35킬로그램이 채 못되는 우리 어머님이 화장실에 가려고 급히 일어나다가 어지러워 이불 위로 털썩 주저 앉았는데, 그때 고관절과 만나는 어딘가의 뼈가 깨졌던가 봅니다. 골다공증 약을 늘 복용하지만, 그 연세에는 언제나 있을 수 있는 일이지요. 그 금요일 아침에 아내가 엄마를 살펴본 후, 꼼짝하지 말고 누워있다가 일단 동네 정형외과에 가보라고 당부했는데, 그 어머님은 아내가 나간 후 습관대로 일어나 몇 발짝 움직여 쌀을 씻으셨어요. 제가 잘 듣지 못하시는 어머님께 큰 소리로 그러면 안된다고 소리쳤더니, 상인과 인영도 일어났습니다.

어쨌든 동네 병원에서 큰 병원에 가야한다고 해서 아내가 일하는 강남 세브란스로 갔습니다. 골반 뼈와 허벅지 맨위 큰 뼈를 관절이 연결하는데, 그 고관절 아래 큰 허벅지 뼈가 골절되었고, 그래서 급하게 수술을 했습니다. 그 부서진 뼈의 기능을 보강하는 공사를 한 것이죠. 88세에 무슨 그런 수술을 할까 라고 생각할 수도 있겠지만, 아무런 이견없이 수술이 진행되었고, 좀 걱정했지만 마취에서 잘 깨어나셨습니다.

우리집이 많이 힘들어졌을 것 같죠?

그런데 정말 아무렇지도 않습니다. 제가 볼 때는 오히려 모두 즐겁게 이벤트를 즐기는 것처럼 보입니다. 모두가 힘든 것은 사실인데, 그 '불편함'과 '힘듦'이란 친구가 자녀와 손주들을 할머니에게 다 데려다 줍니다. 하루씩 할머니와 잠자는 순서를 정하고, 그에 맞추어 자신들의 일정을 즐겁게 조정하고, 서로서로 더 자주 전화로 만나며 모두들 아주 신이 났어요.

저는 이것을 '봄'이라고 부르겠습니다.

'봄바람'이 이 가정에 불어왔다고 말하고 싶어요. '봄'은 그렇게 추운 겨울을 지내며 보기를 원했던 희망의 그 무엇들, 그 새싹과 그 아지랑이와, 얼음 속에 숨어 있던 그 연두빛을 보았다는 탄성일 거예요.

'봤어?'
'보았지?'
그래, 나도 '보고' 있어!
'보았음'
'봄'

국어학을 전공한다는 내 딸 빵구가 이걸 읽으면 뭐라할 지.

어쨌든 우리집에는 갑자기 봄이 왔습니다.
이 봄은 내가 가져오고 싶었는데,
왠지 다크호스 할머니에게 진 느낌입니다.

우성,
지금 그대는 먼 여행에서 돌아와 사랑하는 아내의 출근 준비를
보고 있을지, 천근만근 몸을 가누지 못하고 '피곤이'를 달래며 애써
깨어나려는 의식을 토닥거릴지. 우성의 이번 겨울은 너무나 뜨거웠
던 것 같아요. 꿈을 꾼 것 같을 거예요. 지나간 것은 지나간대로 흘
려보내고, 그 기억이 되돌아올 어느 때를 기다리며 또 새 길을 걸을
준비를 해야 할 거예요.

수고 많이 했어요.
우성이 누군가를 돕기도 했겠지만, 한참 후에 다시 돌아보면 그
들이 그때 우성을 위해 함께 있었다는 생각도 하겠죠.

푹 쉬길 바래요.
그곳 천안집에서 오직 한 여인의 남자로 살아야 할 때이잖아요.

모두들 너무 했어요.

우성과 '민수'에게 너무 했어요.

그래요.
나도 너무 했어요!

미안해요.

그대의 아내가 허락하고 그대가 심심해지면 그 때, 나에게도 한
번 와 주세요. 나는 지금 아주 편안해요. 그러니 아무 때든지, 그대가
나를 즐기고 싶어질 때 오세요.

평화,
백수(白壽) 거북이.

홧팅!! 내 아버지

우성에게, 다섯 번째
2018년 1월 29일

우성,

지금은 2018년 1월 27일(토) 오후 4시 20분입니다.

1시간 전에 아내가 집에 와서 옷을 갈아 입고, 쿡TV로 보는 프랑스 영화 〈웰컴 삼바〉에 푹 빠져 있는 나를 한 번 안아주고는, 30분 전에 할머니가 입원하여 계신 강남세브란스 병원으로 갔습니다. 참 좋은 영화를 보긴 했는데, 정작 그토록 보고 싶었던 아내를 제대로 보지 못했어요. 그녀 꿈을 꾼 듯, 그렇게. 몇 컷의 아내 사진을 대충 찍고 어딘가에 저장한 듯, 그렇게…

내가 지금 잘 살고 있는 건가요.

목요일에 와 주어서 고마웠습니다. 이 글을 써도 괜찮다고 해 주어서, 그리고 좋다고 말해 주어서, 정말 고마워요. 그런데, 언제든 부담이 되면 말해 주세요.

우성이 내게로 보내준 형도와 진웅, 그리고 재웅님이 그동안 내게 큰 위로와 기쁨을 주었어요. 보여주신 우성의 아기 초음파 사진도 고마웠어요.

우리집에서 허락받은 일주일에 단 한 번의 초대 만남인 목요일 오후, 나는 그 시간에 당신들이 그 꽃 몽우리 같은 젊음과 수줍음으로 내게 와 주는 것이 고마울 뿐인데, 오히려 그대들은 늘 내게 고맙다고 합니다.

아뇨,
진정으로 제가 많이 고맙습니다.

우성,
조금 전에 94세 우리집 할아버지가 당신의 방에서 잠시 나오셨다가 들어 가셨어요. 나의 아버지입니다. 나를 낳아주시고 기르신 아버지는 8년 전, 82세 때에 돌아가셨어요. 지금 아버지는 내가 29살에 결혼한 후 이때까지 함께 살고 있으니,누가 뭐래도 내 아버지 맞아요. 그런데, 나는 아직도 '아버님'이라고 불러요. 내 아내가 돌아가신 내 아버지를 그렇게 부르며 지냈는데, 나도 그렇게 부르는 것이 더 자연스럽기는 해요. 하지만 가끔은 그냥 '아버지!' 라고 해요. 진심으로 그래요. 천국에 가 계신 아버지에 대한 아쉬운 마음을 담아서 그러는 것 같아요.

아버님은 오늘 아침 식사 시간에 딸 인영이 차려준 식탁에 나보다 먼저 앉아 기다렸어요. 저를 그윽한 눈으로 보시더군요. "날마다 우리에게 양식을 주시는 은혜로우신 하나님 참 감사합니다." 제가 그 눈을 보며 큰 소리로 노래하니 따라 부르셨어요. 아버지가 당신의 얘기를 막 하시면, 우리는 이제 거의 무슨 내용인지 모릅니다. 생각은 많으신데, 문장이 잘 안되고, 단어도 못 찾으시고, 발음도 잘 되지 않아요. 제가 다시 조금씩 물으면, 몇 마디 응답을 하셔요.

그렇게 하다 보면 혀가 풀리고, 생각이 열려서 짧은 대화를 나눌 수도 있어요. 저는 이렇게 아버지와의 아침시간을 1시간 정도 함께 합니다.

아버지는 아침 식사 후에 들어 가셔서 누우십니다. 식사는 아주 잘 맛있게 하시는데, 식사한 것을 소화시키는 것에 모든 에너지를 다 사용하셨기에 기진맥진하여 눈을 감고 누우셨다가 주무실 수밖에 없으실 거예요. 중간에 한 번 깨서서 거실로 걸어나와, 현관 신발장에 있는 당신의 신발을 만지작 하시고는 다시 들어가 주무십니다. 언젠가는 그 신발을 만지며, '신발이 울고 있네'라고 말씀하셨어요. 가족들의 마음이 숙연해졌었죠. 아버지의 일상은 이렇게 단순한 것의 반복입니다. 그런데 마치 처음하시는 것처럼 지루해 하지 않고 반복하며 몇 넌째 이렇게 살고 있어요. 점심식사 후 주무시고 신발 만지고 화장실 가고 다시 주무시고, 저녁식사 후 TV 뉴스와 드라

마를 함께 보시고 8시에 주무시고, 아마 밤중에 2시간에 한 번 씩은 일어나 신발 만지고, 다시 주무시기를 반복하시다가, 아침식사 시간에 나오실 거예요.

아버지의 방에서 거실까지 걸어 나왔다 들어가시는 것을 반복하는 것이, 얼마나 대단한 노력이고 마지막까지 당신의 건강을 유지하시겠다는 결의인지 저는 알아요. 저는 지금 산소를 충분히 공급받고 5분간만 제 자리에 서 있어도, 산소포화도와 심장박동수를 어느 수준 유지하기가 어렵습니다. 식사를 마치고 나서 어떤 때는 음식을 소화시키는 동안 푹 쓰러져 누웠다가 두 시간 후에 몸을 일으키기도 해요. 목요일 오후 3시간을 그대들과 함께 보내고 난 다음 날 오전 시간도 그래요.

이렇게 연약함을 살면서, 나는 내 아버지를 조금 이해합니다. 그래서 아버지를 더욱 더 존경하고 사랑합니다. 당신에게 주어진 삶을 이보다 더 잘 사실 수는 없을 거예요. 가끔 당신의 아내와 자녀, 손주들이 예전의 할아버지를 생각하며 안타까워 하고 아버지의 웃는 얼굴에 스며든 깊은 슬픔을 내게 살짝 들키기도 하지만 그래도 아버지는 최선을 다해서 당신의 건강함을 유지하십니다.

홧팅!!
내 아버지.

지금은 2018년 1월 28일(주일) 오전 11시 35분입니다.

그러지 않고 싶었는데, 딸 인영이 차려준 아침 식사를 하고 화장실에서 좀 힘을 주어 뒤를 보고 양치질을 한 후 혈당을 체크하고 잠시 누웠는데, 이제서야 잠자리에서 일어났습니다. 영락없이 환자예요. 병원에 입원하여 살고 있는 연약한 환자들이 오늘의 저처럼 살잖아요.

딸 인영은 저와 할아버지를 위해 아침을 차려주고 9시쯤 주일 예배 찬양대 연습을 위해 호수교회당으로 갔어요. 아들 상인은 지난 며칠간 강남의 할머니 병간호를 했는데, 어제 밤에 집에 와서 동생과 오랜만에 그동안 있었던 얘기를 나누고 늦게 잤어요. 동생이 나가는 시간에 일어나 설거지 하고 차를 끓여 혈당을 체크한 내게 건네주고, 나와 할아버지가 잠든 사이에 그동안 쌓인 빨래를 동네 빨래방에 맡겼답니다. 지금은 할아버지 침대를 정리해 드리고 할아버지의 욕실 바닥에 미끄럼방지용 매트를 깔고 있어요. 오후에는 할아버지와 저를 목욕시켜주겠답니다.

제 아내 윤희는 지금 강남세브란스에 입원하여 계신 엄마 옆에 있습니다. 지난 주 목요일까지 그 병원에서 직장일을 보면서 수시로 병실에 들러 엄마의 상태를 살피고 또 누군가 병문안 오면 달려가 인사하면서 지냈을 거예요. 금요일과 토요일에는 경기도 어딘가에서 있는 간호사 워크샵에 1박2일 참여하고, 어제 잠시 집에 들러

나를 한 번 안아주고, 지친 몸을 택시에 싣고 강남으로 가자고 말하고는 이내 눈을 감았을 거예요. 그녀는 그렇게 엄마에게 다시 가서 지난 밤 병간호를 하고 오늘 오후에 큰 언니가 오면 엄마를 부탁하고 집에 오겠다고 했어요. 오늘 저녁에는 모처럼 우리 네 식구가 함께 저녁식사를 하겠죠.

내가 이 글을 쓰는 동안 아들이 할아버지를 씻겨드렸나 봅니다. '조금 있으면 점심 드셔야 하니 잠들지 말라'고 부탁하는 말이 들리네요. 하지만 아마도 할아버지는 곧 곤하게 잠드실거예요. 할아버지는 늘 그러십니다.

이것이 바로 저의 삶입니다. 저는 이 가족공동체에 속해 있어요. 함께 어우러지는 이 삶을 얘기하지 않으면 사실 저에 대해서 할 얘기가 없습니다. 저는 오늘의 이 삶을 기록하고 싶어요. 그리고 우성과 또 누군가에게 이 삶을 나의 삶으로 말하고 싶습니다. 조금 전에 아들이 점심 식사를 준비하다 말고 할아버지 방으로 들어가서 주무시지 말라고 다시 말하네요.

제가 우리집에서 이런 역할을 부여받을 지 정말 몰랐어요. 하루종일 웅웅거리며 작동하는 산소발생기에 의지하여 살다가, 그 발생기에 연결된 줄이 허락하는 만큼 움직여 밥을 먹고 화장실을 사용하고, 침대에서 책과 TV를 보고, 컴퓨터 앞에 앉아 이렇게 글을 씁니다. 그런데 사실은 이런 삶을 내가 꿈꾸어 온 것 같기도 해요. 아들이 15분 후에 밥을 차리겠다고 하네요. 10분 후에는 혈당 조절을 위해 주사하는 인슐린을 맞으라는 말입니다. 아주 자연스러운 일상이죠. 외출을 하지 못하는 현실을 제가 인정하고 받아들이기만 하면 환상적인 삶이지 않겠어요?

그래요, 저는 지금 이렇게 살아요. 아내와 아이들에게 미안하다고 말하지 않는 것이 제가 가장 잘하는 것이라고 혼자 생각하며 하루하루 살아요.

평화,
백수(白壽) 거북이.

연애는 결혼하고 하는 것

우성에게, 여섯 번째
2018년 2월 2일

우성,

지금은 2018년 2월 2일(금) 새벽 4시입니다.

신촌세브란스 병원에 있어요. 지난 화요일에 제가 혼자서 결단하고, 딸에게 사설 응급차를 빨리 알아보라고 했습니다.

벌써 여러 번 이런 일을 함께 경험하다 보니, 인영이는 응급차량을 섭외하고 그들이 오는 시간에 맞춰 간단한 짐(내가 사용하는 약 등)을 꾸리고, 자신을 위한 준비도 합니다.

내게 있어서는 옷 갈아 입는 것이 아주 중요해요. 몸을 조금만 움직여도 산소포화도가 많이 떨어지고, 맥박이 급상승해요. 그렇기 때문에 저는 가만히 누워있고 아들 상인이가 와서 제 몸을 정성껏 만지면서 옷을 능숙하게 갈아입혀 주었어요. 그래서 제가 "너는 요양보호사 해도 되겠다." 했더니, 자신이 생각해도 잘한답니다.

그렇게 저는 이제 세번째, 구급차를 타고 신촌병원으로 왔습니다. 아들은 집에서 치매와 파킨슨 병을 살아가시는 94세 할아버지와, 엉덩이 뼈 아래 고관절과 부딪치는 허벅지 뼈가 골절되어 수술 받으시고 월요일에 집으로 오신지 하루가 지난 아주 작고 여리고 새침하고 까칠하기까지한 소녀 같은 88세 할머니를 감당합니다.

아내는 직장일에 많이 바빠서 퇴근한 후에 오겠다고 했고, 지금은 인영이가 저와 동행합니다. 우리 가족은 지금 이러한 위급 상황을 일상으로 받아들여 살고 있어요. 자기들의 일상적인 일과 공부와 쉼을 잘 유지하면서 여섯 식구(남자 셋, 여자 셋 / 환자 셋, 간병인 셋)가 함께 기쁨과 여유와 유머를 잃지 않고 살아갑니다.

우성,
생각보다 좀 더 길어지긴 했지만, 그리고 제가 막연히 상상하며 꿈꾸던 혼자만의 1년 여정이 아니지만, 오히려 더 진실되고 깊은 저 자신과의 만남과 저 자신을 즐거워하는 여행을 하고 있음을 생각하고 있습니다. 저는 이 시간과 이 시간을 살고 있는 저 자신을 잘 살펴보며 이렇게 기록하고 싶어요.

하필 여기에, 제가 미안한 마음으로 우성형제를 이렇게 불러내고 있네요. 조금 전에 아마도 저의 폐 어딘가에 붙어 있었을 검붉은 가래를 뱉어 내었어요. 이걸 뱉어 내고 기침을 크고 깊게 하자, 모니터에 경보음이 들리고 난리가 났어요. 지금 제 앞의 모니터는 저의 혈중 산소포화도 수치가 90 이하로 떨어지면 경고음이 나고, 맥박이 140 이상이 되면 소리가 나도록 설정을 해놓았어요. 물론 에어보(AIRVO 2)라고 하는 강력한 산소를 제 몸 속으로 공급해주는 기계를 사용해서 숨을 쉬고 있습니다. 저는 지금 누웠다가 일어나 앉기만 해도 그 수치가 급격하게 변하는데, 이 산소공급기의 도움 때문에 많이 안정되어서 모니터를 보면서 조심스럽게 앉았다가 다시 눕곤 했어요.

지난 3일간 그렇게 지냈습니다.
오직 모니터만 바라보면서.

허리가 많이 아프면 도움을 받아 잠시 앉았다가 다시 눕기를 반복하며 지냈죠. 저의 담당의사선생님과 전공의 선생님이 수시로 응급실과 병실로 찾아오셔서, 지금에 있어서 최선은 지금 상태를 유지하다가 중환자실로 가서 집중돌봄을 받아야 하는 것인데, 중환자실에 빈 침대가 없을 뿐만 아니라 대기 환자가 많아서 걱정이라고 말씀하시며 어떻게 제 상태가 순간적으로 돌변할 가능성이 있는지를 계속 설명하셨어요.

첫날 저녁부터 다음날까지 그 긴박하고 걱정되는 시간에 하루 휴가를 얻은 아내가 내내 같이 있었어요. 내 친구, 내 애인, 내 짱구

윤희 씨는 병원과 환자에 대해서 너무나 잘 알고 있지만, 아무 것도 모르는 사람처럼 단지 남편이 걱정스러운 그냥 아내로서, 아무런 질문없이 걱정스런 말이나 작은 요구도 없이, 제 옆에만 있으며 저를 만져주고 씻어주고 격려해 주었습니다.

아내가 있는 동안에, 처음으로 누워서 대변을 보았어요. 처음에는 민망하기도 하고 이렇게까지 해야 하나 하는 마음도 있었지만, 내 아내와 나만이 있기에 해 보았어요. 그리고 잘했어요. 이제 저는 다양한 자세로 대변을 보는 '달인'이 되어가고 있고, 내 아내와 아들은 저를 잘 닦아주고 뒷처리를 능숙하게 해요. 물론 이제는 별 생각 없이 소변줄을 꽂고 생활하고, 하루에 몇 번을 그 예민한 저의 동맥혈을 찾아내느라 애쓰는 인턴선생님들에게 제 몸을 맡기고 몇 마디 대화도 나눕니다. 제가 완전히 힘을 빼고 제 몸을 맡겨야, 제가 가장 잘하는 거에요. 또 다시 제 사타구니를 지나가는 중심 정맥 라인을 잡아서 간호사선생님들은 수시로 저의 아랫도리를 보면서 다양한 종류의 약들을 투입할 주사라인을 확인하며 일합니다.

처음에는 속으로 환자의 입장이 되어보라는 둥, 환자의 인격이 고려되지 않았다는 둥, 속으로 툴툴대다가 아내에게 툴툴대기도 하였는데 이제는 많이 포기되어져서 그냥 저를 최선을 다해 돕는 것이 고마울 뿐입니다. 그래요, 저 자신이 죽은 자처럼 되어야 그들이 저를 치유할 수 있을 거예요.

우성,

딸과 함께 응급실에 오고, 딸과 함께 일단 14층 병실에 있다가 퇴근하고 온 아내와 하루 밤 그리고 낮을 지내고 호흡기내과 병동이 있는 15층으로 옮긴 뒤에 아들이 와서 저를 돌보기 시작했습니다. 막내인 인영은 집에서 노인들을 돌보는 것보다 제 옆에 있는 것을 더 좋아합니다. 하지만 지금의 저의 상태가, 대변보는 저를 그녀가 감당해야 하기에 아직 거기까지는 어렵겠다 하고 저 또한 그런 마음이라서 우리 집의 탁월한 간병인인 상인이 이틀 밤낮을 저와 함께 있습니다. 아들은 집에서 두 노인을 상대하여 집안일(밥하고 빨래하고 청소하기, 그리고 의사소통이 잘 안되는 어른들과 대화하기)까지 하는 것에 비하여 아주 좋은 보직이랍니다.

아들은 능숙하고 여유롭게 저를 돌보며, 어제는 읽고싶은 책이 있으면 사다주겠다고 하여 로버트 D. 카플란의 〈지리의 복수〉를 부탁했습니다. 신촌역 옆에 수십년간 그 자리를 지켜온 '홍익문고'에서 구입했답니다.

그 서점이 아직도 거기 있어주어서 얼마나 다행이고 고마운지요. 상인이가 "발 좀 씻겨줄까?"해서, 그러면 참 좋겠다고 했더니 대야에 물을 떠다가 저의 모니터를 살피면서 발을 씻어주었습니다. 아내는 환자들은 이 정도만 해도 된다며 물수건으로 닦아주거나, 세수하듯이 만지고 물기를 닦아주었는데, 이 친구는 저의 발을 한 20

분간이나 문지르면서 각질을 부풀려 씻어내었어요. 자신의 발도 이렇게까지 닦아본적이 없었을 거예요. 발마사지도 해주고 바디크림도 발라주었습니다. 저의 연약함이 아들과 저를 이렇게 사랑하며 살게 하네요.

우성,

내 친구 우성에게도 오늘은 무언가 얘기해주고 싶어요. 우리 아이들은 가르치려 해서는 안된다고 저에게 주의를 주었는데, 나는 그냥 삶에 도움이 되는 팁을 주고 싶어요. 저의 아버지가 오래 전에 고등학교를 마치고 집을 떠나는 저에게, 이런 말을 하셨어요. "연애는 결혼하고 하는 거야!" 저는 그때 이 말을 어디 가서 충동적으로 사고치지 말고 조심하라는 말로만 들었었는데, 이 말은 사실 저의 긴 결혼생활에 대한 조언이었습니다.

그래요, 우성.

지금이 바로 우성이 한 여인의 유일한 남자로서, 그녀의 애인으로 살아가는 아주 중요한 때인 것 같아요. 아내 뱃 속의 아이만 생각하지 말고, 학교 공부나 친구관계도 좀 거리를 두고, 오직 아내를 기뻐하며 아내와 함께 즐거워하는 연애를 해야 하는 시간입니다. 아내가 출근할 때 학교 가까운 곳까지 함께 걷고, 그녀가 퇴근할 때 만나서 떡볶이 같은 것을 먹으며 군것질도 하고, 만화를 같이 보든지 영화를 보든지, 아직 아기가 세상에 나오지 않은 그 시간에 같이 잠들고 같이 눈뜨고 같이 서로를 즐거워하면서 그렇게 결혼하며 시작된 연애를 하시기를 바랍니다.

벌써 6시 반이 되었네요. 모처럼 아들이 깊은 잠에 들었는데, 저도 조금 누울게요.

평화,
백수(白壽) 거북이.

우성은 기도의 사람 맞아요

우성에게, 일곱 번째
2018년 2월 5일.

우성,

지금은 2018년 2월 3일(토) 고요한 아침, 5시 45분입니다.

어제 저에게 요즘 지내는 이야기를 글로 보내주어서 참 좋았습니다. 감사해요.

그럴 줄 알았어요. 아주 잘 살아가고 계시네요. 사실 저는 저에게 주어진 삶을 살아오면서 늘 제 아내에 대한 '경건한 두려움'을 가지려고 했어요. 사실 이 '경건한 두려움'이라는 말은 우리가 보통 신앙생활을 하면서 하나님을 '경외'(경건한 두려움)한다고 말하는 신앙적 언어잖아요. 그런 언어를 사람인 자신의 아내를 생각하며 사용하는 부담이 저에게 있지만, 그래도 저는 이 말을 사용하고 싶어요. 이것은 내 아내가 다른 어느 여성이나 아내들보다 뭔가 더 탁월하다거나 경건한 사람이라고 말하는 것이 아닙니다. 이 말은 제가 그녀와 함께 살아가는 저의 마음을 표현한 것입니다.

'하나님을 사랑한다'고 말하는 것과 '내 아내를 사랑한다'고 하는 것이, 그 내용에 있어서 비교 불가능한 것일 수도 있겠지만 실제의 삶에 있어서는 결코 따로 떼어놓을 수가 없어요. 하나님을 사랑함 속에서 아내를 사랑하고, 하나님을 경외하기에 하나님의 천사로 내게 찾아온 그녀를 떨리는 마음으로 대하는 것입니다. 아주 쉬운 말을 꽤 어렵게 한 듯하네요.

그래요, 제가 이렇게 그녀에 대해 생각하는 것은, 나에게 있어서 그이는 오직 하나뿐인 '나의 아내로' 내가 경외하는 하나님이 저에게 주셨기에, 그 하나님과의 관계 속에서 제 마음에 흐르는 '경건한 두려움'으로 그 여인을 생각하겠다는 것입니다.

이 여인과의 관계와, 사랑과 대화 속에서 하나님을 만나고 이 세상 모든 사람들과 함께 어떻게 살아가야 할지를 깨닫게 되니 얼마나 조심스러운 만남이고 경건하게 대하여야 할 사람입니까?

'결혼의 관계'(두 사람이 하나가 되는)에서 만난 이 여인과의 사귐과 저의 사랑은 하나님과의 사랑의 관계와 바로 연결되어 있어요. 그리고 내 아내는 내가 새롭게 인생을 살아가면서 만나게 될 이 세상 모든 사람들 중에서 가장 처음 만난 사람입니다. 그러므로 이 '사랑'과 이 '경건한 두려움'이 하나님과 함께 그리고 이 세상 사람들과 더불어 살아가는 제 인생길에서 가장 중요한 삶의 언어가 되는 것입니다.

그래요, 저는 이런 마음으로 제 아내를 만나고 싶었고, 그런 마음으로 살려고 노력하며 여기까지 왔습니다. 그래서 저는 여전히 제 아내를 '신비롭게' 생각합니다. 그리고 아직도 저는 이 여인에 대해서 모른다고 하나님 앞에서 고백하며 더 조심스럽게 사랑합니다.

제 아내와의 만남 속에서 두 생명이 잉태되고, 이 세상에 태어났어요. 그리고 저는 어느때부턴가 그 아이들로부터 '아빠'라고 불려졌죠. 너무나 신기하고 특별한 관계가 확장되어진 것입니다. 아내와 제가 어떻게 서로를 바라보고 어떻게 웃으며 어떻게 서로를 즐거워하고 어떤 말을 주고 받는지, 그 아이들이 보면서 살아가게 되잖아요. 저와 제 아내가 이룬 가정은 그 아이들이 만난 첫 세상이 되는 것입니다. 저는 그 아이들(이 소중한 사람들)이 태어난 이 세상이 '하나님의 나라'임을 알게 되기를 간절히 원하는 기도와 경건함 속에서 살고 싶었어요. 그런데 제가 그렇게 살 수 있었겠어요? 그냥 간절히 소원했어요. 이런 마음으로 골똘히 생각하며 아내의 말을 귀담아 듣고, 또 그녀에게 응답하는 것이 저의 하나님과의 만남이고 세상을 사랑하는 삶입니다. 그리고 이런 삶을 저는 '기도'라고 부릅니다.

우성, 어제 그대가 내게 보내준 글에서, "홀로 있을 때, 하나님을 생각하고 기도하는 습관이 내게 없다."고 말한 것을 곰곰이 생각하다가 이렇게 저의 생각을 정리해 보았어요.

제가 만난 우성은 기도의 사람 맞아요. 저는 그렇게 느껴져요. '기도하는 사람'이란 말은 습관적으로 기도시간을 갖는다거나, 특별히 따로 계획하여서 산이나 기도원에 가서 기도하는 삶을 얘기할 수도 있어요. 하지만 제가 생각하는 기도는, 그의 생각과 언어와 삶 속에 하나님에 대한 경외하는 마음과 하나님 아버지의 심정으로 아내와 자녀와 이 세상 모든 사람들을 사랑하는 마음이 계속되는 삶입니다.

그래요. 우리의 매 순간 일상생활 속에 기도(하나님과의 교제)가 흐르고 있는 거예요. 기도가 호흡이란 말이 있잖아요. 호흡(프뉴마:숨결,성령)이란 생명언어는 하나님의 언어이고 우리의 삶인데, 이것은 우리의 어떤 생각과 의도와 결심보다 훨씬 더 이전의 것이고 더 근본적인 것이고, 그래서 우리가 임의적으로 만들 수가 없는 것입니다.

기도는 내가 하는 것이 아니라, 하나님과의 관계인 것이죠. 그것은 언제나 함께하며 주고 받는 호흡이고 사랑이고 생명이기 때문입니다.

기도하려고 애쓰지 마세요. 내가 하나님을 부르고 찾기 전에 이

기도는 내가 하는 것이 아니라,
하나님과의 관계인 것이죠.
그것은 언제나 함께하며 주고 받는 호흡이고
사랑이고 생명이기 때문입니다.

기도하려고 애쓰지 마세요.
내가 하나님을 부르고 찾기 전에
이미 그분이 우리 속에 들어와 계시잖아요.

미 그분이 우리 속에 들어와 계시잖아요.

미안해요.

제가 뭘 가르치려 한 것 같네요. 그냥 제가 그런 마음으로 기도를 생각한다는 것을 말했어요. 사실 교회의 오랜 전통 속에서 이러한 기도와 경건을 얘기한 이들이 참 많았어요. 그런데 제가 경험한 이 땅의 크리스천들과 가르치는 이들이 기도를 기도회로 만들거나, 새벽기도 철야기도 금식기도 같은 이름을 붙여 어떤 이벤트나 교회 문화(습관)로 만들어 온 것 같아요.

어휴, 제 아내가 이제 그만하라고 합니다. 7시가 되었어요.

평화,
백수(白壽) 거북이.

상인아, 너는 참 특별해

우성에게, 여덟 번째
2018년 2월 5일

우성,

지금은 2018년 2월 3일(토) 오후 3시 30분입니다.

오늘 아침 8시 쯤에 아침 식사를 하는데, 제가 있는 신촌 세브란스병원 본관 건물 3층 어디선가에서 불이 났습니다. 하지만 신속하게 진화하고 모든 이들이 질서 있게 움직여서 잘 해결되었답니다. 저는 15층에 있었는데, 제가 있는 곳의 환자들은 거의 모두 병원 벽에 부착되어 있는 산소 공급 시스템에 의지하고 있어서 어디로 대피하거나 움직일 수가 없는 사람들입니다.

특별히 제가 그래요. 저는 지금 'AIRBO 2'라는 강압 산소 공급기에 의지하고 있는데, 이 기계를 가지고 움직일 수가 없습니다. 그래서 이동용 산소통을 가지고 휠체어를 타고 누군가가 밀어 주어 대피할 수 있겠지만, 연기 때문에 엘리베이터를 사용할 수가 없으니 도저히 피할 수가 없는 것입니다.

병실에 가만히 있었어요. 저는 아침 식사를 천천히 다 하고, 아내는 매캐한 냄새가 흐르는 복도의 공기가 병실 문 안으로 들어오지 못하게 수건으로 문틈새를 막았습니다.

그리고 우리는 이 실제상황 속에서, 아직도 간호사로서 병원 일을 보는 아내와 이런 재난이 생겼을 때 어떻게 병원 내의 환자, 보호자, 간호사, 직원들이 움직이게 하는 것이 좋을지 진지하게 대화를 나누었어요. 제 생각에는 뭔가 한 건 한 것 같아요. 아마 병원 간호부 책임을 맡고 있는 그녀가, 병원 간호사와 직원들을 대상으로 하는 재난 시의 행동 요령 매뉴얼을 새롭게 만드는 결과로 나타나지 않을까 싶습니다.

살면서 우리에게 찾아오는 위기는 우리의 생각을 번뜩이게 하는 계기가 되는 것으로 여겨집니다. 우리는 이 화재가 난 건물 속에서 호흡기 환자와 보호자로 있으면서 느끼는 위기감과 공포를 에너지로 하여 새로운 생각을 우리들의 머리 속에서 뽑아내고 있었습니다. 화재 사건은 잘 해결되었고, 우리는 이 사건 속에서 발생한 문제들을 질문으로 만드는 대화와 토론을 했습니다. 아마도 제 아내는 병원의 간호사들과 직원들을 위한 교육 시간에 이 현장 속에서 찾아낸 질문들을 사용하여, 그들로 하여금 분과별로 그룹 토의를 하게 할 것으로 기대합니다.
참 재미있는 삶이에요.

우성,

내 아들 상인과 함께 지난 2박 3일 동안, 참 잘 지냈어요. 아니, 제가 참 좋았어요. 아들은 요즘에 저의 몸을 자주 씻어줍니다.

"아빠! 목욕하실래요?"
"아빠, 발 씻어 드릴까요?"

그래요, 저는 숨이 차서 저 자신을 씻는 게 너무 힘든 상태입니다. 그런데 아들이 웃으면서 기쁜 마음으로 해주고 싶다고 하니, 여러번 제 몸을 맡겼어요.

그저께 오후에도 병실에서 책을 읽는데, 아들이 "발 씻어 줄까?"라고 했어요. 좋다고 했죠. 그런데 다른 때와는 다르게 그의 손가락이 제 발의 구석구석을 만지며 때를 밀고 씻기고 주무를 때 저의 가슴이 찡했어요. 상인도 비슷한 느낌과 감정이 있었나 봅니다. "우리 세족식 하는 것 같네요"라고 해요.

저는 학생들과 청년들의 목회자로 지낼 때에, 세족식이라는 프로그램을 인도하며 교사들이나 학생들의 발을 씻어준 경험이 여러번 있었어요. 예수님이 제자를 씻어 주셨듯이, 선생님이 그가 가르치는 제자들을 이렇게 만짐으로 깊고 진한 사랑을 느끼고, 그 사랑에 감동하여 울기도 했었죠.

그런데 저는 아들이 베푸는 사랑과 섬김을 이렇게 받았어요. 하나님께서 저의 연약함에 찾아오시고, 동시에 우리 주님이 상인의 삶 속에 성령으로 임하셔서 우리로 하여금 이렇게 사랑하게 하시며 사랑을 느끼고 그 사랑을 알게 하셨다는 생각이 들었어요. 저도 그 아들도 그 자리에서 이런 말을 꺼내지는 않았습니다. 그런데 그 일상과 같은 삶의 관계 속에서, 저는 기적을 체험하였고 하나님의 임재를 느꼈어요. 그 아들은 어땠는지 묻지 않으려 해요. 이 날의 특별한 느낌과 감동을 각자의 가슴에 담아 두었다가, 언제 어디서든 이 특별한 경험을 가슴 속에서 꺼내어 음미할 것 같습니다.

정말 좋았어요.

우성!
나는 내 '연약함'이 참 사랑스럽고, 그 연약함에 하나님이 베푸시는 엄청난 은혜와 지혜가 담겨 있음을 알고 있어요. 왜냐하면 우리 주님은 언제나 연약함과 낮은 곳으로 임하시는 분이기 때문입니다.

그래서 우리의 연약해짐은, 우리 인생에 있어서 엄청난 기회이고 창조적인 삶의 시작이라고 말할 수 있을 거예요. '연약함'은 어떤 개인의 문제가 아닙니다. 그 연약함은 그 옆의 사람, 주위의 사람들, 그리고 우리가 가늠할 수 없는 누군가의 기도 속으로 찾아가서 이 모든 이들을 '교회'라는 이름으로 연결시키고 한 몸이 되게 합니다. 놀라운 하나님의 일이고, 하나님의 임재 사건이 되는 것이죠.

저는 하나님이 내게 보내준 짝꿍 윤희 씨를 너무너무 좋아하고 사랑하다가, 마리아처럼 어느 날 하나님의 은총을 입었어요. 하나님은 당신의 사랑과 특별한 계획을 담아 창조한 생명을 저를 통하여 제 아내의 몸 속에 보내주었습니다. 하나님이 지으시고 제 몸을 빌어서 윤희 씨의 사랑방에 넣어주신 생명입니다. 하나님의 아기이고 하나님의 것이고 하나님의 사람입니다.

저는 어느 날 그 사람(생명)을 만나서 그 안에 계신 하나님을 바라보며 찬송하였습니다. 너무나 작은 아기였어요. 우리는 그 아기를 보면서 얼마나 기뻐하고, 웃고, 함께 즐거워했는지요.

그 아기, 그 사람은, 자신의 연약함으로 만나는 모든 이들을 사랑하고 치유하고 축복하더군요. 저는 그 아기, 그 인격 앞에서 하나님을 느꼈고, 그 아이 때문에 더욱 하나님께 다가갔습니다.

어느 날 저는 아내와 머리를 맞대고 대화하다가, 그 아이의 이름을 '상인(常仁)'이라고 지어 불렀습니다. 제 딴에는 하나님의 사랑을 가장 많이 담은 속 깊은 한자어가 '인'이란 생각을 하였고, 그래서 그 이름을 '늘 사랑'이란 우리말로 생각한 것입니다.

우리들의 아들 상인은 어떤 사람일까요?

저의 발을 정성을 다해 씻어준 그 친구가 모든 것을 마무리한 후에, 우리는 서로를 마주 보고 있었습니다. 어떻게 이렇게 건장한 젊은이가 내 앞에 앉아있을까?

당신은 누구인가?

저는 그때 담담하게 제 인생에 찾아와 저를 사랑해 준 이 사람을 생각했습니다. 우성 형제와 동갑내기 아닌가요? 그동안 너무나 조심스러워서 한 번도 못해본 얘기를 제가 하게 되더군요.

하나님의 시간이 우리에게 임한 것 같았습니다.

「상인아!

내가 볼 때 너는 참 특별해.

너는 참 이상하게도, 나와는 많이 다르게, 무엇이든 정돈하고 싶어하고 그리고 네가 정돈하고 씻고 음식을 만들고 설거지를 하면 모두가 좋아해.

그리고 너는 어떤 단체의 규칙이나, 이것이 바른 삶이라는 확신이 들면, 꼭 그렇게 하려고 많이 노력하더구나. 네가 볼 때도 나는 그런 사람이 아니잖아. 그런데 너는 그래. 그래서 참 신기해 하곤 했지. 내 아들이 왜 저렇게 생각하며 살까 하고.

우리들의 아들 상인은 어떤 사람일까요?
저의 발을 정성을 다해 씻어준 그 친구가
모든 것을 마무리한 후에,
우리는 서로를 마주 보고 있었습니다.
어떻게 이렇게 건장한 젊은이가 내 앞에 앉아있을까?

이것이 너의 개성인 것 같아. 어떤 사람들은 매우 평범한 성격이라거나 범생이라고 놀릴지도 모르지만, 내게는 매우 새롭고 독특하다고 느껴져. 나는 너가 이러한 너 자신의 특별함을 잘 안다고 생각해.

그런데 말이야, 이 세상에 살아가는 모든 사람은 각각 자신만의 개성이 있고 특별한 것 같아. 정말 그래. 우리가 인생을 살아간다는 것은, 우리가 살아가면서 하나님이 너를 만들었듯이 그렇게, 오직 한 사람 한 사람을 하나님이 친히 빚어 만드신 사람들을 너가 만나게 되는 거야. 그래서 누군가를 만날 때마다 그 사람들을 너 자신처럼 특별하게 여기며 사랑의 눈으로 바라본다면 하나님이 만드신 이 세상을 하나님처럼 기뻐하며 즐길 수 있을 거야. 이 세상과 사람 사람들은 모두 멋져!

난 정말, 내가 너를 좋아하듯이, 이 세상의 모든 것이 사랑스럽고 재미있어. 나는 네가 너 자신의 개성을 기준으로 다른 사람들을 판단하지 말고 그냥 그 사람에게는 있으며, 너에게는 없는 것들을 신기해하고 즐거워 했으면 좋겠어.」

우성,
내가 아들을 가르치려 한 것일까요? 그런데 고맙게도 그 아들이 나를 용납하고 내 생각을 그 그윽한 눈 속에 담는 것 같았어요.

그 시간에 내가 얼마나 많은 사랑을 그 친구로부터 받았는지요? 그에게 말한 것은 나 자신에게 해준 말이었고, 내가 살고 싶은 나의 인생임을 그는 알고 있는 듯 하더군요. 그 시간에 저는 그의 품에 안겼습니다.

마치 내가 늘 느끼던 주님의 품처럼 그렇게 따뜻하여서, 내 마음이 그에게 안겨서 쉬었어요. 그 아들이 어느새 내 든든한 친구가 되어 있더군요. 우성처럼.

우성, 우성을 만나다가 아들을 인격적으로 만났습니다. 아들의 여자친구를 보고 싶어요. 하지만 기다릴 수밖에 없습니다. 상인이가 기다려 달라고 하네요.

우성,
사랑하고 축복합니다. 당신과 그대의 아내의 사랑 속에 임하신 하나님이 보내주신 생명의 오심을 나는 예수님의 성탄일을 기다리듯이 기다릴 거예요. 어떤 사람을 보내어 우리 인생을 웃음과 슬픔과 감동과 환희로 살게 해 주실지, 정말 기대가 됩니다.

평화,
백수(白壽) 거북이.

here and now

우성에게, 아홉 번째
2018년 2월 7일

우성,

지금은 2018년 2월 6일(화) 새벽 3시 50분입니다.

하나님이 내게 보내어 준 아들 백상인이 옆에서 잠을 자고 있습니다. 이제는 내가 우성을 그렇게 생각하듯이, 상인도 내 친구라고 말하고 싶습니다.

그래요, 그는 내 친구입니다.

아버지로서의 의무와 책임을 감당하지 않겠다는 것이 아닙니다. 그런 마음을 지워낼 수는 없죠. 그런데 그를 내 친구로 생각하면서 '아버지와 아들' 관계에서 느껴지던 걱정과 염려가 내 생각 속에서 어느새 아주 작아진 듯 해요.

어제를 지난 오늘, 지금 저의 마음이 그렇습니다. 그냥 우성과 얘기하듯이, 상인과 내가 친구로서, 서로를 담담하게 바라보며 함께 살아갈 수 있을 것 같아요.

지난 번에 우성이 내게 보내준 글에서, 우성이 나로부터 '지금 여기'(here and now)를 살아가는 삶을 배웠다고 했는데, 참 감사해요. 저는 정말 그렇게 살고 싶어요. 우성이 나와의 만남 속에서 그러한 삶을 보았다니 참 감격스럽습니다.

30년전 이 맘때일거예요.
나는 그 때 우성처럼 장신대 신대원에서 공부하며 이형기 교수와 함께 [종교개혁 신학사상]을 읽고 있었는데, 그 때 읽은 책 중에 롤랑 베인튼이 쓴 루터의 전기가 있었어요. 〈Here I Stand〉라는 책 제목이 잊혀지지 않아요. 이 말은 마틴 루터가, 마치 예수님이 빌라도(로마통치자)와 대제사장들 앞에 서 있었던 것처럼, 신성로마제국과 가톨릭교황청의 권력자들 앞에 소환되어 공개적으로 잘못을 시인하면 선처를 해 줄 수 있다는 최고권력자들의 위협과 협박을 받았을 때, 그 마음과 삶을 표현한 한 마디의 말입니다.

이 때 가장 중요한 말은 'stand'입니다. 이 말에 담긴 의미를 간단히 말하면, "나에게는 하나님이 주신 진리와 자유함이 있다. 그래서 나는 결코 물러나지 않겠다"는 것입니다. 그리고 10여년 전에, 저는 프랑스의 한 시골마을에서 불교수도회를 이끌던 베트남 스님 틱낫한의 책들을 참 좋아하게 되었는데, 그와의 만남 속에서 내 안에 담겨진 말은 대강이래요. "차를 마실 때는 차를 마셔라"

틱낫한을 만나게 되면서, 나는 그때까지 내 마음속에 흐르던 루터의 "내가 여기에서 결코 물러나지 않겠다."라는 생각을 고스란히 간직한 채 틱낫한의 느린 발걸음과 고요함 속으로 들어갔어요.

프로테스탄트(개신교) 전통에 흐르는 '지금 여기'라는 말은, 크리스천의 자유와 진리를 생명을 다하여 지켜내겠다는 결연한 의지와 이 세상의 모든 불의한 권력에 대한 저항이 담겨진 말입니다. 비록 전혀 다른 상황에서 나온 말이긴 하지만, 침략자 프랑스의 식민지가 된 베트남에서 그 침입자들로부터 받았던 고난과 아픔을 고스란히 몸으로 기억하는 그 승려가, 자신들과 그 조상들의 죄가 무엇인지도 모르고 그 침략과 압박을 받는 사람들의 고통을 생각지 않고 살아가는 프랑스인들의 땅에서, 그곳 사람들을 초대하여 함께 차를 나누며 그들의 지친 삶을 위로해주는 말이 "'지금 여기에서' 나와 함께 차를 마실 때는 오직 이 차를 마시며 쉬세요" 라는 의미로 내게 들려왔습니다.

물론 이러한 내 생각은 틱낫한이 하고자 했던 말이 아닙니다. 저는 그가 무슨 말을 하는지 알고 있어요. 하지만 틱낫한의 생각과 언어와 마음이 내 안에 들어오면서 이미 내 안에 있던 루터의 '지금

'여기'를 만나 이렇게 변화가 일어나고 내 안에서 이렇게 기억되어 온 것입니다.

그래요, 맞습니다. 저는 늘 내가 서 있는 '지금 여기'를 그냥 흘려버리지 않으려고 해요. 그래서 저는 두려워하며 뒤로 물러서지 않고 저에게 찾아온 질병과 고통을 마주하며 서서히 다가오는 사망의 골짜기를 통과해 영생의 삶 속으로 들어갈 것입니다.

그리고 또한 저는, '지금' 나에게 주어진 '여기에서' 내 아들 상인과 친구가 되어 모든 세상을 다 잊은 듯이 그렇게 고요하게 차를 마시겠습니다. 하나님을 믿으며 지금 나에게 베푸신 차, 그 '은혜'를 음미하겠습니다.

우성은 이미 내가 생각하는 것과 말하는 것과 살아온 삶에 대해서 참 많이 알고 있어요. 그렇게 마음으로 느껴지기에 내 친구라고 부르게 된 것이겠지요. 누군가에게는 이상하게 들릴지 모르지만, 우성을 먼저 내 친구로 부르고 난 뒤에 내 아들 상인을 친구로 만났어요. 아마도 내가 상인을 친구로 생각할 수 있게 된 것은 우성 때문일거예요.

우성은 지금까지 살아오면서 결코 상상하지 못했던 결혼생활 곧, 임신한 아내를 위해서 살림을 살고 찻집에 홀로 앉아 퇴근하는

그리고 또한 저는,
'지금' 나에게 주어진 '여기에서'
내 아들 상인과 친구가 되어
모든 세상을 다 잊은 듯이 그렇게
고요하게 차를 마시겠습니다.
하나님을 믿으며 지금 나에게 베푸신 차,
그 '은혜'를 음미하겠습니다.

아내를 기다리는 삶을 살고 있어요. 그래요, 맞았어요.

지금 살아가야만 하는 그 삶을, 내 앞에 놓여진 차 한잔을 음미하듯이 그렇게 깊이 느끼고 즐거워하며 살아가는 것이 '지금 여기' 맞습니다.

언제부턴가 나는 말과 글 속에서, '지금 여기'를 말하기 시작했습니다. '지금 여기'에서, '지금 여기'를 기뻐하고 즐거워하며 오늘을 살고 지금 여기에 뿌리를 깊이 내리고 과거와 내일을 살아가는 삶 말입니다.

내 친구 상인은, 30분 전에 간호사가 들어와 검사를 위해 내 피를 뽑아가던 때, 잠시 눈을 떠서 "잘 잤다"라고 한마디 하고는 계속 잘 자고 있습니다. 저는 지금 저렇게 푹 잠든 친구를 보며 내 친구와 함께 이 시간 이 곳에 있습니다. 그 친구와 내가 함께 인생을 살아오면서, 거의 일주일째 이렇게 한 공간과 시간 속에서 단 둘이만 지낸 적이 없습니다. 놀라운 삶이죠. 하나님이 저의 연약함에 채워주신 풍성한 은혜입니다.

저는 지금, 이 친구와 나의 내일과 미래에 대해서 걱정하지 않습니다. "아빠는 이제 어떻게 해?" "너는 앞으로 어떻게 살거니?" 이런 생각이 자연스럽게 흐르는 아빠와 아들의 관계를 내려놓았습니다. 지금은 그냥 서로의 인격을 존중하며 서로를 즐거워합니다. 이 기쁨과 즐거움 속에서, 우리는 지나온 날들에 대해서 얘기를 나누고 그리고 '내일도 오늘처럼 함께 대화하며 살면 되지' 하는 마음을 갖습니다.

그래요, '지금 이곳'을 잘 살면, 이 삶이 금세 어제와 과거가 되는 것이고, 우리가 모르는 사이에 오늘의 이 기쁨이 우리의 내일을 열어 놓았음을 알게될 거예요.

우성, 고마워요.
우성이 내게로 와서 아들을 친구로 만들어 주었어요.

저는 지금 일주일째, 침대 아래 바닥으로 내려서지 못했어요. 나는 좀 그러고 싶은데, 의료진이 안된답니다. 살면서 이렇게도 지내보내요. 그리고 내가 있는 이 곳은 마치 시내중심의 서울 경관이 내려다 보이는 고층 호텔과 같습니다.

지난 번에 어느 여성 작가가 "자신이 글쓰기에만 전념하도록 서울의 어느 큰 호텔이 방을 제공하면 좋겠다."고 공개적으로 말했던 적이 있는데, 제가 지금 이 곳에서 그런 삶을 누리고 있어요.

그리고 하나님은 나에게 '지금 여기'에서 아들을 친구로 맞이하게 해 주셨습니다.

할렐루야!

평화,

백수(白壽) 거북이.

116이라는 '매우 아름다운' 수치

우성에게, 열 번째
2018년 2월 8일

우성!

지금은 2018년 2월 8일(목) 새벽 3시 40분입니다. '새벽'은 매우 주관적인 언어인데, 일반적으로는 아침 해가 떠오르기 전 모든 이들이 잠든 때에 누군가가 어떤 움직임을 시작하는 시간이라고 말할 수 있을 거예요. 그런데 저의 새벽은 늘 '새벽기도회'와 연결되어 있습니다.

내가 아주 작은 아이일 때, 아버지 어머니는 하루도 빠짐없이 새벽기도를 하시고, 새벽기도회를 인도하셨어요. 한국교회의 목사이기에 새벽기도회를 인도하는 것은 마땅히 감당해야 할 '의무' 처럼 되어 있기도 했지만, 나의 아버지는 이 새벽기도의 시간을 아주 좋아하셨고, 이 시간이 하루 중 가장 중요한 시간이었습니다.

저는 아버지를 참 좋아했어요. 제 누님의 말로는, 내 동생이 태어나자 동생에게 엄마를 빼앗긴 나를 아버지가 늘 챙기시고 껴안고 잠자곤 해서 그랬는지 유독 형제들 중에서 제가 아버지를 졸졸 따라다녔다고 해요. 아버지가 새벽기도에 가시려고 일찍 일어나 준비하고 집을 나서면, 저도 깨어나 눈을 감고 있다가 혼자서 옷을 주섬주섬 입고는 예배당으로 가서 엄마 무릎을 베고 누워있곤 했어요.

아버지 집에서 함께 지냈던 고등학생 시절까지도 새벽기도회에 참석하는 것은 나의 일상이었고, 새벽기도를 마치고 나서 아침 해가 떠오르는 것을 보는 즐거움이 늘 좋았죠.

그래요.
새벽 4시쯤, 그 시간은 늘 저의 기도시간이고 모든 삶의 시작이자 중심이었습니다.

집을 떠나 생활한 대학시절에는, 밤늦게까지 해야 할 것들이 많아지면서 가끔 그 리듬을 잃었었지만 그래도 그 새벽시간에 생각이 깨어나는 것이 너무나 몸에 익어서 그런지 대개는 그 시간에 자연스럽게 깨어있곤 했습니다.

신학교에 들어가서 기숙사생활을 하고 목회자로서 살아가게 되면서부터 저는 아버지의 새벽과 아버지의 기쁨을 그대로 물려받은 듯 그렇게 새벽을 살아왔어요. 새벽시간에 제 의식이 깨어나고,

그 시간에 성경을 읽거나 공부를 하고 글을 써내려 가는 것이 저에게는 너무나 자연스러운 삶입니다.

그래요, 그 삶은 나의 생각과 의지 이전에 이미 몸에 익어 자연스런 습관이 된 '몸의 삶'입니다.

우성,
그냥 들어주세요. 이것이 바로 제가 생각하고 말하는 그 '새벽'임을 친구에게 말해주고 싶었어요. 자신을 위한 변론이라고 생각해 줘요. 나는 누구에게든지 새벽기도를 강조하고 싶지는 않아요. 나에게는 너무나 자연스럽고 기쁨이고 그 맛을 알고 있지만, 누구에게라도 그렇게 해야만 된다거나 그렇게 하는 것이 더 경건한 삶이라고 말하고 싶지는 않습니다.

깊은 밤중까지 늘 무언가를 해야 하는 상인에게 새벽은 가장 깊이 잠들어 있어야 할 시간입니다. 다른 이들보다 늘 한 두 시간 일찍 하루를 시작하여 직장 일을 보아야하는 내 아내 짱구에게도 마찬가지예요. 그 시간에 조금만 더 잠들어 있지 못하거나 숙면을 방해 받으면 수면부족으로 하루종일 두통에 시달리거나 그로 인한 피로를 여러 날 동안 감당하고 살아야하는 것입니다.

그러니 제 아내는, 지금 환자가 되어 살고 있는 나에게 이 새벽

곧, 자신의 수면시간에, 제발 좀 불을 켜거나 옆에서 뒤척거리지 말아달라고 저에게 부탁하고, 때로는 명령합니다. 이 글을 블로그에서 가끔 읽는 일산호수교회 교우들은 모두 제 아내 편입니다. 이제는 아무 거리낌없이 저에게 제발 '사모님' 좀 편하게 해드리라고 해요. 새벽기도회를 인도하지 않고, 목회도 하지 않으니 환자의 본분에만 충실하고 모든 것을 제 아내에게 맞추어야 한다는 것입니다.(어휴)

그동안 참 자유롭고 편안한 새벽, 내 '몸의 삶'을 잘 살았어요. 아들과 함께 지낸 5일 동안 말입니다. 이제 오는 금요일에서 주일까지는 아내와 함께 지내야 하는데 또 눈치를 보면서 깨어있거나, 미안해하며 흐릿한 불을 켜겠죠. 그리고 수시로 혼날거에요.

아내는 저에게, 지금은 오직 환자로서 몸 상태를 잘 유지하기 위해서 최선을 다하라고 합니다. 그런데 제가 아는 제 몸의 삶은 또한 '새벽을 사는 것'이라고, 이렇게 간곡히 말하고 싶습니다.

우성,
이 글을 시작하기 조금 전인 새벽 세 시에, 저는 최상의 좋은 혈압수치를 유지하려고 나름 노력했어요.

지금 저에게서 가장 중요한 것은, 혈압의 위쪽 수치가 100 아래로 내려가지 않는 것입니다.

지난 주 화요일에 응급차를 타고 병원에 도착했을 때, 저의 가슴CT를 본 의사선생님이 지금 바로 중환자실로 가야하는데 빈 자리가 없고, 게다가 대기자들이 너무 많아서 일단 호흡기환자병동 1인실에서 최선을 다해 치료하다가 위험하면 언제든지 중환자실로 가서 치료해야 한다고 했어요.

저의 치료 절차는, 먼저 매우 압이 강한 산소를 공급하여서 온몸 구석구석에 산소가 갈 수 있도록 하는 것입니다. 그리고 동시에 몸의 모든 기능을 최대한 활성화 시키기 위해서 스테로이드를 주사하고, 어떤 바이러스나 세균이 몸 안에 유입되었을 가능성이 있기에 여러가지 항생제를 투여합니다. 이러한 조치를 취한 후에, 제 몸의 혈압, 맥박, 산소포화도를 계속 모니터로 확인하면서 특별히 저혈압이 되지 않는지 유심히 관찰하죠.

다행히도 산소포화도와 맥박이 'AIRVO 2'라는 기계를 통한 강력한 산소공급의 효과로 안정되었어요. 그야말로 또 한 번의 위기를 넘긴 것입니다.

그 다음으로는 저의 심장기능이 정상적으로 작동하게 하는 치료를 했습니다. 저의 주치의는, 폐 섬유화가 더 많이 진행된 것이 CT 사진으로 나타났다고 했어요. 저의 폐가 더 악화되면서, 폐와 연결되어 있는 심장 쪽에 몇 달 전부터 심부전 증상이 나타났는데, 이번에는 더 나빠졌다는 것입니다. 이대로 두었다가는 제 심장이 스스로 지탱하지 못하고 기능을 포기해버릴 수도 있기 때문에, 혈압을 높이고 심장기능을 강화시키는 약들을 적절하게 투입하여 심장기능을 정상으로 회복해야 한답니다.

그래요, 이렇게 병원에 자주 입원하여 점점 더 악화되어지는 상황을 감당하다 보니 자연스럽게 이런 생각을 하게 됩니다. '치료'란 하나님이 창조하신 그 몸으로 하여금 제 역할을 감당하도록 돕고 달래는 것이라는 생각입니다. 또 다른 방법과 길이 있을 것 같지 않습니다. 우리는 일상의 삶에서 우리 몸에 충분한 쉼을 주고 적당히 움직여야 합니다.

'치료'는 너무너무 힘들 뿐만 아니라, 또 처음으로 되돌릴 수도 없습니다. 그리고 또한 '치료'란 나빠진 지금의 상태를 겸손히 인정하며 더 나빠지지 않도록 조심스럽게 제 몸을 사랑하는 삶을 사는 것입니다. 그리고, 사람들이 할 수 있는 최선의 치료는 결국 재활이라고 말해야 할 것 같습니다. 제 생각에 '재활'은, 지금의 나빠진 상태를 자신의 현실로 받아들여 좀 더 겸손한 삶을 살아가는 것이란 생각도 새롭게 하게 되었습니다.

그래요, 우성.
참 감사하게도 이런 치료의 과정이 잘 이루어져서 어제는 의사

선생님과 환자인 제가 서로를 칭찬하고 격려하였고, 선생님이 나에게 이제부터는 혈압과 맥박과 산소포화도를 잘 유지하면서 침대에서 내려와 바닥에 '서 있는' 운동부터 시작하자고 했습니다.

오늘은 거의 10일 만에 침대에서 내려와 한 5분 제 자리에 서 있었습니다. 쉽지 않았어요. 그 후에 잠시 쉬고 난 뒤 혈압을 재니 위의 수치가 95였어요. 일반적으로는 괜찮은 수치인데 혈압을 상승시키는 여러 가지 치료약을 사용하는 저에게는 불안한 수치입니다. 좀 더 지켜보자고 하여 저녁 먹은 뒤 9시쯤에 또 재었더니 94였어요.

다행히도 밤 1시에는 102로 수치가 올랐는데, 밤 3시에 나오는 수치가 만일 100 아래로 다시 내려간다면 지금까지 해왔던 치료를 처음부터 다시 할 수도 있겠다는 생각에 긴장을 많이 했어요. 그런데 참 감사하게도, 116이라는 매우 '아름다운 수치'가 모니터에 보였습니다.
그래요, 저에게는 참 아름답고 위로가 되는 숫자였어요.

요즘 제가 이렇게 살아요.
이것이 바로 지금을 살아가는 제 '몸의 삶'입니다.

오늘,
저는 이렇게 생각합니다.

제 '몸의 삶'은 혈압이고 맥박이고 산소이고 체온입니다.

그리고 또한 제 '몸의 삶'은 새벽이고 침묵이고 기다림이고, 기도입니다.

우성, 고마워요.

'나 자신'을 위한 변명을 들어주어서. 그런데 이 변명은 저의 '지금 여기'이고, 저의 진솔한 고백입니다.

오늘 저는 제자리에서 몇 걸음 움직여 보려 해요. 이 서너 걸음이 저 자신에게는 저 넓은 세상을 향한 진군입니다. 그리고 '지금 여기'에서 만난 내 친구 상인은, 이세상 모든 사람들 중에서, 내가 다시 새롭게 만나야 하는 첫 사람이며 이 세상 모든 사람이기도 합니다.

저는 오늘 '지금 여기'에서 이 세상 모든 사람들을 만나고 온 세상과 우주 만물을 즐거워하며 이 모든 것을 창조하시고 다스리시는 하나님을 찬송합니다.

할렐루야!

평화,
백수(白壽) 거북이.

제 친구 짱구가 말했어요. "같이 있잖아요"

우성,

지금은 2018년 2월 11일(주일) 아침 5시 30분입니다.

이렇게 오늘 날짜를 스마트폰에서 확인하여 기록하고 보니, 오늘은 제 아내 윤희씨와 결혼식을 한 기념일이기도 하네요. 며칠 전에 그 날이 얼마 남지 않았다고 같이 얘기했었는데 또 잊고 있었습니다.

제가 뭔가 무심하고 아내에게 잘못하는 건가요?

그럴 수가 있겠네요. 실제로 그렇기도 해요. 제가 별로 아내에게 잘하는 남편이 아닌 것은 분명해요. 변명하지 않을게요.

그런데, 그렇다면 결혼기념일에 어떻게 해야 잘하는 남편이죠? 우성이 좀 얘기해봐요. 서로 뻔히 다 아는 처지와 형편인데, 남편이

꽃을 사고 선물을 사서 아내에게 주는 이벤트를 하나요?

요즘은 어떤지 모르지만, 제 아내는 그런 이벤트를 별로 좋아하지 않았어요. 오히려 단호하게 그러지 말자고도 했죠. 다른 이들이 그 날에는 어떻게 해야 한다고 하는 것에 대해서 우리는 별로 신경쓰지 않고 살았어요. 그런데 한 달 전에 있었던 아내의 생일에는 딸에게 부탁하여 꽃을 샀어요. 이제는 그러고 싶은지, 그녀가 "나도 꽃 좋아해요"라고 하더군요. 우리는 이렇게 지난 30년을 부부로 살아왔습니다.

아침 6시가 다 되어 이렇게 흐릿한 불을 켜고 앉아 오늘 날짜를 보며, 아내와 내가 살아온 삶을 생각합니다. 그리고 지금 내 옆 보호자 소파에서 새벽잠을 자는 내 아내 윤희를 보고 있어요.

몇 일 전에 좌측 머리 속이 찌릿찌릿 아팠는데, 별로 신경쓰지 않고 지냈어요. 지금 심각한 질병을 견디고 있는 저이기에, 그런 작은 두통까지 이야기 할 필요가 있겠는가 하는 생각을 했고, 조금 참으면 지나갈 것으로 기대했어요. 그런데 이마 쪽과 눈 주위 피부에 뭔가 부풀어 올라왔고 아들 상인에게 좀 보라고 했더니, 여드름 비슷하다면서 자기 것과는 비교가 안될 만큼 작다고 했어요. 강력한 스테로이드를 오래 복용하다보니, 여드름도 나고 젊은 에너지가 분출하는 것이라고 혼자 생각하며 또 지나갔어요.

그저께 금요일 저녁에 아내가 내게로 오고, 아들은 집으로 갔어요. 아내가 오니 어리광하듯, 내 이마와 눈썹 위와 눈주위를 좀 보라고 했어요. 아내가 보더니 수두하듯이 수포가 생겼답니다. 그런데 자신이 볼 때는 '대상포진'처럼 보인다며 간호사 선생님께 얘기했더니 얼마 후 피부과 인턴선생님이 와서 눈으로 확인하였어요. 하지만 토요일 오전까지도 아무런 조치가 없다가, 저의 주치의 김송이 선생님이 오셔서 보고는 금방 '대상포진'이라고 진단하였습니다.

스테로이드를 오래 쓰다보면, 그 부작용으로 면역체계에 문제가 생길 수 있는데, 그러면 다른 질병들이 몸으로 침투해 들어오는 것을 방어하는데 어려움이 있답니다.

오후에 대상포진 치료약을 주사하면서부터, 숨쉬는 것이 좀 답답해지고 맥박이 더 많이 뛰기 시작하더니 왼쪽 이마와 눈을 뭔가로 쿡쿡 찌르는 듯한 아픔이 몇 시간 동안 진행되었습니다. 아내는 진통제가 필요하냐고 물었고 저는 그냥 좀 참고 지켜보겠다고 했어요.

오늘 결혼기념일 새벽 두 시까지, '우리 부부의 행복한 결혼 생활을 질투하던' 도깨비들이 모여서 마치 새 장가든 신랑의 친구들이 그의 발바닥을 때리며 장난하듯이, 그렇게 저를 살짝 괴롭힌 듯합니다. 지금 그런 생각하며 살짝 웃음 짓습니다.

지금은 괜찮아요. 그들이 다 떠나간듯, 콕콕 작은 바늘로 찌르는 축하놀이도 끝났어요.

그래요, 그래서 그랬던 것으로 생각하겠습니다.

우성,

사람들은 보통 아픈 환자들이나, 큰 돈을 잃었다거나, 시험에
낙방하고 사업에 실패하여 1년 이상 집밖으로 나가지 못하는 사람
들은 당연히 크게 위축되어 있고 침체되어 있다고 생각합니다. 그
런데 어떤 이들을 보면 전혀 그렇지 않기도 해요. 그들은 그 아프고
슬프고 불행한 상황 속에서 오히려 담담해 하거나 살짝 미소짓기도
합니다. 어떻게 될까봐 두려웠는데 막상 이렇게 되고 나니 오히려
마음이 시원하다고 생각하는 이들이 있고, 그 아픔과 슬픔 속에서
본래의 자신을 찾고 만났다며 그 상황은 옆으로 밀어둔 채 다른 얘
기를 하는 사람들도 있어요.

저 자신도 그래요. 사실은 저에게 지금 새 희망과 새 기쁨이 있
어요. 정말입니다. 저 자신이 다른 누군가와 달리 특별하다고는 생
각지 않습니다. 다만, 제 마음 속에는 하나님에 대한 믿음이 있고, 함
께 살아가는 가족들과 친구들과 이웃들의 사랑과 기도가 저를 지탱
해주는 것이 늘 든든하게 느껴져요.

너무 예수쟁이처럼 말하는 것 같아 미안하지만, 그래도 어쩔
수 없어요. 정말 그래요. 이런 생각과 마음이 제 안에 가득한 것을

어떻게 합니까?

사도 바울은 빌립보에 있는 믿음의 친구들, 곧 교회의 지체들에게 편지하면서 "기뻐하고, 또 기뻐하라"고 강조하며 말했어요. 왜냐하면 하나님의 성령이 너의 마음과 생각을 지켜주시고 있기 때문이라는 것입니다. 저는 이 말씀을 참 좋아하는데, 지금은 이 말씀에 대한 믿음이 저의 생각과 마음과 몸에 충만하여 자연스런 제 '몸의 삶'으로, 그리고 마치 저 자신의 본능처럼 흐르고 있는 듯 합니다.

우성!

어떤 사건, 특히 불행한 일들이, 언제나 우리의 삶을 결정하는 것은 아닙니다. 마르크스 공산주의의 이론에서 제가 동의할 수 없는 것이 바로 이 '사람'에 대한 생각입니다. 사람은, 자신에게 닥쳐온 불행한 사건을 자신의 마음 속에서 생각하고 또 곱씹으며 그 사건을 하나님의 은혜로 해석하여 자신의 삶 속으로 받아들이는 능력이 있습니다. 이것이 바로 하나님이 창조하신 사람의 아름다움이죠.

그래요, 하나님의 사랑과 선하심을 믿고 자신이 처한 현실을 성령 하나님 안에서 깊이 생각하는 사람, 저는 그를 '기도하는 사람'이라고 부릅니다. 그리고 하나님 앞에서 침묵하며, 하나님의 성령이 내 안에 계심을 믿고 끈질기게 생각하기를 멈추지 않는 묵상, 기다림, 그리고 순종이 바로 '기도'입니다.

참 사람 예수님에게서 우리는, 그에게 주어진 십자가의 고난과 그 처절한 아픔 속에서 그가 바로 그리스도(하나님의 구원)인 것이 증거되었음을 보았습니다. 그 십자가 고난 속에는 이미 부활 생명이 있었고, 마침내 하나님의 선물로써 그에게 다가온 죽음이 그 고난을 멈추게 하자, 그 안에 있던 부활 생명이 실체를 드러내었던 것입니다. 그것은 의와 기쁨과 평화입니다.

우성,

우리는 이미 그 생명과 그 영광을 품은 사람입니다. 지금의 아픔과 고난은 사실, 이것을 통과해 가고자 하는 이들에게는, 사랑하는 이들의 삶을 새로운 차원으로 한 단계 높이려는 '하나님의 시험'으로 여겨질 뿐입니다. 그러니 그 고난 자체가 바로 '하나님의 선물'이라는 생각을 하게 되는 것이죠. 내가 이런 생각과 마음으로 오늘을 살아가는 것을 사람들에게 이야기하기는 쉽지 않아요. 그들에게는 그냥 목사가 늘상 하는 설교로 들릴 수 있을 거예요.

오늘, 주일에, 아내와 결혼하여 함께 살아온 30년을 하나님께 감사하며, 제 아내를 하루종일 보고 있을 거예요. 같이 앉아서 밥먹고 투정하고…

방금 잠에서 깨어난 아내에게 물었어요.

오늘 우리 결혼기념일인데, "우리 뭐하죠?"

제 친구 짱구가 말했어요.

"같이 있잖아요"

그래요.
우리가 같이 있는 것, 그것이 바로 기쁨이고 축제입니다.

오늘은 우리가 30년을 벗으로, 애인으로 함께 살아온 삶을 축하하는 기념일입니다.

평화,
백수(白壽) 거북이.

방금 잠에서 깨어난 아내에게 물었어요.
오늘 우리 결혼기념일인데, "우리 뭐하죠?"
제 친구 쩡구가 말했어요.

"같이 있잖아요"

그래요.
우리가 같이 있는 것,
그것이 바로 기쁨이고 축제입니다.

제 안에 찾아온 '대상포진'이란 친구

우성에게, 열두 번째
2018년 2월 15일

우성,

지금은 2018년 2월 15일 새벽 3시 10분입니다.

아주 잘 잤어요.

이제는 '대상포진'이란 친구와 얼굴을 마주하며 작별인사를 나누어야 할 때인 것 같습니다. 몸으로 겪는 사람이 '지금이다' 하고 느끼는 그 느낌이 있잖아요. 사실 좀 걱정이 되었던 것은 나의 신경 줄기를 따라서 띠 모양으로 번져가는 특성을 가진 이 친구가 저의 이마에서 시작하여 위쪽으로는 머리 피부 속으로 타고 가며 자신의 존재를 드러내고 아래로는 눈 두덩과 양쪽 눈 꼬리까지 뻗치고 내려왔기 때문입니다.

제 아내는 지난 주일 늦은 저녁에 '포진'(수포와 발진)이 보이기 시작한 저의 상태를 살피고 나서, "눈으로 가면 안되는데…" "피부과에서 와 보고 안과 진료도 받아야겠네요"라고 말한 후, 집으로 갔어요.

그 다음 날부터 눈 두덩이 부어올랐고, 그 부분이 쿡쿡 쑤셔서 내심 걱정을 했습니다. 발진이 일어난 부위가 다 아팠지만, 어느 정도 그렇게 아프겠다고 생각하면서도 눈으로 들어가면 안좋다는데 하는 걱정과 제발 그렇게만 되지 말라고 하는 간절함이 있었습니다.

하나님께 기도했냐구요?
아니, 그게 아니라 그 처음 보는, 제 안에 찾아온 '대상포진'이란 그 친구에게 진심으로 부탁했어요. 이 정도로 아프게 하는 것은 정말 잘 봐준 거라고 하는 듯, 그 친구는 자신을 욕하고 소리치고 싫어하지 않아서 고맙다고 잘 쉬었다 간다고 말하는 듯 조용히 떠나갔습니다.

우성,
제가 이 문제와 그 아픔 속에서 하나님께 기도해야 했나요?
물론 저도 목사로서 그리고 가족과 친구로서, 질병으로 고통당하거나 병원에 입원한 이들을 방문했을 때 그들을 위해서 주님께 간구해요. 그 이가 몸으로 그 아픔을 겪어야 하는데, 제가 뭘 어떻게 도울 길이 없기 때문에 하나님이 좀 어떻게 해 주시면 좋겠다고 해요.

그런데 막상 제가 이 질병이라고 불려지는 몇몇 '병'을 몸으로 감당해 보니, 가장 중요한 것은, '나 자신', '내 몸'과 내게 찾아온 '손님', '그 친구'와의 대화와 사귐이란 생각을 했어요.

먼저 저의 '허파'에 대한 생각을 했어요. 저는 시시때때로 제 몸에게 무리한 일, 과도한 중노동을 시키면서 그(허파, 폐)가 얼마나 오래 '헉헉거리며' 버텨왔을 지 전혀 모르고, 생각하려고도 하지 않고 살았어요.

26년 전 그 때, 하루에 서너 시간만 잠자고 몸을 웅크리고 허파를 짓누르며 책을 읽고 글을 쓰고 타자기를 두드리기만 할뿐, 숨 한번 제대로 크게 쉬지 않고 많은 날을 지냈습니다.

저는 그 때, 좋지 않은 새벽 공기와 지하철이 움직이는 곳들에서 매케한 공기를 마시며 학교를 오갔습니다. 그리고 연세대학 '고문서실'에서 제가 했던 무식한 행동들도 떠오르네요. 잠깐 들어가 책만 가지고 나와야 하는데, 무슨 대단한 공부를 하겠다고 그 먼지 구덩이에 털썩 주저 앉아서 몇 십 년된 먼지들을 두려움 없이 마셨습니다. 얼마나 어리석었는지요.

저는 젊음이 모든 것을 감당할 수 있고, 하나님이 무조건적으로 저만 지켜주리라 생각했던 것 같아요. 그 이후로도 저는 제 몸인, 그 '허파'를 생각지도 돌보지도 사랑하지도 않았습니다.

네, 제가 그렇게 어리석고 무지했습니다.

그래요, 우성.

이런 깊은 묵상을 통한 반성과 나의 지체인 '내 허파'와의 화해와, 내 몸의 건강과 평화를 위한 다짐이 바로 저의 기도입니다.

기도는 하나님께 구하는 것 아니냐구요? 아뇨, 하나님께서는 이미 저에게 다 주셨어요. 저에게 있어서 기도는, 하나님이 내게 주신 것들을 제가 잘 돌보고 사랑하지 못했음을 고백하고 참회하는 것입니다.

나의 하나님, 내가 숨쉬듯이 느끼고 사랑하는 내 안에 계신 성령님은, 내가 이런 고민과 후회와 고백과 새로운 다짐을 할 때 잠잠히 들어주시든지, 저의 마음과 생각 속으로 들어와 저로 하여금 이렇게 글로서 정리하도록 도와주시죠.

성령님은,

'내 안에 계시며',

'저의 생각과 마음을 들으시고'

언제나 동행하시지만,

나의 인격과 모든 삶을 존중하시기에, 시시콜콜 간섭하거나 나도 모르게 나의 해결사 역할을 하지 않고 가만히 나의 고민을 들어주시고 함께 보고 함께 느끼며 내 안에 계십니다.

그러니 내가 어떻게, 내 바깥 저 멀리에 계신 하나님을 찾듯이 그렇게 소리지르겠어요?

내가 찾아내지 않으면 결코 만날 수 없을 것처럼, 그 하나님을 찾아 세상을 떠돌거나 동굴이나 사막으로 떠날 이유가 뭐겠어요? 물론 저 자신이 치열한 삶이 부딪치는 삶의 현장을 떠나서 조용히 저 자신을 돌아보고자 할 때, 내 안에 계시고 또 내 앞에서 나를 보시고 내 옆에서 같이 걸으시는 주님을 더 깊이 만나게 되는 것은 사실입니다.

우성,

그 질병으로 인한 아픔이 대단하다는 소문만 들었었는데, 막상 '대상포진'이라고 어느 누가 이름지어 부른, 그 친구를 만나보니 좀 아프긴 아프네요. 어떤 분들은 이런 친구들을 '병마'(질병으로 찾아온 악한 귀신)라고 부르면서 굿을 하거나, 귀신을 자신의 몸에서 떼어내기 위한 격렬한 기도와 행위들을 해요. 그럴 수도 있을 거예요, 제가 어떻게 다 알겠어요?

다만 제가 몸으로 살아온 바로는, 사람들이 어떤 문화, 곧 '집단적인 생각과 습관' 속에 푹 잠겨서 살고 있기에, 그 문화와 전통이 부여한 생각을 '믿음'으로 받아들인 것으로 여겨집니다.

제 생각에 이러한 종교문화는 '예수 복음'과 분리해야만 하는 것입니다. 한국교회와 전 세계 곳곳의 교회에도 이런 종교문화, 그 지역의 무속신앙과 어울려 불교뿐만 아니라 기독교에도 착 달라붙은 관습적 축귀행위와 치유의식들이 종교문화로 자리잡고 있습니다.

제가 이 '홀로 있음', '주님과 나의 하나된 숨결을 느끼는' 이 시간에, 제 안에서 솟아오르는 마음과 생각이 참 중요한데, 그 '위로 부터 내 안에 온 생각'이 저에게 들려주는 '생각'은 '대상포진'이 '나쁜 것'이 아니라는 것입니다. '내게 오지 말아야 할 더러운 귀신'도 아닙니다. 단지 우리가 그 '균'이나 '바이러스'라고 하는 친구들에 대해서 아직 잘 모를 뿐, 그들의 존재가 의미없을 리가 없고, 좀 더 깊은 관심을 가지고 살펴보면, 그 친구가 내 속에 들어와서 내 몸에 어떤 유익을 주었을지 모른다는 것입니다.

우리는 너무나 이기적이고 소심하여, 무언가가 조금만 나를 불편하게 하거나 아프게 하여도 그것을 '나쁜 것' '악한 것'이라고 규정해버리는 나쁜 습관이 있어요. 제가 볼 때에는 이러한 판단이 바로 '죄'입니다.

우성,
우리는 우리 자신을 불편하게 하는 '아픔'이 느껴질 때, 진통제를 맞으면서 그 상황을 그냥 지나쳐 버리거나 마치 그것마저도 하나님 책임인 양 그 분께 돌려버리곤 해요. 모든 것을 하나님께 맡긴다고 사람들에게 말합니다. 그렇게 하나님께 맡긴다고 말하면 누군가 옆에서 '믿음이 좋다'고도 해요.

아뇨, 그렇지 않아요.
매우 무책임한 것입니다.
오히려 건전한 믿음은, 그 질병의 원인을 지속적으로 탐구하는 과학자들과 그 과학적 연구성과를 받아들여 사람들을 치료하는 의료인들과 간병인들에게 있는 것입니다.

그리고 가장 중요한 믿음은, 그 질병을 감당하는 바로 '그 사람', 지금의 저와 같은 이에게 요청되는 것입니다.

이 질병이라고 말해지는 것은 '하나님과 나', 그리고 '하나님과 이세상 사람들', '하나님과 자연만물'과의 관계의 문제입니다. 그리고 그 문제가 바로 '죄'입니다. 하나님의 선하신 창조질서가 탐욕과 교만에 빠진 인간에 의해 상처 입고, 그곳에 '부스럼'이 생기고 '짓무르고' 수포가 생기는 것입니다.

인간의 몸에 나타난 질병현상을 몸으로 겪으며, 사람들은 하나님의 선하신 창조를 깊이 생각해야 합니다.

제가 지금 그래요.

이렇게 어렵게 숨을 쉬면서, 내 작고 여린 숨을 아주 고맙게 느끼고, 이 세상과 사람들의 관계와 모든 자연들 속에 당신의 숨결(히브리말로 프뉴마;호흡, 성령)을 불어 넣으시는 하나님을 생각해요.

우성,

제가 이 글을 쓰는 동안에, 간호사 선생님이 두번 다녀갔어요. 저의 바이탈(호흡, 체온, 맥박, 혈압)을 살피고, 혈당(제 몸안에 설탕같이 끈적거리는 성분이 얼마나 있는지)을 체크하고 갔어요. '204'라고 하네요. 저의 치료를 위해서 스테로이드를 주사하면 이렇게 혈당이 오르고, 그러면 그 혈당이 더 오르지 않도록 또 인슐린 주사를 맞아요.

'대상포진'도 그래요.

제 몸의 '연약해짐'을 '스테로이드'라는 약으로 버텨가도록 돕는데, 이러한 약을 오래 사용하면, 외부로부터 들어오는 균이나 바이러스를 막아내는 하나님의 온전하심이 빚어낸 '내 몸' 면역시스템에 문제가 생겨서 이러한 균이 제 안에 머물기 쉬워지는 것입니다.

우성,

정말 미안합니다.

모든 것이 저의 잘못입니다.

제가 너무 몰랐고, 교만하였습니다.

저의 몸, 하나님이 계시는 몸, 소우주라고 불려지는 이 '몸의 삶' 속에서, 저는 이 세상 우주만물과 하나님의 창조질서를 깊이 감사합니다. 그래요, 저는 제 몸을 너무 몰랐습니다.

우성,
아주 잘 잤어요.
3시부터 깨어 있으면서 잘 잤다니 무슨 말이냐구요?

저는 최근 한 20여일간, 밤 10시부터 3시 사이에 보통 네 번을 깨어 소변을 보고 선잠을 자듯이 있다가, 한 시간 두 시간 마다, 그리고 수시로 제 상태를 살피고 기록하는 간호사의 손길과 돌봄을 느끼며 지냈습니다. 그리고 최근 한 5일 간에는 '대상포진'을 감당하게 되면서, 또 숙면을 하지 못했습니다

그런데, 지난 밤에는 12시 20분에서 3시까지 깊은 잠을 잔 것입니다. 얼마나 감사하고 좋은지요.

우성, 아들과 함께 지내면서, 저는 잠시 나 자신을 '루이(Louise) 20세'라고 불렀습니다. 프랑스 혁명이 일어나는 시기에, 유명한 '루이 14세' '루이 16세' '루이 18세'같은 왕들의 호칭이 나오는데, 나폴

레옹이 등장하면서 그 왕가의 통치가 끝나요. 역사를 공부한 아들과 제가 대화를 나누는 중에 내가 지금 '루이 20세' 같다고 하자, 그도 공감했어요.

'호흡기 중환자'이기에 1인실에 홀로 있어야 하니, 이 방의 최고 권력자처럼 눕고 앉으면서 시중드는 이들(아들, 아내)에게 이것저것을 하라고 합니다. 침대에 앉아서 뒹굴뒹굴하며 '밥 먹고' '응가하고', 수시로 침대 위에 앉아 '소변'을 보고 슬쩍 통을 건네면 그 귀한 분들이 깨끗하게 씻어서 다시 가져다 놓습니다. 침대에 앉아 책을 읽고 글을 쓰고, 하루에 세 번 바뀌는 간호사들, 인턴, 전공의, 그리고 제 주치의 선생님을 침대에 눕거나 앉아 맞이하여 매일매일 나의 건강상태에 대해 의견을 나눕니다. 그리고 TV를 보면서 트럼프와 김정은과 이 나라의 정치인들 얘기를 하면서, 세계질서와 평화에 대한 생각을 정리합니다.

이만하면, 루이 20세가 아닌가요? 벌써 6시가 넘었습니다. 조금 있으면, 여사님들(쓰레기통 비우는 분, 걸레질 하는 분, 침대와 모든 집기를 소독제로 닦는 분)이 수시로 들어오시고, 또한 엑스레이 기사님이 큰 기계를 끌고와서 침대에 앉거나 누운 채로 있는 저의 배와 가슴 사진을 찍습니다.

내 아들 백상인, 이제 내 절친이 된 그 이는 지금 제 옆에서 편안하게 잡니다.

안심한 듯 해요.
그래서 감사해요.

상인에게 감사하며
이 얘기를 들어주는 우성에게 감사하고,
당신들을 내 인생길에 벗으로 보내준 하나님께 감사합니다.

평화,
백수(白壽) 거북이.

'마르지 않는 샘'의 비밀

우성에게, 열세 번째
2018년 4월 15일

우성 !

지금, 나는 어쩌면 이 글이 내 벗 우성에게 보내는 마지막 편지가 될 수 있겠다는 마음으로 이 글을 씁니다. 우성은 아마도 '우성에게'로 인한 예기치 못한 사람들의 관심이 많이 부담스럽기도 하고 내가 알지 못하는 어려움도 있었을텐데, 그냥 늘 감사하다고만 내게 말해 주었습니다.

그래서 더욱 고맙습니다.

지금은 2018년 4월 5일(목) 새벽 4시 40분입니다.
지난 번에 12번째 글을 써 보낸 후, 거의 50일이 지났네요.

참 많은 일이 있었습니다. 내 인생에서 그렇게 바쁘게 산 시간이 없었을거예요. 아니, 가만히 누워 있는 환자가 도대체 뭐가 바쁘냐고 생각하시겠지만, 그렇지가 않아요. 간호사선생님, 주임님들 (간호사가 필요한 물품공급, 환자이송 등), 여사님들(청소와 소독 등), 그리고 의사선생님들이 쉴 새 없이 찾아와서 내 상태를 살피고 저에게 필요한 도움을 주기에 바쁜 만큼, 환자인 저도 그 모든 저를 위한 치료행위들을 감당하느라 아주 바쁘게 살았습니다.

'특발성 폐섬유화'라는 질병을 갖고 사는 중에, 더 이상은 집에서 버틸 수가 없겠다는 판단을 저 자신이 하고 응급차에 실려 세 번째 신촌세브란스에 와서 한 달 정도 있었습니다. 그 때 우성은 허브 스쿨 청소년들을 인솔하여 미국에서 꿈 찾기 여행을 하고 있었죠.

또 다시 집에서 지낼 수 있을 만큼 제 몸이 안정되어서 퇴원을 기다리던 때에, 갑자기 담당 간호사 선생님이 병실로 들어와 "오늘 밤에 수술합니다"라고 흥분한 목소리로 말해 주었습니다. 얼마나 오래 기다려온 기쁜 소식인데, 이렇게 갑자기, 그렇게 일상적인 말로 제게 들려왔어요. 옆에 있던 아들과 하이파이브를 하고 서로를 끌어 안았습니다. 많은 생각들이 머리 속을 스쳐갔지만 그 어떤 것도 붙잡지 못할 정도로, 저의 머리 속이 하얗게 된 듯 멍해지더군요. 마침 형수님이 안부전화를 제게 주어서 이 기쁜 소식을 처음 전했습니다. 제가 폐이식 수술을 받을 수 있게 된 것입니다.

수술이 어떻게 진행되었는지 저는 알지 못합니다.

그 날 밤에 수술실로 들어가서 8시간 정도 지난 후에 호흡기 중환자실로 나왔는데, 제가 감염 위험이 큰 환자이기에 특별히 전담 간호사가 있는 격리실 독방에 있어야 했답니다.

마취에서 깨어났을 때, 저는 혼자였습니다.

조금 후 담당간호사선생님이 일회용 비닐 옷을 두르고 마스크를 한 채 빙그레 웃으며,

"깨셨네요, 안녕하세요? 잘 주무셨어요?
저는 오직 백경천님을 위한 간호를 하는 누구입니다.
언제든지 불편한 것 있으면 말씀하세요"라고 했어요.

하지만 저는 애써 미소 지으며 눈으로 응답하고 고개를 조금 까딱할 수 있을 뿐이었습니다. 왜냐하면 저의 두 팔은 단단하게 침대 난간에 묶여 있었고, 두 다리 역시 그렇게 묶인 채 혈전 예방을 위한 의료장비를 달고 있었기 때문입니다. 그리고 입에는 저의 숨길(기관지)을 통해 관을 집어넣어 숨을 유지시키는(기도삽관) 장치를 하여 말을 할 수 없었어요. 제 인생에서 처음 겪어보는 아주 불편하고 고통스러운 일이 시작된 것입니다.

우성,
더 자세히 말하지는 않을게요. 지루할 거예요. 그 다음 날인지

이틀이 더 지났던지, 수술이 아주 잘되었다고 말하며 담당 전공의 선생님이 제가 처음 보는 인공호흡기에 연결된 관을 입에서 빼주고, 언젠가 제가 말해 주었던 그 '에어보 2'라는 기계에 연결된 호흡기로 바꾸어 주었습니다. 이제야 코로 숨을 쉴 수 있게 해 준 것입니다. 얼마나 좋았는지 모릅니다.

이건 제가 여러 번 경험하여 익숙한 호흡기였고, 이것을 끼고 자가호흡을 잘하게 되면 어떻게 더 좋아지게 되는지 잘 알고 있었기에 대단히 기뻤습니다. 제가 더 좋아지는데 도움이 되도록 열심히 노력할 여지가 생긴 것입니다.

그런데 그 다음 날인가, 또 그 선생님이 오셔서 상태가 안 좋아지고 있다면서 이식 받은 왼쪽 폐에서 출혈이 멈추지 않는다며 다시 수술을 해야한다고 했어요. 그리고는 또 한 번의 수술 후 다시 마취에서 깨어난 저에게 그 선생님은, 아주 특별하고 힘든 경우였지만 어린이 심장수술을 하시는 선생님이 위험한 부위에서 밖으로 흐르던 피를 어린이용 스턴트를 시술하여 온전히 흐르게 하였다고 말해주었습니다. 대단히 위험한 상태였는데, 마침 그 선생님이 급히 오실 수 있어서 성공적으로 그 정교한 수술을 할 수 있었다고 하였습니다.

그래요, 제가 할 수 있는 것이 아무 것도 없는 상태에서 저의 몸을 담당한 귀한 손들이 합력하여 놀라운 일을 감당한 것입니다. 생명에 관한 일은 언제나 그러한 것 같습니다.

폐이식수술을 하는 동안에는 '에크모'라는 기계가 사용되었는데, 그 기계는 저의 폐기능과 일부 심장기능을 정지한 상태에서, 제 몸 밖에서 폐와 심장기능을 대신해 주는 기계였다고 하더군요.

참 놀라운 이야기입니다.

저 같이 인간의 기술 발달과 과학적 진보에 대해 잘 알지 못하는 이에게는 참 놀랍고 신기한 이야기입니다. 정말로 감격스러워요. 저는 솔직히 이렇게까지 놀라운 일들이 진행되어 왔는지 상상을 하지 못했습니다. 정말 무지하였고, 그 무지함을 감추기 위해서 오히려 스스로 교만해지기도 하였습니다. 신앙이 어떻고 과학이 어떻다는 둥, 너무 쉽게 말하며 살아 왔습니다.
하나님이 이 세상의 모든 인류와 당신이 창조한 생명들을 돌보기 위해서 과학을 발전시키고, 의술과 그 의료장비들이 업그레이드되도록 당신의 영을 소유한 자들을 사용해 오신 것에 대해서 너무나 무지하였습니다.

그래서요, 우성!
사람들에게 외치고 싶어요.

하나님이 인간을 창조하시고, 그 하나님의 사람들이 하나님의 뜻에 따라 인간 생명을 살리기 위해서 최선을 다해온 결과가 오늘 여기에 있다고. 제가 만난 의료진들은 모두 성실하고 진지하게 일하면서 환자가 이해할 때까지 모든 치료과정을 설명해 줍니다. 특히 간호사들은 시시때때로 환자 개개인의 생각과 감정을 읽어내며 돌보아 주었습니다.

처음 수술을 받은 후 10여일 간을 중환자실의 격리실 독방에 홀로 있었습니다. 그 때의 이야를 해 줄 수는 없어요. 거의 기억이 나지 않을 뿐만 아니라, 조금씩 기억나는 것 마저도 그것이 사실인지 저 자신이 믿을 수가 없기 때문입니다. 그러니까 그곳에서 지낸 10일간을 포함하여 일반병실로 나와서 생활한 또 10여일 간에 내게 있었던 일과 생각에 대한 나의 기억은 사실이라는 생각을 할 수가 없습니다.

무슨 말이냐고요?

나중에 들으니, 그 혼란스러움을 '섬망'이라고 하더군요. 심하면 정신과 치료를 받아야 하고, 또 한참 뒤에까지 그 후유증이 계속되는 경우가 많은데, 그래도 저는 상태가 좋았다고 하더군요. 어쨌든 수술 후 한 달간 있었던 일에 대해서는 저 자신의 기억이 온전하지 못한 것이기에 글로 기록할 수가 없어요.

예를 들면, 중환자실에서 일반 병실로 나오는 날에, 나에게 늘 특별한 사랑을 주시는 준태 형이 찾아왔는데, 제가 만나주지 않고 그 날 좀 섭섭하게 했다는 기억을 갖고 있었습니다. 그 다음날 딸 백인영에게, 그의 이모부인 준태형이 분명히 왔었는데, 내가 잘못을 한 것 같다고 했더니 인영이가 그렇지 않다고 하며, 그 때는 자신과 친구 엄현지만 있었다고 말하는 것이었습니다. 믿을 수가 없었어요.

그래서 제가 그럴 리가 없다고 하며 형님께 전화하였더니, 그렇지 않아도 병실로 나왔다는 말을 듣고 가봐야겠다고 생각했지만 면회가 되지 않는다고 하여 올 수 없었다고 하였습니다. 그 후로도 거의 한 달 간은 이와 같은 불완전한 생각과 기억들이 이상한 조합을 이루어 제 안에서 엉뚱한 혼자만의 생각이 만들어지곤 했어요. 확인해보면, 결코 그렇지 않은 생각과 기억들이라서 뭐라고 말할 수가 없겠더군요.

참 특별한 경험입니다.

우성!
지금은 4월 13일(금) 새벽 2시입니다.
폐이식 수술을 받은 지 거의 두 달이 되었네요.

청주 누님 집에 와 있습니다.

    의료진들은 적어도 3개월 간은 집 밖으로의 외출을 자제하고 특히 사람이 많은 곳은 피해야 한다고 해서 그렇게 하겠다고 했지만, 봄의 연두빛 산들과 생기발랄한 사람들의 표정과 삶을 보고 싶어 견딜 수가 없었습니다. 아내에게 허락을 받고, 서진호 형의 도움으로 청주까지 올 수 있었습니다. 그런데 참 신기하게도 누님 집에 오니 이전보다 조금씩 더 먹을 수 있었습니다. 음식을 냄새 맡거나 보기만 해도 속에서 니글니글하고 때때로 토하던 내가 이것 저것 먹고 싶은 기분이 들었습니다. 환경이 바뀌고 푸르른 자연을 눈으로 즐거워하니 그런가 봅니다.

    아직도 파나, 진한 양념이 가미된 음식, 밥 냄새가 견디기 힘들지만, 그 정도가 매우 약해졌어요. 그래서 먹고 싶은 것을 얘기하면 누님이 이것저것 만들어 줍니다. 엄마의 손맛이 누님에게서 나오니 훨씬 좋았던 것 같습니다.

    특히 아욱국이 참 좋았습니다. 어제는 하루종일 별 어려움 없이 세끼를 잘 먹었습니다. 누님은 제가 꼭 입덧하는 임산부 같다고 해요. 아이스크림도 먹고, 또 이런저런 것 다 먹어보고 싶은 욕구가 솟아 오르더군요.

    아마도 체중이 좀 올랐을 것으로 기대합니다. 3개월 전에 60Kg이던 몸무게가 지난주에 50.1Kg까지 내려가더니 이제는 간신히

51.4kg가 되었는데 내일 집에 가서 잴 때 수치가 얼마나 나올지요?

아들이 오늘 저를 데리러 청주까지 오겠답니다. 그냥 고속버스 타고 가겠다고 말했지만, 그 밀폐된 공간에서 감염이 될 위험이 크기에 제가 고집할 수가 없습니다. 내 친구인 아들 백상인이 고맙습니다. 자신이 앞으로 살아가는데 있어서 지금의 하루하루 시간이 매우 중요한데, 그가 자신의 미래를 나를 위해서 내어주는 것입니다. 하나님께서 그 아들의 삶에 복 주시기를 기도합니다.

저는 그를 위해서 줄 수 있는 것이 너무 없습니다. 그런데 그 친구는 자신의 사랑과 우정을 제가 받아주는 것이 참 좋은가 봅니다. 그래요, 오늘은 그와 내가 모든 것을 다 잊은 채, 미안함과 고마움마저도 뒤로 던져버리고 서로를 즐거워하며 여행자가 되어야겠습니다. 고속도로 휴게소에서 커피와 감자와 호두과자 오징어와 가락국수도 사먹고 헤헤하며 좋아해야겠습니다.

그 무엇인지 모를 미래를 위해서, 지금의 이 기쁨과 즐거움을 포기할 마음은 없습니다. 앞으로도 쭈-욱 나도, 이 친구도 이렇게 살아가면 좋겠습니다. 내 친구 우성도 늘 어린아이처럼 항상 기뻐하며 많은 사람들에게 쉼을 주는 미소와 편안함을 누리기를 바랍니다.

저는 오늘 일산집에 가서 순대국을 먹고 싶습니다. 그리고 쑥개

떡도 먹고 싶고 청국장도 먹고 싶고, 가래떡을 구워 먹고, 고구마 감자도 먹고 싶습니다. 이렇게 온통 먹고 싶은 것이 생각나니 이제는 매우 건강해진 것이 아닐까요?

지금 살아있는 한 열심히 살겠습니다. 지금은 먹고, 배설하고, 다시 토하고, 다리에 힘이 풀려 휘청거리기도 하지만 별로 괴로워하거나 조급해 하지 않겠습니다. 살아있으니 또 살지 않겠어요?

걷다가 넘어지는 것에 대비하여, 머리에는 자전거 헬멧을 쓰고, 엉덩이 뼈를 보호하는 패드거들도 갖추어 입고, 무릎 보호대, 팔목관절, 손목관절 보호대 등 완전무장을 하고 용감하게 더 열심히 앞으로 걷고자 합니다. 아마도 신나게 걸으니 식욕이 올라오고 저에게서 메스꺼움이 도망하는 것 같습니다.

아내와 아들 딸, 어머니 형수 매형 누님과 가족들, 그리고 친구들과 믿음의 형제 자매들의 사랑과 응원과 기도가 저의 몸과 마음을 일으켜 세움을 느낍니다. 미얀마의 산속 깊은 마을 테딤의 형제 자매들도 토요일마다 저를 위해서 기도한다고 해요. 그래요, 저보다도 그들의 저를 위한 사랑이 하나님을 움직이는 것 같습니다.

저는 이곳에서 더 열심히 살아보겠습니다.
저는 이 곳 보다, 저 곳(천국)이 더 좋다는 말씀을 믿습니다.

그러니 이 곳의 삶에 목숨을 걸 필요가 없겠지요.

미래(천국)가 이미 보장되어 있으니, 이곳에서 믿음과 희망과 사랑을 주고 받으며 살아가는데 머뭇거리거나 인색하지 않겠습니다. 내게 있는 모든 것을 이곳의 사람들과 나누며 기뻐하겠습니다. 어차피 저 곳에 그것들을 가져갈 필요가 없으니 다 주고 나누면서 그들의 기쁨 속에 내가 살아있음을 즐거워하겠습니다.

그런데 아직 뭐가 있긴 있느냐고요?

글쎄요. 그냥 두고 보세요. 저도 제 안에 뭐가 아직 남아 있는지 모르겠어요. 하지만 아무리 퍼내도 마르지 않는 샘이 제 안에 있음을 때때로 느끼곤 합니다. 이것이 하나님이 저와 이 세상 모든 사람들에게 이미 나누어 주신 것이랍니다.

우성!
하나님이 이미 은혜로 베푸신 "마르지 않는 샘"이 이 세상의 모든 사람들 속에 있습니다. 저는 이 비밀을 이제야 조금 알게 된 것 같아요.

친구도 이것을 믿으면 알게 될 거예요.
먼저 믿지 않으면 결코 알 수 없는 것이 우리 인생에 드리워진 하나님의 신비입니다.

평화,
백수(白壽) 거북이.

2013년 부산에서 열린 'WCC 총회'에 참석하며 저는 한 가지 생각에 깊이 잠겼습니다. 세계교회가 하나 되려고 몸부림치는 이 현장을 보며, '과연 내가 기도하며 이루어가야 할 하나 됨'은 무엇일까, 라는 생각이었습니다. "아버지의 이름으로 그들을 보전하사 우리와 같이 그들도 하나가 되게 하옵소서"라고 고백한 예수님의 기도처럼, 제가 서있는 자리에서 이루어가야 할 '하나 됨'이 있을 거라 생각했습니다. 하나님께서는 저의 생각을 '구체적인 기도와 행동'으로 이루어가셨습니다. 이어지는 네 개의 글들은 이러한 '구체적인 기도와 행동'이 담긴 글입니다.

* 두 번째 글인 〈못 십자가 공동체〉는 제가 직접 번역한 글입니다.

평화를 꿈꾸다

- 철원 가시철 십자가 공동체
- 못 십자가 공동체
- 철원에서 평화의 복음을 생각하다
- '반공신학의 부르카를 벗고
  평화신학으로'

철원 가시철 십자가 공동체
Cherwon Cross of Barbed Wire Community

2015년 9월 24일(목) 13시 철원제일감리교회, 지난 1년여 동안 한반도 땅의 평화와 통일을 위해 이 곳에서 함께 모여 기도하고 식탁교제를 나눠온 아홉 명의 그리스도인들이 우리들을 하나의 기도공동체로 엮어주는 상징이 무엇인가에 대해서 토론하기 시작하였다. 그것은 분명 예수그리스도의 화해와 치유의 십자가이고, 그 십자가는 이 땅에서 60여 년간 남북을 가르는 울타리로 쓰여졌던 가시철선을 잘라서 만들어야 할 십자가라는 것에 공감하였다. 그리고 우리는 우리를 하나로 엮어주는 그 이름을 〈가시철 십자가 공동체〉로 부르는 것에 동의하였다.

이 기도회는 2014년 1월에 철원제일 감리교회의 담임 목회자인 이상욱 목사와 교우들에 의해서 시작되었고, 이후에 철원지역의 여러 목회자들과 그리스도인들이 동참함으로 지역사회를 위해서 열려진 기도모임이 되었다. 그 해 8월에는 문산과 일산, 서울의 그리스도인들이 이 기도회에 참여하게 되면서, 이 기도회는 철원군뿐만 아니라 서울, 경기북부지역의 그리스도인들과 교회공동체들이 사랑하고 함께 하는 기도모임이 되었다. 철원제일감리교회에서 모이는 한반도의 평화와 복음통일을 위한 기도회가 점점 더 많은 사람들에게 알려지면서, 일제로부터의 광복 70주년이자 남북분단 70주년이 되는 2015년에는 대한예수교장로회(통합)의 6·25 상기 기도회와 감리교회의 청년회 연합기도회, 한국기독교

연합회(NCCK)의 7·27 평화통일 기도회, 그리고 수많은 교회들과 선교단체들의 교회당 방문 기도회가 이 곳에서 풍성하게 이루어졌다.

〈가시철 십자가 공동체(CCBC)〉는 2015년 8월 13일~14일에 철원에서 모여 연속 기도회와 컨퍼런스를 하면서, 우리를 하나의 지속적인 기도공동체로 모이게 하시는 성령님께 우리가 왜 여기에서 계속 모여 기도하고 있는지 묻기 시작하였다. 그리고 우리는 2차 세계대전 중 독일군의 무차별 폭격(1940년 11월 14, 15일)을 받아 허물어진 예배당에서 '하나님아버지의 용서'와 화해와 치유를 위해서 기도하기 시작한 영국의 〈커번트리 못십자가 공동체(The Coventry Cross Of Nails, 1959년)〉의 금요일 정오기도회를 본받아 우리의 기도모임을 〈가시철십자가 공동체〉라는 새로운 공동체의식을 가지고 이루어 가기로 하였다.

함께 허물어진 교회당과 노동당사

일본에 대한 미국의 원폭투하로 태평양전쟁이 종결된 후, 이 한반도 땅에서 살아가는 백성들은 1945년 8월 15일에 일제의 강압적인 식민통치로부터 해방을 맞이하였다. 하지만 우리가 맞이한 해방은 참으로 이상한 외세의존적인 주권회복이었다. 우리 국민들이 하나의 독립 국가를 세우지 못하였고, 38선을 경계로 남쪽에는 미군이 주둔하고 북쪽에는 소련군이 주둔하여 남북의 지도자들에게 지시하고 간섭하는 군정통치가 시작된 것이다.

그 때에 끝까지 인내하며 마침내 통일 정부를 만들지 못한 우리 국민들과 지도자들에게 일차적인 책임이 있는 것이지만, 또한 미국과 소련의 이념적 대립에 의한 양 진영 세력싸움을 이 한반도 땅에서 벌인 강대국들에게도 잘못과 책임이 있다. 그 때로부터 우리 한반도 땅은 미국에 의존하는 자유민주주의와 소련의 힘에 기댄 인민공산주의 세력이 치열하게 이념대립을 하며 수시로 충돌하는 대결장이 되어갔다.

1950년 6월 25일에 소련의 승인을 받은 북한의 지도자 김일성이 남한의 정부를 무너뜨리고 한반도 전역을 공산화하려는 목적으로 전쟁을 일으켰다. 그 때 철원 지역은 38선 이북의 북한 땅이었고, 철원의 중심에는 평양 다음으로 큰 규모의 건물을 자랑하던 〈노동당 당사〉가 건립되어 있었다. 노동당은 김일성을 중심한 북한 공산주의자들이 노동자 농민들이 주체가 되어 평등한 나라를 이루어 갈 것을 주창하는 독재정당이었다. 그 노동당의 통치하에서 지주들 사업가들과 같은 기득권층과, 특별히 공산주의에 적극적으로 반대하던 기독교인 지도자 가족들은 엄청난 탄압을 받았다.

　　그 때 노동당사에서 불과 500여 미터 떨어진 곳에는 또 하나의 우뚝 솟은 건물이 서 있었는데, 그것은 당시에 일본에서 주로 활동하던 독일건축가 윌리엄 보리스(W.M.Voris)의 설계로 1937년에 완공된 철원제일교회당이다. 그 예배당은 노동당사가 건립되기 10년 전에 건립되어 일제시대에 철원군민들의 민족의식을 일깨우고 예수 그리스도를 통한 새로운 인간관과 세계관을 가르치는 센터로서의 기능을 감당하고 있었다. 그러므로 1945년 해방의 때로부터 1950년 전쟁 발발하기까지 5년간은 노동당사를 중심한 공산주의 세력과 철원제일교회예배당을 중심한 지역 기독교세력간의 갈등과 대립의 시간이 될 수밖에 없었고, 1948년에는 노동당이 이끌어가는 일당독재정부가 들어서면서 철원의 교회들과 그리스도인들은 공산당에 의해서 무참히 짓밟히고 핍박을 당하는 삶을 살아갈 수밖에 없었다.

　　1950년 6월에 전쟁이 시작되면서 북한 땅인 철원에 살고 있었던 많은 주민들은 원하든지 원하지 않든지 인민군에 편입되어 남쪽을 향해 총을 쏘면서 달려갈 수밖에 없었고, 9월 15일에 맥아더의 인천상륙작전이 성공한 후 북쪽으로 진격하는 남한의 군대가 북쪽으로 진군한 때에는 철원의 백성들 중 많은 이들이 그 북쪽으로 진격하는 국군에 속할 수밖에 없었다. 결국 한반도의 한 가운데 있는 철원군민들은 친구와 이웃들과 심지어는 친형제마저 인민군과 국군으로 나뉘어져서 전쟁을 치르게 되는 불행에 빠지게 되었고, 전쟁 후에 어느 누구도 그 때에 있었던 구체적인 얘기를 차마 꺼낼 수 없는 처절한 보복행위들이 철원 땅에서 진행될 수밖에 없었을 것이다. 한반도의 한 가운데에 위치한 철원지역 주민들은 실로 다른 어떤 지역보다도 이러한 비극의 중심에 있을 수밖에 없었을 것으로 생각된다.

전쟁이 한창이던 1950년 12월 21, 22일에 미국 폭격기들이 철원시내에 무차별적으로 폭탄을 투하하였는데, 그 때 철원의 공산당사 뿐만 아니라 철원제일교회 예배당도 파괴되었다. 그 당시에 예배당은 인민군 부상병들을 치료하는 야전병원으로 사용되었는데, 미군의 폭격기는 이러한 정보를 알고 더 심하게 폭격하였을 것으로 생각된다. 그리하여 하나님의 나라를 위하여 세워진 예배당과 공산당 정부를 위하여 세워진 노동당사가 같은 날 파괴되었다.

이 전쟁의 폐허 속에서, 몇 대에 걸쳐 그 땅에서 살아온 주민들은 어느 누구도 승리했다고 말할 수 없을 것이다. 그 처절한 전투 속에서 양 진영으로 나뉘어 싸우던 북쪽의 인민군(중국군)과 남쪽의 국군(미군)이 자신들이 승리했다고 후손들에게 주장하며 여기저기 승전비를 세웠지만, 진실을 말하자면 그들은 모두가 처참한 패배자였던 것이다. 자기들의 형제와 이웃을 향해 총을 쏘고 나서 승리를 얘기하는 것만큼 부끄러운 삶은 없는 것이다.

이제 우리는 더 이상 그 전쟁에서 승리했다고 얘기하지 않기를 바란다. 그 시대의 모순된 상황 속에서 이 땅에 살아가던 순진한 백성들이 국군과 인민군으로 나뉘어 싸울 수밖에 없었던 그 삶과 죽음을 우리 남과 북의 백성들, 특히 북쪽철원과 남쪽철원 군민들은 슬퍼하고 또 슬퍼해야 한다. 나라를 위해서 헌신하여 싸웠던 모든 우리 조상들의 애국심과 헌신된 죽음에 대해서 우리는 경의를 표한다. 하지만 승리했다고 자랑하거나 기뻐할 수는 없지 않은가? 정말로 슬픈 일일 뿐이다. 수많은 국내외의 참전용사들이 자신들의 살아있음을 감사하며 철원 땅을 찾아 승전비를 세우고 그 때의 용맹함을 자랑하지만, 철원 땅에서 처참하게 죽어간 그토록 어린 군인들과 지역주민들을 생각한다면 이제는 더 이상 그럴 수가 없다.

가시철선으로 상징화된 남북분단

1953년 7월, 유엔군과 북한군의 휴전협정으로 전쟁이 멈추었다. 이승만 대통령이 휴전협정에 반대하였던 관계로, 휴전협정은 중공군, 북한군, 유엔군 사령관만 서명하게 되었다. 위키피디아에 따르면, 군사령관이 군사적 판단으로 전쟁을 중단하는 것을 휴전협정(Armistice)이라 하고, 정치인들이 정치적 판단으로 전쟁을 중단하는 것을 평화협정(Peace Treaty, 강화조약)이라고 한다. 그 때 한국군은 휴전협정에 참여하지 않았지만, 미군에 전적으로 의존하였던 상태였기 때문에, 미군이 휴전협정에 조인한 이상 한국군 혼자서 전쟁을 할 수도 휴전협정을 거부할 수도 없었던 것이다. 한국은 박정희 대통령이 북한을 반국가단체가 아니라 독립된 외국으로서 국가승인을 전제하는 취지의 대북정책을 취하면서, 1972년 7월 4일에 한국전쟁 이래 남북 최초의 정부 간 회담을 하여 남북한간의 상호 불가침을 약속하였는데(7.4남북공동성명), 이것이 남북 간의 직접적이고 법적인 휴전협정으로서의 의미가 있었던 것이다.

지금 남한과 북조선의 관계는 국가적 존재를 상호 인정하면서 상호 간에 침략하지 않기로 불가침 협정을 맺은 상태이지만, 적극적인 상호신뢰와 우호관계로 나아가지 못하고 있는 현실이다. 정전협정을 맺은 직후에는 남북정부가 분단을 표시하는 팻말을 군데군데 세웠을 뿐이었지만, 세월이 흐르면서 적군이 쉽게 침략하지 못하게 할 것을 목적으로 가시철선을 엮은 철조망을 만들어 설치하기 시작하였다. 지금 북쪽의 철조망은 매우 허술한 상태이고, 남쪽의 철조망은 이중삼중으로 매우 높고 견고하게 짜여있는데, 이것은 경제적 차이를 보여줄 뿐이다. 어쨌든 적군들이 자유롭게 통과하지 못하도록 가시철사를 여러 줄 큰 기둥에 고정하였던 철조망이 남북분단의 현실을 증언하는 상징으로 우리들의 머릿속에 각인되어있다. 그 가시철선은 상대방을 찌르고 고통을 주어 내 편으로 가까이 오지못하게 하는 미움과 배척과 두려움을 상징적으로 보여준다. 피를 나눈 형제와 이웃 간에 가시철선을 점점 견고하게 만들어 가면서 우리는 너무나 오랫동안 이렇게 하는 것이 저들에게는 마땅하다고 생각하며 살아왔다.

화해 · 통일 · 치유 · 평화로의 여정

우리가 진정 원하는 삶이 무엇인가? 우리는 더 이상 우리 부모님들과 우리들이 만들고 더 보강하고 더 높게 세워온 가시철망 울타리 안에 갇혀 살아갈 수가 없다. 60여 년 전의 전쟁에서 만들어진 미움과 증오와 두려움을 언제까지 대물림하면서 우리가 만든 그 가시철선 울타리 밖으로 저들을 밀어내고, 또한 우리 자신을 스스로 그 안에 가두어가며 살아가겠는가?

일제의 수탈과 강압과 차별 속에서 살았던 우리의 부모들이 너무나 준비되지 못한 허약함 속에서 맞이한 해방 이후에, 우리 국민들은 그 독립 국가를 하나로 만들지 못하고 둘로 나뉘어 극심하게 서로를 찌르고 쏘고 죽도록 싸웠다. 그 후로 이 땅의 백성들은 서로를 마주 대하지 못하게 되더라도, 미워하고 싸우고 서로를 죽이는 전쟁을 또 다시 하게 되는 것 보다는 낫겠다는 생각 속에서 이러한 분단을 유지해왔다. 처절한 전쟁을 겪은 이 땅의 사람들은 남북분단을 생존을 위한 최선이라고 생각하였을 것이고, 가시철로 경계를 하는 것이 안전이라고 생각하였던 것이다.

정말로 너무나 슬픈 삶이었다. 지금까지도 우리 부모들 안에는 두려움이 너무 크게 자리 잡고 있다. 죽음과 생존의 경계를 여러 번 넘나들면서 살았던 그 지긋지긋한 삶의 경험이 우리 부모들에게 있다. 그런데 다시 생각해 보면, 그것도 매우 소극적이나마 평화였다. 우리는 실로 전쟁을 하지 않는 60여 년간 아주 작고 불안한 평화를 이루어 왔다. 그 처절한 전쟁을 겪지 않은 다음 세대가 이 분단 속에서의 작은 평화는 평화가 아니라고, 이것이 무슨 평화냐고 말해서는 안 된다. 그리고 그런 슬프고 힘든 평화를 만들며 살아온 우리의 부모 세대에게 우리는 마땅히 감사한 마음을 가져야 한다.

하지만 우리는 이제 더 좋은 삶으로 나아가야 있다. 더 적극적인 평화로 나아가야 한다. 우리는 이제까지 분단이라고 하는 우리 부모 세대의 피흘림에 기초하여 세워진 평화구조 속에서 안주하여 살아왔다. 우리는 그 울타리 속에서 엄청난 경제성장을 이루었고, 수많은 갈등과 우여곡절 속에서 민주주의를 발전시켜왔다. 하지만 우리는 이것이 우리의 최선이 아니라는 것을 알고 있다.

우리는 철원에서 새로운 희망을 보고 있다. 우리가 이 곳에서 함께 모여 기도하는 중에 하나님께서는 우리 마음속에 주님의 기도를 주셨다. 우리는 기도하는 중에 이 땅의 백성들을 향한 하나님의 용서를 경험하였고, 통일을 노래하게 되었고, 하나님의 치유하심을 확신하게 되었다. 우리는 우리 아버지 하나님이 예수 그리스도의 십자가를 통하여 우리를 용서하시고 화해하게 하시고 치유하신다는 복음이 우리의 심령을 사로잡았음을 고백하지 않을 수가 없다. 우리는 우리 안에 심겨진 이 마음이, 곧 우리를 구원하는 분이신 예수 그리스도의 마음이, 남과 북의 모든 형제자매들에게 전해지기를 간절히 원한다.

하나님이 우리 공동체의 기도를 통하여 우리에게 부어주시는 마음과 생각들은 반드시 우리의 삶이 되어야 한다. 그것은 이 한반도 땅의 화해와 통일과 치유와 평화의 길을 닦는 삶일 것이다. 그것이 바로 복음화의 길이다.

가시철 울타리에 찔려 피 흘리시는 예수 그리스도

우리는 한반도의 남북을 가르는 가시철 울타리들을 보면서, 그 가치철에 찔려 피흘리시는 예수 그리스도를 본다. 우리 주님은 지금 저 가시철에 매달려 저 북쪽의 사람들을 향해 내게 오라고 손짓하시며, 남쪽의 우리들을 향해 나와 함께 이 가시철망을 걷어 내자고 말씀하신다. 우리는 분명 그 가시에 찔려 피흘리시는 예수 그리스도를 보았다.

주님이 원하시는 평화는 아직 여기에 없다. 이 땅의 그리스도인들은 지금의 소극적이고 불안한 평화에 결코 머물러 있을 수가 없다. 왜냐하면 우리 주님이 저 분단의 가시철망에 몸으로 부딪치고 계시기 때문이다. 우리는 주님이 달리신 그 가시철사를 잘라내어 우리도 함께 감당해야 할 십자가로 만들어 간직하고자 한다. 그 가시철사를 엮어 만든 예수 십자가의 형상을 우리는 이 곳 철원 땅에 먼저 세우고 한반도의 곳곳에 세워나갈 것이다.

〈철원 가시철 십자가〉는 이 한반도 땅에서 살아가는 예수 그리스도를 따르는 제자들의 기도이며 삶이다.

못 십자가 공동체
(Community of the Cross of Nails)
AT COVENTRY CATHEDRAL

소망 안에서 함께 성장함 (Growing Together in Hope)

20세기 후반에, 코벤트리 못 십자가는 크리스천 화해이야기의 상징으로 국제적인 인정을 받았다. 전쟁으로 인한 파괴와 절망의 현장에서 나오는 미움과 복수를 대신하여 용서와 소망으로 응답하는 믿음을 보여주었다.

1974년에 형성된 〈못 십자가 공동체(CCN)〉는 오늘날 약 30개국에 존재하는 160개 교회와 단체들의 기독교 네트워크를 이루었는데, 그들은 코벤트리 교회당이야기로 엮여지고 평화와 정의와 화해를 위해 함께 기도하고 동행하고 있다.

마치 부활의 소망을 증언하듯이, 폐허로부터 다시 건설된 영국의 한 지역 교회당 이야기는 단지 건물 이상의 의미를 갖는다. 이것은 원수를 사랑하고 자신을 해롭게 하는 사람들을 용서하라는 그리스도의 명령에 복종하는 믿음의 사람들의 이야기이다.

전쟁 후 유럽에서의 화해는 정치적 사회적으로 가장 위대한 역사적 변혁들 중 하나였다. 코벤트리 예배당의 공헌은 하나님의 용서가 치유와 소망의 원천이라는 기독교 신앙을 현실 안에서 실천한 것이었다.

실제적이고 창의적인 방법들 안에서 적들은 친구로 변했고, 그리하여 분열

되었던 사람들을 하나의 가족으로 만들어 가시는 하나님의 마음을 믿음으로 선포한 것이다.

당신 안에 있는 그리스도가 영광의 소망이다.
(Christ in You - The Hope of Glory)

어떤 예배당에서 이루어지는 목회든지 그 사역이 그 건물로부터 분리될 수는 없다. 코벤트리의 새 예배당은 1962년에 지어졌는데, 허물어진 구예배당 벽들과 나란히 세워짐으로 그 예배당 건물 자체가 영국과 유럽의 새로운 시작을 소망하는 강력한 메시지가 되었다. 높은 제단 뒤 한가운데에는 유명한 화가 그레이엄 서덜랜드(Graham Sutherland 1903~1980)가 그린 영광의 그리스도를 보여주는 직조걸개그림(Tapestry)이 있는데, 이것은 요한계시록에서 말하는 신비로운 네 가지 형상들(the four living creatures)로 둘러싸인 보좌에 앉으신 그리스도를 보여준다. 기독교의 화해사역을 위해서 매우 중요한 이 상징은 우리로 하여금 그 화해사역에 지속적으로 헌신하는 마음을 갖게 한다. 사도 바울은 골로새 교회에게 보내는 편지에서 전 우주만물을 통치하시는 그리스도를 우리에게 보여주는데, 신앙의 신비 속에서 우리는 우리 안에 계신 그리스도의 영광에 대한 소망을 갖는다. 하나님께서는 그 분 안에서 모든 만물을 화목하게 하신다.

하나님과 다른 피조물로부터의 소외, 그리고 사람들 사이에서와 이 땅으로부터의 소외, 심지어는 우리 자신으로부터의 소외는 인간이 살아가야할 삶으로부터의 심각한 이탈이다. 그리하여 그리스도 안에서의 화해는 은혜와 진리로 충만한 사랑의 하나님에 대한 응답이다. 진실로 이 화해 사역은 사람에게로 다가가는 하나님의 선교이다. 사도바울은 고린도 교회에게 보내는 편지에서 화해사역을 위한 하나님의 대리자들(Ambassadors)이 되도록 우리를 초대한다.

못 십자가 공동체로서, 우리는 이 소망 안에서 함께 자라가고 있다. 우리는 영광의 그리스도 안에서 모든 만물이 화목하게 될 것을 소망한다. 그 날은 새 하늘과 새 땅의 비전이 이루어질 때에 찾아 올 것이다. 하나님의 새 예루살렘에서 자라는 나무들에 잎이 무성해질 때 나라들에 대한 치유가 실현될 것이다.

우리가 크리스천 네트워크를 이루어가는 의미는 평화의 나라의 도래를 위해 기도하며, 하나님의 아들과 딸들로서 평화를 만들고 정의를 행하는 일에 함께 헌신하고자 하는 것이다.

우리를 부르신 소망 안에서 함께 헌신하기 (Common Commitment – The Hope of our Calling)

우리 〈못 십자가 공동체(CCN)〉 동행자들은 그들마다의 특별한 상황과 그들만이 공유하는 독특한 정신(Ethos)이 있다. 그렇다면 화해사역에 있어서 우리들이 함께 한다는 의미는 무엇인가? 이 다음 발전 단계에서 우리 못 십자가 공동체가 함께 목적하는 바는 세 가지이다. 우리는 평화와 정의와 화해를 위해 함께 기도하고 행동하기 위해서 아래와 같이 우리 자신을 실제적으로 표현한다. 적은 수의 못 십자가 공동체 동행 단체나 교회들만이 이 세 가지 모두에 관련되지만, 우리 동행 그룹들은 이 세 가지 가운데 최소한 하나라도 우리의 사역현장에서 실행하고 있어야 한다.

첫째, 역사적 상처를 치유하기 (Healing the Wounds of History)

1974년에 시작된 이후로 역사적 상처를 치유하기 위한 기도와 행동은 못 십자가 공동체의 핵심 목표였다. 이러한 상처들은 세 가지 영역에서 보여지고 있었다. 첫째로, 전쟁의 유산과 폭력적 갈등, 그리고 그 상처들이 용서와 정의로 조심스럽게 다루어지지 못할 때 길러지는 미움과 복수들로 엮여진 것들이다.

그 다음에 특별히 지구의 북반구와 남반구 사이에서 발생한 빈곤과 약체 정부의 해체로 귀결되는 다른 연약한 국가나 민족들에 대한 착취가 있다.

마지막으로 사람들이 살아가면서 만들어지는 환경오염과 지구 천연자원에 대한 소비자들의 과도한 욕구로 인하여 이 지구 위에 남기고 있는 깊은 상처가 있다.

뭇 십자가 공동체가 구성된 후, 지난 40년 동안 이러한 역사적 상처들은 아직까지도 전 지구적 토의 주제이다. 그것들의 영향은 우리 모든 생명들이 느끼고 있는 것이다. '과거(Past)'는 지속적으로 우리를 괴롭힌다. 지금 우리가 겪는 거의 모든 갈등의 뿌리는 우리의 잘못된 과거에 있다. 수많은 가족들이 아직도 강제이주와 폭력으로 인한 깊은 상처들을 키워가고 있다.

지구적 가난 문제는 모든 하나님의 자녀들을 위한 기본적인 삶의 질을 보장하는데 실패한 우리들의 부끄러운 모습이다. 그리고 생태적 재난으로 인한 공포는 빈곤의 차이를 더 크게 만들고, 빈약해지는 자원들로 인해서 새로운 전쟁의 위협도 성장해 간다.

이러한 목회적(사목적) 상황은 우리의 보다 더 적극적이고 도전적인 사고와 실천을 요구할 것이다. 뭇 십자가 공동체로서의 우리의 헌신이 이러한 문제들을 해결할 수는 없을 것이다. 그러나 많은 뭇 십자가 공동체 파트너들이 이러한 문제들에 관하여 토론을 벌이고 우리의 정체성을 실제적으로 표현함으로, 우리가 함께 그리스도와 더불어 성장해 가는 희망을 보게 하는 아름다운 상징이 될 것이다.

둘째, 다름들과 더불어 살아가며 다양성을 기뻐하는 삶을 배우기
(Learning to live with Difference and Celebrate Diversity)

지금 우리가 아는 것처럼, 그렇게 많은 다른 문화와 신앙들을 알았던 때는 인류 역사상 결코 없었다. 우리가 지금 일상적으로 만나는 것들과 같이, 그렇게 다양한 서로 다른 정체성들과 소속감의 양태들도 결코 없었다.

우리 시대 지구상의 크고 작은 도시들 안에서, 과거에 수천 킬로 떨어져 살던 다른 문화 사람들이 이제는 같은 거리를 걸으며 살고 있다. 지금 우리가 사는 세상의 경제는, 어떤 한 지역이 인종과 종족 또는 신앙의 차이에서 오는 긴장을 창의적으로 감당하지 못했을 때, 발생하는 결과를 우리 모두가 느끼도록 엮여져 있다. 우리는 진실로 하나의 지구촌에서 살고 있다.

우리 못 십자가 공동체들이 살아가는 모든 나라와 지역은, 그 지역마다의 고유한 정체성에 대한 질문들과 실로 다양한 개별성들과 소속감으로 단단하게 묶여진 사회이기 때문에, 우리가 공통으로 이루려는 평화와 안정에 대해서 비판적일 수밖에 없다. 그런데 만일 우리 크리스천들이 이러한 평화와 화해의 구체적 문제들에 대하여 할 말이 아무것도 없다면, 우리의 신앙은 무의미한 것이다. 만일 크리스천 공동체가 큰 차이들이 있는 사람들과 더불어 살아가는 길을 보여주는 본보기가 될 수 없다면 우리는 이 세상에서 신뢰받을 수 없다.

만일 교회가 하나님이 창조하신 사람들의 풍성한 다양성을 기쁨으로 축하하는 곳이 될 수 없다면, 우리에게는 아무런 희망이 없다. 우리의 '현재(Present)'는 개인과 단체들이 상호 교류하는 공동체 안에서 공평과 다양성과 상호의존성이 이끌어가는 새로운 공동체 양태들이 나타나기를 요청하고 있다.

그래서 우리의 화해사역이 매우 중요한 것이다. 우리는 남녀의 차별 문제와 다양한 성적 문제, 그리고 인종과 종족에 관한 토론들을 피해 도망가서는 안 된다. 또한 우리는 우리가 속한 국가와 관련된 정치적 질문들에 대해 냉담해서도 안된다. 왜냐하면 우리는 우리의 공적인 영역과 사적인 영역에서 우리와 신앙과 문화가 다른 사람들과 우리 몫을 나누어 가며 살아가야 하기 때문이다.

셋째, 평화의 문화를 건설하기 (Building a Culture of Peace)

우리의 미래(Future)를 생각할 때, 우리에게 다가오는 가장 근본적인 위협은, 폭력이란 수단을 사용하지 않고 우리가 풀어가야 할 차별과 논쟁들을 해결하는 방법을 도덕적 상상력을 발휘하여 찾아가는 데 실패하는 것이다.

우리의 세계는 지속적인 전쟁의 상태에서 살아갈 뿐 아니라 여전히 그 전쟁을 추구하고 있다. 갱과의 전쟁, 테러와의 전쟁, 마약과의 전쟁, 범죄와의 전쟁들이 그것이다. 경제적인 면에서 이 세상은 전쟁 무기를 개발하고 그 무기들을 다루기 위해 사람들을 훈련시키는데 수십 억불을 사용한다.

전쟁은 자연재해의 고통과 기후변화와 관련된 농산물 수확의 실패를, 백성들의 생명과 건강을 지켜주어야 할 정부와 사회의 극단적인 실패로 바꾸어놓는다. 기근과 난민은 사람들이 만들어낸 우리시대의 위기이다.

우리의 전쟁에서 죽은 사람들의 90퍼센트가 일반 시민들이다. 시민들을 폭탄테러의 공격 목표로 삼고 성폭력의 대상으로 삼는 것이 그들의 전술적 선택이 되는 것은, 사람들이 다른 이들을 자신과 다른 존재로 보고 그들을 인간 이하로 판단한 결과이다.

지금 우리와 함께 살아가고 있는 수백만 명의 사람들에게 주어져 있는 두려움과 희망이 없는 절박함에 대해 숙고해야할 의무가 우리에게 있다. 우리는 사람들이 전쟁에 지불하는 만큼의 에너지와 자원들을 평화를 만들고 세워 가기 위해서 쏟아 부을 필요가 있다. 그리고 우리는 우리의 젊은 세대들에게 평화를 만드는 일들과 평화를 찾아가는 기술들과, 그들이 맺는 모든 관계들 속에서 평화를 추구할 것들에 대해 가르칠 필요가 있다.

긴 냉전 중에, 못 십자가는 희망의 상징이 되었다. 많은 보통사람들이 공동체 안에서와 많은 열방과 나라들 가운데서 평화를 상상하고 평화를 위한 발걸음을 시작하였다. 아직도 여전히 폭력의 유혹에 직면하여 있는 이 세상의 보통 사람들로서, 우리는 우리 시대를 주도해가는 문화를 향해 도전하고 변화를 시도하는 새로운 목소리를 찾아낼 필요가 있다.

화해의 공동체 – 희망의 선물
(Community of Reconciliation – Our Gift of Hope)

못 십자가 공동체 안에서, 우리는 함께 전 세계적으로 우리 파트너들이 직면하는 도전들을 인식한다. 우리는 무언가 부족함으로 인해서 좌절할 수 있다. 우리들은 평범한 사람들이며 우리가 가진 재원은 제한되어 있다.

하지만 우리에게 화해의 사역을 주시는 하나님은 희망 없는 상태로 우리를 놔두지 않으신다. 하나님은 우리에게 화해하고 화해를 받아들이는 사람이 되도록 요청하신다. 우리 삶의 평범함 속에서, 우리는 그리스도 안에서 우리에게 주어진 희망이라는 놀라운 선물을 증거하도록 부름 받았다. 쉽지는 않겠지만 우리가 함께 성장해갈 때, 한 몸을 이룬 지체로서 성령께서 모든 것들을 화목하게 하는 일에 서로서로 도와주고 용기를 줄 수 있다.

Canon David W Porter
Coventry Cathedral
October 2011
번역자: 백경천, 일산호수교회, 2015.7.18

철원에서 평화의 복음을 생각하다

2014년의 어느 봄날부터, 나는 문산에서 남북의 평화통일을 위해 기도하며 목회하는 내 동생 백경삼과 기도 친구들인 이기환 김영식과 함께, 한 달에 한 번 철원으로 기도 소풍을 간다. 감리교 목사 이상욱이 남한의 북쪽 끝 〈철원제일감리교회〉에서 시골 교회의 연세 많은 어른들과 지역교회 목회자들과 더불어 매주 목요일 11시에 통일기도회를 열고 있다는 이야기를 듣고 난 후에, 한 번 방문했다가, 한 달에 한 번 동참하기로 했던 것이다. 이 기도회는 '복음' 통일 기도회이다. 오직 기독교의 십자가 복음으로 남북통일이 이루어져야 한다는 통일신학이 분명한 기도회이다.

사실 나는 그 몇 달 전부터 수시로 철원에 가곤 했다. 왜냐하면 그 곳에 〈국경선 평화학교〉의 정지석과 그의 동역자 전영숙이 살고 있기 때문이다. 한반도와 동아시아의 평화를 위해서 헌신할 피스메이커를 길러내겠다는 간절한 기도와 열정이 그 학교를 시작하게 하였고, 한완상, 서광선, 이양호를 비롯한 많은 이 땅의 크리스천 리더들이 자원하여 이 학교에서 이루어지는 명강의의 한 꼭지씩을 감당하여 왔다. 예수 복음의 핵심은 바로 평화(살롬)이고, 예수님을 따르는 제자들은 반드시 역사 속에서 평화를 만드는 사람이어야 한다는 평화신학이 분명한 학교이다.

철원은 참 아름다운 곳이다. 특별히 정지석과 그 제자들이 매일매일 오르며 기도하고, 철원의 토박이 그리스도인들과 수많은 예수제자들이 이상욱과 이영호의 안내를 받아 수시로 오르며 평화와 복음 통일을 기원하는 〈소이산〉에서 바라보는 북쪽의 풍경은 철마다 장관이다. 황금물결이 일렁이는 그 너른 평원과 저 멀리 북으로 보이는 평강고원의 지평선, 그리고 크고 작은 산들의 어울림은 이곳이 바로 이스라엘 정탐꾼들에게 보게 하셨던 그 가나안이 아니겠는가 하는 생각을 하게 한다. 정말 풍요롭고 평화스러운 에덴과 같은 땅이다. 인간들이 그 땅에서 어떤 분탕질을 하였든, 그 하나님의 땅은 여전히 평화롭고 풍요롭다. 그래서 우리는 그곳에서 하나님을 또 다시 믿고, 우리의 소망을 얘기할 수밖에 없다.

하지만 이 땅 한 가운데에는 한국전쟁 당시 그 처절했던 고지전의 현장인 백마고지와 아이스크림 고지가 있다. 열일곱 열여덟 살부터 스물 몇 살의 남북한 젊은이들과 중국과 미국의 몇 만 명 젊은이들이 이곳에 장대비처럼 쏟아져 내린 포탄에 맞아 사지가 찢기고 불에 타버렸다. 하늘로부터 휘휘 던져진 그 포탄들은 당시에 북한 땅이었던 그 곳의 〈노동당사〉와 〈철원 제일 감리교회당〉도 때려 폐허로 만들었다. 소이산에서 내려와 그 주변 땅을 걷다 보면, 여전히 지뢰 매설을 표시하는 가시철 경계들이 곳곳에 보이고, 1950년 12월 24일, 같은 날 미군 폭격기에 의해서 무너져 버린 공산당의 노동당사와 기독교 교회 예배당의 잔해가 보인다. 전쟁은 그러한 것이다. 전쟁은 공산당의 꿈도 교회당의 기도도 다 헛된 것으로 만들어 버리는 오직 죄와 악의 승리일 뿐이다. 정당한 전쟁은 결코 없다. 승자도 있을 수 없다.

이 땅, 철원의 어떤 농부는, 남북으로 나뉘어진 북쪽 철원과 남쪽 철원의 주민들이, 서로를 기뻐하며 떡 잔치 벌일 날을 고대하고 있다. 그 형님은 북쪽의 사람들이 하늘로부터 내려온 빗물을 그들의 산과 골짜기에서 정성껏 모아 남으로 흘려 보내주어서 올해 농사도 잘 지을 수 있었다고 말한다. 그리고 북쪽의 평강

고원이 선물한 감자로 빚은 떡과 남쪽 철원의 그 기름진 토양이 선물한 오대쌀로 친 떡을 가지고, 내년 어느 날 궁예의 마당에서 만나 한바탕 풍악을 올려보자고 한다. 정말로 재미없게 적들의 동태만 감시하던, 오피와 지피의 남북 젊은이들도 체육복으로 갈아입고 달려 내려와 족구도 하고 씨름도 하고 줄땡기기도 하면서 신나게 놀아보자는 것이다.

　　정은씨와 근혜 누이가 이거 좀 할 수 있게 도와 주면 좋겠다. 핵폭탄이나 싸드 같이 위험한 것은 이 땅에서 치워버리고, 아랫말 윗말 함께 모여 잔치 벌일 궁리를 해 보면 참 좋겠다. 어차피 우리끼리 그냥 하며 될 텐데, 뭐 그리 어려운지. 그렇게 하기 힘들면, 이장님들끼리 만나서 상의할 수 있게 도와주든지. 그냥 끼리 끼리 놀게 하면 그만인데. 그게 평화이고, 통일인데.

* 위 글은 '평통기연'(평화와통일을위한기독인연대) 칼럼란에
　2016년 9월 20일 게시된 글입니다.

'반공신학의 부르카를 벗고 평화신학으로'

지면이 작기에, 바로 얘기를 시작해 보자. 나는 〈반공신학〉이라는 용어를 만들어 사용하고 싶다. 〈반공신앙〉이란 말은 때때로 이 땅에서 사용되어져 왔지만, 누가 감히 〈반공신학〉이란 말을 사용할 수 있었겠는가? 어떻게 복음을 담아서 사용해야 마땅한 '신학' 앞에 '반공'이란 말을 붙여서 사용할 수 있단 말인가? 그래서는 결코 안 되기 때문에, 누구도 이런 말을 사용하지 않았을 것이다.

하지만 나는 매우 불편한 마음을 가지고, 한국전쟁 이후의 남한 교회의 주류 신학을 〈반공신학〉이라고 말하고 싶다. 미국의 어떤 이들이 〈번영신학〉이란 불편한 용어를 만들어 왜곡된 현대 교회의 감추어진 실체를 드러내었듯이, 나는 지금 반공신학이란 말을 사용한다. 이 반공신학은 지금까지 남한교회 안에서 '보수전통신학' 혹은 '보수정통신학'이라고 말해져 왔다. 이 신학을 간단하게 말한다면, "그리스도의 복음을 비정치화하고, 개인영혼 구원에만 관심을 두는 신앙을 갖게 하는 신학"이다. 이것의 근저에 있으나 드러내 놓고 말해지지는 않은 것, 그것이 바로 '반공'이다. '반공'은 남한 사회와 교회와 함께 수 십년간 덮어쓰고 살아온, 이슬람 여성들의 '부르카'나 '히잡'과 같다.

그런데 이 '반공'이 '화해의 복음'과 결코 어울릴 수 없는 언어이기에 신학이라고 드러내어 말할 수 없었을 뿐이지, 실상 남한 교회의 주류 신학은 〈반공신학)이고, 이 신학이 인기 있는 순회 설교자들(부흥사들)과 목회자들에 의하여 교인들의 신앙의식이 되었다. 그런데 이 〈반공신학〉은 사실 매우 편향적이고 전투적인 정치신학이고, 행동신학이었다.

이 〈반공신학〉은, 1946년 북한 김일성 정부의 〈토지개혁〉으로 삶의 터전을 잃게 된 북한의 신도들과, 사회주의 정권과는 결코 함께 할 수 없다고 결의한 '이북5도 노회' 목회자들이, 김일성과 공산당을 '적그리스도'로 규정하면서 생성되었다. 그리고 북한의 부흥사들과 목사들이 이 반공의식을 성서해석과 설교에 반영함으로 교인들의 신앙의식이 되게 하였다.

김일성 사회주의 정권의 독재를 견딜 수가 없어서 탈북한, 대략 30여 만 명의 이 〈전투적 반공 교회〉가 대거 남하하여 전투적 신앙으로 살면서, 후에는 남한 교회의 성장을 견인하는 지도력을 발휘하였다. 이들이 설파한 남한의 〈반공기독교〉는 또한 '반공', '멸공', '북진 통일'을 국시로 하는 이승만 박정희 정권과 만나, 매우 자연스럽게 남한 사회의 주류가 됨으로 '전통', '정통'이란 이름의 사상과 신앙으로 의심 없이 받아들어졌다.

나는 '보수전통신학'이란 이름으로 한국교회 안에 견고하게 자리 잡은 '반공신학'이 복음을 심각하게 왜곡시켰다고 생각한다. 북쪽의 그들과 똑같이 반공과 멸공을 외치며 상대방의 존재 자체를 인정하지 않는데 무슨 대화를 시작할 수 있겠는가? 남한 교회가 복음의 핵심인 '이웃사랑'과 '원수사랑'을 설교하지만, 북한과 공산당은 '적그리스도'이기에 그 대상이 되지 않는다고 생각하며 믿는다. 그들은 조심스럽게 북쪽 동포들의 사정을 듣고 합리적으로 이해해 보려 하고, 어떻게든 사랑해 보려고 하는 노력들을, '친북', '용공', '좌파 빨갱이'라고 매도한다. 이 땅의 주류 기독교인들이 그렇게 말하면서도 신앙 양심에 가책이 없는 것은 바로 이 〈반공신학〉 때문이다.

그러하니, 이제는 남한교회가 오랫동안 푹 빠져 있었던 이 반공신학과 반공신앙에 대해서 그 실체를 드러내어 심각하게 고민해야 한다. 그리고 이제는 우리들에게 씌워져 있던 그 히잡과 부르카를 벗어 던져야 한다. 또한 우리가 예수 복음으로 살지 못했음을 정직하게 고백하고 반성하면서, 오직 '평화'의 복음을 들고 북쪽의 형제들에게 다가가야 할 것이다.

* 위 글은 '평통기연'(평화와통일을위한기독인연대) 칼럼란에
  2017년 11월 14일 게시된 글입니다.

'드디어' 목회자를 만나다 _인터뷰어 소재웅

2017년 늦은 가을 날씨가 슬슬 쌀쌀해질 때쯤, 백경천 목사님을 만났다. 백경천 목사님을 잘 아는 분으로부터 "백경천 목사님이란 분이 있는데, 그 분의 이야기를 책으로 담았으면 한다"는 제안을 받아서였다.

첫 만남이 있던 날, 백경천 목사님은 큼직한 산소통을 힘겹게 끌고 카페로 들어오셨다. 당시 백경천 목사님은 '특발성 폐섬유화증'이라는 희귀병으로 호흡이 힘든 상황이었다. 그런데도 목사님의 얼굴은 환하게 빛나고 있었다. 그날부터 백경천 목사님과의 만남이 시작됐다.

당초 계획은 백경천 목사님과의 대화를 생생하게 담고, 거기에 목사님이 투병하며 블로그에 쓰신 '형에게'라는 제목의 글들을 함께 엮으려는 것이었다. 목사님과 인터뷰가 꽤 진전됐을 때쯤, 목사님은 내게 "인터뷰 내용은 추후에 사용하는 게 좋겠다"라는 의견을 (조심스럽게) 주셨다. 자연스럽게, 목사님이 블로그에 남기신 '형에게'라는 글들을 엮어 책을 만드는 쪽으로 방향이 변경됐다.

책을 만든다는 건 얼핏 보면 아주 그럴듯해 보인다. 그러나 책을 만드는 과정은 지난할 뿐 아니라 그 속에서 여러 사람들의 욕망이 충돌하곤 한다. 글을 쓰는 이는 자신의 글이 빛나길 원하고, 책을 디자인하는 사람은 책의 디자인이 빛나길 원하며, 출판사의 경우 아무래도 책의 수익을 생각하게 된다. 그러나, 〈형에게〉라는 책이 만들어지는 과정에는 '욕망'이 껴들 틈이 없었다. 백경천 목사님 덕분이었다. 목사님은 출판이 진행되는 과정에서 이뤄진 모든 만남에서 늘 '사람'을 바라봤다. 목사님의 시선은 늘 '무엇을 어떻게 만드느냐' 보다는 '이것을 만드는 사람들 가운데 즐거움이 있는가'에 가 있었다.

돌아보니, 목사님과 교제했던 지난 10개월의 시간이 내겐 소망의 시간이었다. '육체적 고통을 그리스도인답게 다루어가는 한 사람'을 보았기 때문에 그렇고, '삶과 죽음을 넘나들면서도 여유와 배려와 소년 같은 해맑음을 잃지 않는 한 사람'을 보았기 때문에 그렇다. 더불어, '보이는 행위'가 아닌, '존재 그 자체'로 목회하고 있는 한 명의 목회자를 보았기 때문에 그렇다.

난, 〈형에게〉를 만나 감사하다. 〈형에게〉를 통해 백경천 목사님을 만나 정말 감사하다. 〈형에게〉를 통해 하나님을 새롭게 만나 뜨겁게 감사하다. 하나님께서 이렇게 〈형에게〉를 창조하심에 마음 다해 감사하다. 한 가지 바라는 게 있다면, 백경천 목사님의 시선이 가 있는 그곳에 나의 시선 역시 가있으면 좋겠다.

형에게 그리고, 우성에게

초판 1쇄 발행   2018년 6월 1일

지 은 이	백경천	**일러스트**	강지민
인터뷰어	소재웅, 기형도	**교정교열**	소재웅
출판기획	나요한	**인쇄기획**	일리디자인
북디자인	DECLAY 이정민		

펴 낸 곳   SAHARA BOOKS
주   소   서울 광진구 광장로 78 광성빌딩 202호
전   화   02_453_7068
홈페이지   www.thesahara.co.kr

이 도서의 국립중앙도서관 출판예정도서목록(CIP)은 서지정보유통지원시스템
홈페이지(http://seoji.nl.go.kr)와 국가자료공동목록시스템(http://www.nl.go.kr/kolisnet)에서
이용하실 수 있습니다. (CIP제어번호 : CIP2018016200)

ISBN   979-11-963732-0-7
책값은 뒤표지에 있습니다.